Editado por Harlequin Ibérica.
Una división de HarperCollins Ibérica, S.A.
Núñez de Balboa, 56
28001 Madrid

© 1990 Susan Kyle. Todos los derechos reservados.
SUEÑOS DE MEDIANOCHE, N° 29
Título original: Night Fever
Publicada originalmente por HQN Books.
Traducido por Elena Rufas Yuste.

Todos los derechos están reservados incluidos los de reproducción, total o parcial. Esta edición ha sido publicada con permiso de Harlequin Enterprises II BV.
Todos los personajes de este libro son ficticios. Cualquier parecido con alguna persona, viva o muerta, es pura coincidencia.
TOP NOVEL es marca registrada por Harlequin Enterprises Ltd.
®™ son marcas registradas por Harlequin Enterprises Limited y sus filiales, utilizadas con licencia. Las marcas que lleven ™ están registradas en la Oficina Española de Patentes y Marcas y en otros países.

I.S.B.N.: 84-671-4446-7

1

1990. El ascensor estaba lleno de gente. Rebecca Cullen se las veía y se las deseaba para no derramar los tres cafés en vasos de plástico que llevaba en una caja. Seguro que si aprendía a mantener bien el equilibrio, se dijo, podría trabajar en un circo y presentar el espectáculo ante el público. Como de costumbre, las tapas de los vasos de polietileno no estaban bien cerradas. El hombre que trabajaba en la pequeña tienda de la esquina no se molestaba en mirar a las mujeres como Rebecca, y mucho menos en preocuparse de que el café no se derramara sobre el traje gris y pasado de moda de una mujer delgada y anodina como ella.

Probablemente, la consideraba una mujer de negocios, pensó Rebecca, una feminista radical con un montón de diplomas y títulos y una exitosa carrera profesional en lugar de una familia a la que cuidar. Seguro que se llevaba una buena sorpresa si la veía en casa, en la granja de su abuelo, con sus viejos pantalones vaqueros cortados y una camiseta sin mangas, la melena castaña clara salpicada de mechas rubias suelta hasta la cintura y con los pies descalzos. El traje que llevaba era simple camuflaje.

Becky era una chica de campo y la única fuente de ingresos para su abuelo jubilado y sus dos hermanos menores. Su madre falleció siendo ella una adolescente de apenas dieciséis años y su padre sólo pasaba a visitarlos cuando se quedaba sin blanca y necesitaba dinero. Afortunadamente, el hombre se fue a vivir a Alabama hacía dos años, y desde entonces no habían vuelto a saber nada de él. Por Becky, como si no volvían a verlo nunca más. Ahora ella tenía un buen trabajo. De hecho, el traslado de las oficinas del bufete donde trabajaba desde el centro de la ciudad a Curry Station le beneficiaba, porque ahora el bufete estaba en un polígono empresarial a las afueras de Atlanta, a poca distancia de la granja donde vivía con su abuelo y sus hermanos. Había sido una especie de vuelta a casa, porque su familia llevaba más de cien años viviendo en el Condado de Curry.

Rebecca no tenía ninguna queja sobre su trabajo; el único cambio que deseaba era que sus jefes se acordaran de comprar una nueva máquina de café de una vez por todas. Estaba empezando a cansarse de tener que hacer varios viajes diarios a la tienda de la esquina para comprar cafés. En el bufete había otras tres secretarias, una recepcionista y dos asistentes legales, pero las tres tenían más antigüedad que ella, y a Becky le tocaba hacer el trabajo físico. Mientras atravesaba el vestíbulo hacia el ascensor, hizo una mueca, y cruzó mentalmente los dedos, deseando no encontrarse con el enemigo.

Sus ojos castaños recorrieron rápidamente el vestíbulo, y ella se relajó al ver que el hombre alto e imponente no estaba esperando delante de la puerta de ninguno de los ascensores. Además de tener una mirada como si fuera de hielo negro y de dar la impresión de que odiaba a todas las mujeres en general y a ella en particular, el hombre fumaba unos horribles puros finos y alargados que apestaban. En el ascensor sobre todo eran repugnantes. Ojalá alguien le recordara que las ordenanzas municipales prohibían fumar en lugares públicos y cerrados. A ella le gustaría hacerlo, pero siempre que lo veía estaban rodeados de un montón de gente, y a pesar de su fortaleza de espíritu, cuando estaba en público la timidez siempre se apoderaba de ella irremediablemente. Pero un día estaría a solas con él y entonces le dejaría perfectamente claro lo que pensaba de aquellos apestosos puros, se aseguró para sus adentros.

Mientras esperaba la llegada del lento ascensor, se recordó que tenía mayores preocupaciones que el hombre del puro. Su abuelo aún no se había recuperado por completo del infarto sufrido dos meses antes, un infarto que había puesto fin de forma repentina a su vida de granjero. Ahora todo el peso de la granja recaía sobre Becky, y a menos que aprendiera a llevar el tractor y plantar los cultivos además de trabajar como secretaria en el bufete seis días a la semana, la granja del abuelo acabaría en la ruina. Su hermano Clay no la ayudaba para nada. Estudiante del último curso del instituto, siempre andaba metido en líos. Con diez años, Mack estaba en quinto curso y había suspendido las matemáticas. Pero aunque siempre estaba dispuesto a ayudar, todavía era demasiado joven. Becky por su parte tenía veinticuatro años y nunca había podido disfrutar de ningún tipo de vida social. Apenas había terminado el instituto cuando murió su madre y su padre desapareció de sus vidas.

Becky se preguntó cómo hubiera sido su vida en otras circunstancias. Fiestas, ropa bonita e invitaciones de jóvenes al cine y a cenar. Sonrió al pensar cómo sería su vida de no tener a nadie dependiendo de ella.

–Disculpe –murmuró una mujer con una cartera de ejecutiva pasando junto a ella y rozándola con el codo.

A punto estuvo de echarle el café por encima.

Becky volvió a la realidad y entró en el ascensor abarrotado, que ya subía desde el aparcamiento del sótano. Logró meterse entre una mujer que apestaba a perfume y dos hombres que discutían en voz alta las ventajas de dos ordenadores de marcas distintas. Fue un alivio cuando los dos hombres, y casi todo el mundo incluida la perfumada señora, bajaron en la tercera y la cuarta planta.

—Odio los ordenadores —suspiró Becky cuando las puertas se cerraron y el ascensor inició su lenta subida a la sexta planta.

—Yo también —masculló una voz gruñona y contrariada a su espalda.

Becky casi derramó el café al oírlo y volverse para ver quién hablaba. Había creído estar sola en el ascensor, y lo que no entendía era cómo no había advertido su presencia. Ella no era muy alta, pero el hombre medía casi un metro noventa y tenía una constitución fuerte y musculosa que podría ser la envidia de cualquier deportista profesional. Tenía las manos morenas, largas y esbeltas y los pies grandes, y cuando no olía a puro, usaba una colonia de hombre de lo más sensual. Pero la belleza del hombre terminaba en la cara. Becky no recordaba haber visto nunca a un hombre con un rostro tan tosco.

Era un rostro anguloso y duro, cargado de fiereza, de cejas negras y espesas y ojos negros y profundos, con una mirada penetrante e intensa. La nariz era recta y elegante, y tenía un hoyuelo en la barbilla, no excesivo pero perceptible. La cara era alargada y estrecha, de pómulos altos, y la tez bronceada, de un bronceado natural, no solar. La boca era ancha y estaba bien formada, pero Becky nunca la había visto sonreír. Tendría unos treinta y tantos años, pero en el rostro se marcaban algunas arrugas que hacían juego con la frialdad de su actitud. La voz era otra cosa. Grave y clara a la vez, era el tipo de voz que podía acariciar o cortar, dependiendo del estado de ánimo.

El hombre iba bien vestido, con un elegante traje mil rayas gris, una camisa de algodón inmaculadamente blanca y una corbata de seda. ¡Y ella que creía que aquella vez lo había evitado! Sería su destino.

—Oh, otra vez usted —dijo con resignación, recolocando las tazas de papel en su sitio—. ¿No me diga que el ascensor es suyo? —preguntó con cierto desmayo—. Cada vez que lo tomo aquí está usted, todo serio y farfullando contra todo. ¿Es que no sonríe nunca?

—Cuando encuentre algo para sonreír, usted será la primera en verlo —dijo él, echando la cabeza hacia atrás para encender un puro.

Tenía el pelo más negro y liso que Becky había visto en su vida. Su aspecto era bastante italiano, a excepción de los pómulos altos y la forma de la cara.

—Odio el olor a puro —dijo ella, para romper el silencio.

—Pues contenga la respiración hasta que se abran las puertas —respondió él, sin inmutarse.

—¡Es usted el hombre más grosero que he conocido en mi vida! —exclamó ella, dándole la espalda furiosa y clavando los ojos en el panel del ascensor.

—Aún no me conoce —le aseguró él.

—Afortunadamente para mí —le espetó ella.

A su espalda oyó un sonido apagado.

—¿Trabaja en este edificio? —preguntó él.

—En realidad no trabajo para vivir —repuso ella, mirándolo por encima del hombro con una sonrisa venenosa en los labios—. Soy la querida de uno de los abogados de Malcolm, Randers, Tyler y Hague.

Los ojos negros del hombre se deslizaron por su esbelta figura, por el traje chaqueta convencional que llevaba hasta los zapatos de tacón bajo y por fin subieron de nuevo a su cara, donde no había ni rastro de maquillaje. La joven tenía unos bonitos ojos castaños que hacían juego con el pelo claro, los pómulos altos, la nariz recta, pero la cara era bastante serena. Rourke pensó que con un poco de esfuerzo resultaría mucho más atractiva.

—Debe de estar ciego —dijo él, finalmente.

Los ojos de Becky chispearon de rabia mientras sujetaba con fuerza la caja que llevaba y dominaba su ira. ¡Qué ganas le entraron de echarle el café por encima! Aunque eso podría tener consecuencias negativas, y ella necesitaba el trabajo. Seguro que el hombre conocía a sus jefes.

—No está ciego —respondió ella con altivez, medio volviéndose hacia él—. Compenso mi falta de atractivo con una técnica fantástica en la cama. Primero lo unto en miel —susurró ella, en tono conspirador—. Y después le echó hormigas especialmente entrenadas...

El hombre se llevó el puro a la boca y aspiró una bocanada, tras la que expulsó una densa nube de humo.

—Espero que primero le quite la ropa —dijo él—. Quitar la miel de los tejidos es prácticamente imposible. Yo me bajo aquí.

Becky se echó hacia atrás para dejarlo salir. Aquélla no era la primera vez que se veían. El hombre le había hecho un sinfín de comentarios desagradables en ocasiones anteriores, y ella estaba hasta la coronilla de él.

—Que tenga un buen día —dijo ella, dulcemente.

Él ni siquiera se volvió a mirarla.

—Lo estaba teniendo, hasta que apareció usted.

—¿Por qué no se mete el puro por el...?

Entonces las puertas se cerraron interrumpiendo la última palabra y el ascensor continuó ascendiendo hasta el piso catorce, donde un hombre y una mujer esperaban para bajar.

Becky miró el número de la planta con un suspiro. El hombre le estaba arruinando la vida. ¿Por qué tenía que trabajar en ese edificio, cuando tenía todo Atlanta para perderse?

El ascensor bajó y esa vez la puerta se abrió en la sexta planta. Todavía furiosa, Becky entró en las elegantes oficinas del bufete y miró a Maggie y Jessica, las otras dos secretarias, concentradas en su trabajo en lados opuestos de la oficina. Becky tenía un cubículo adyacente al despacho de Bob Malcolm, que era el socio más joven y su jefe directo.

Sin llamar, entró en el amplio despacho donde encontró a Bob y dos de sus colegas, Harley y Jarard, esperando pacientemente el café mientras Bob hablaba por teléfono en tono irritado.

—Déjalo donde puedas, Becky, y gracias —dijo bruscamente, sin soltar el auricular. Miró a uno de sus colegas—. Kilpatrick acaba de entrar por la puerta. Más oportuno imposible.

Becky repartió los vasos blancos de café en silencio mientras Bob Malcolm continuaba su conversación telefónica.

—Escucha, Kilpatrick, sólo quiero una reunión. Tengo nuevas pruebas que me gustaría enseñarte —tras un breve silencio el jefe de Becky dio un puñetazo en la mesa—. Maldita sea, ¿tienes que ser siempre tan inflexible? —suspiró irritado—. Está bien, está bien. Estaré en tu despacho en cinco minutos —colgó el auricular con brusquedad—. Dios, espero que no se presente a la reelección —comentó—. Sólo hace dos semanas que tengo que tratar con él y ya estoy sudando sangre. Prefiero a Dan Wade con los ojos cerrados.

Dan Wade era el fiscal del distrito jurisdiccional de Atlanta, y Becky sabía que era un buen hombre. Pero en el Condado de Curry, el fiscal del distrito era Rourke Kilpatrick. Tan optimista como siempre, Becky pensó que quizá su jefe no había empezado bien su relación con Kilpatrick. Probablemente, cuando lo conociera mejor sería tan agradable como Dan Wade.

Estaba a punto de hacer esa observación cuando Harley habló.

—No se lo puedes reprochar. Ha tenido más amenazas de muerte en el último mes por su lucha antidrogas que cualquier presidente. Es un hombre duro, y no da su brazo a torcer. He tenido un par de casos con él antes, y conozco su reputación. No se le puede comprar. Es un hombre íntegro de la cabeza a los pies.

Bob se acomodó en el sillón de piel.

—Se me pone la piel de gallina al recordar cómo hizo trizas a una de mis testigos en el estrado. A la pobre mujer tuvieron que darle tranquilizantes después de testificar.

—¿Tan terrible es? —preguntó Becky, con curiosidad.

—Ya lo creo —respondió su jefe—. No lo conoces, ¿verdad? De momento está trabajando en este edificio, hasta que terminen las obras de remodelación de los juzgados. A nosotros nos viene fenomenal. Sólo tenemos que subir una planta en lugar de desplazarnos a los juzgados. Pero por supuesto, a Kilpatrick no le hace ninguna gracia.

—A Kilpatrick no le hace ninguna gracia nada, y mucho menos la gente —sonrió Hague—. Dicen que lleva la crueldad de carácter en los genes. Es medio indio, cherokee para ser exacto. Su madre vino a vivir con la familia de su padre cuando el padre de Kilpatrick murió. La mujer murió poco después, y Kilpatrick quedó bajo la tutela de su tío. Su tío era el cabeza de una de las familias fundadoras de Curry Station y obligó a toda la alta sociedad del condado a aceptar a su sobrino. Era juez federal —añadió con una sonrisa—. Supongo que de ahí le viene a Kilpatrick su amor por el Derecho. Su tío tampoco se dejaba comprar.

—De todas maneras cuando le vea pienso ofrecerle mi alma en nombre de nuestro cliente —dijo Bob Malcolm—. Harley, si no te importa, prepara los documentos para el caso Bronson. Y Jarard, Tyler está en el registro civil trabajando en la demanda inmobiliaria que tienes entre manos.

—De acuerdo, me pondré con ello —dijo Harley con una sonrisa—. Deberías mandar a Becky a trabajarse a Kilpatrick. A ver si lo ablanda un poco.

Malcolm rió suavemente.

—Se la comería con patatas —dijo a los otros dos hombres. Después se volvió a Becky–. Si no te importa, ayuda a Maggie durante mi ausencia. Quedan algunos documentos por archivar.

–Está bien –dijo Becky, sonriendo–. Buena suerte.

Bob silbó y le sonrió a su vez.

–La necesitaré –dijo, camino de la puerta.

Becky lo siguió con la mirada y suspiró. Era un hombre agradable, aunque a veces se le ponía el mal humor de una barracuda.

Maggie le enseñó los documentos que había que archivar con una sonrisa indulgente. La mujer, de piel negra, pequeña y delgada, llevaba veinte años trabajando en el bufete, y sabía dónde estaban enterrados todos los cadáveres. Becky a veces se preguntaba si no sería el motivo por el que conservaba el trabajo, porque a veces era una mujer muy dura tanto con los clientes como con los nuevos empleados. Pero afortunadamente, ellas dos se entendían perfectamente e incluso comían juntas de vez en cuando. Maggie era, además de su abuelo, la única persona con la que podía hablar.

Jessica, la elegante rubia que ocupaba una mesa al otro lado de la oficina, era la secretaria de Hague y Randers. Además, era la acompañante de Hague fuera del horario laboral (Hague no estaba casado ni tenía intención de estarlo) y le gustaba ir siempre bien vestida y arreglada. Tess Coleman era una de las asistentes legales, una rubia recién casada con una agradable sonrisa. La recepcionista era Connie Blair, una mujer de pelo castaño y rebosante de energía que no estaba casada ni pensaba cambiar de estado civil. Becky se llevaba bien con todas, pero Maggie era su favorita.

–A propósito, por fin van a instalar una cafetera nueva –le informó Maggie mientras ella empezaba a archivar documentos–. Iré a comprarla mañana.

–Puedo ir yo si quieres –se ofreció Becky.

—No, querida, iré yo —le dijo Maggie con una sonrisa—. De paso quiero comprar un regalo para mi cuñada. Está embarazada.

Becky sonrió, aunque sin mucho entusiasmo, sintiendo que la vida la estaba dejando de lado. Nunca había tenido una cita de verdad con un hombre. Sólo en una ocasión fue a bailar con el nieto de un amigo de su abuelo, y la cita había sido un desastre. El joven fumaba marihuana y, como lo único que le interesaba era divertirse, no podía entender por qué a Becky no le interesaba en absoluto.

En el bufete todos pensaban que Becky era una chica anticuada que no hacía mucha vida social. Y eso era cierto. Pero incluso si encontraba a alguien de su agrado, ella sabía que no podría permitirse el lujo de entablar una relación sentimental seria. No podía dejar a su abuelo solo, ¿y quién se ocuparía de Clay y de Mack? Ilusiones, pensó con tristeza. Se estaba sacrificando para cuidar de su familia, y no le quedaba otra alternativa. Su padre lo sabía, pero le importaba bien poco. Eso también era difícil de aceptar: que viera la fuerte carga que recaía sobre sus jóvenes hombros y no le importara en absoluto. Además, llevaba dos años sin llamar para interesarse por sus hijos.

—Te has dejado dos documentos, Becky —dijo Maggie, interrumpiendo sus pensamientos—. Ten más cuidado, querida —añadió, con una afectuosa sonrisa.

—Sí, Maggie —dijo Becky, y se concentró en el trabajo.

A última hora de la tarde volvió a casa en su Thunderbird blanco. Era un modelo antiguo de techo de lona, pero sin duda el más elegante de cuantos había tenido, con la tapicería granate y elevalunas eléctricos, y a ella le encantaba, a pesar de las letras que debía pagar cada mes.

Tenía que ir al centro a recoger unos documentos de uno de los abogados que había dejado en las oficinas anteriores del bufete. Becky detestaba conducir por el centro de Atlanta, y se alegraba de no seguir trabajando allí, pero aquel día el tráfico parecía más frenético que nunca. Afortunadamente encontró un hueco para aparcar, recogió los archivos y salió a toda prisa, para evitar la hora punta.

El tráfico que se agolpaba en la salida de la Calle Décima era terrible, y empeoró aún más después del Hotel Omni. Pero cuando llegó a la altura del Hospital Grady, la circulación se hizo más fluida y para cuando pasó el estadio de béisbol y tomó la salida hacia el aeropuerto internacional de Hartsfield pudo relajarse de nuevo.

Veinte minutos después entró en el Condado de Curry y en cinco minutos estaba en la plaza de Curry Station, a poca distancia del enorme complejo de oficinas donde sus jefes habían trasladado el bufete.

Curry Station estaba prácticamente igual que en la época de la Guerra de Secesión. La obligada estatua del soldado confederado protegía la plaza con su uniforme y su mosquete, rodeado de bancos donde los ancianos todavía se sentaban los domingos por la tarde a ver pasar el tiempo. En la plaza había un pequeño supermercado, una frutería y un cine recién rehabilitado.

La ciudad todavía conservaba el magnífico edificio de ladrillo rojo que albergaba los juzgados del condado, con su enorme reloj de pared. Allí era donde se convocaban las reuniones del Tribunal Superior de Justicia y el Tribunal Estatal. También estaba allí la sede de la Fiscalía del Distrito, que por lo visto en ese momento estaba en obras de modernización. Becky sentía curiosidad por aquel hombre, Kilpatrick. Su nombre era muy conocido, por supuesto. El primer Kilpatrick había amasado una fortuna en Savannah antes de trasladarse a Atlanta. Con los años, la fortuna disminuyó, pero Becky sabía que Kilpatrick conducía un Mercedes Benz y vivía en una lujosa mansión, dos cosas que no podría permitirse con el salario de fiscal del distrito. Y, según había oído comentar, era curioso que hubiera elegido presentarse a ese puesto cuando, con su licenciatura en Derecho por la Universidad de Georgia, podía haber ejercido de abogado en el sector privado, donde se ganaban auténticas fortunas.

Pero Rourke Kilpatrick no fue elegido en unas elecciones, sino nombrado directamente por el gobernador del estado para ocupar el puesto dejado vacante por el anterior fiscal del distrito, fallecido inesperadamente. Al término de su mandato un año después, Kilpatrick sorprendió a todo el mundo ganando las elecciones y continuando en el puesto por derecho propio.

A pesar de todo, Becky nunca había prestado demasiada atención al fiscal del distrito. Su trabajo en el bufete no incluía participar en el drama de los juicios, y en casa estaba demasiado ocupada para ver las noticias, por lo que Kilpatrick apenas era un nombre más que sonaba en el bufete.

Iba conduciendo por la calle principal de Curry Station, casi sin fijarse en la hilera de elegantes mansiones en cuyos jardines se alzaban enormes robles centenarios y arbustos en flor que mostraban toda la belleza de sus pétalos de colores en primavera. Más allá, en las carreteras secundarias que salían de la ciudad, había algunas antiguas granjas cuyas destartaladas naves y casas daban testimonio del orgullo de los habitantes de la región, que habían mantenido sus hogares durante generaciones a costa de grandes sacrificios.

Una de esas granjas pertenecía a Granger Cullen, el tercer Cullen que la heredaba en una genealogía que se remontaba a los años de la Guerra de Secesión. Los Cullen habían logrado mantener la propiedad de unas cuarenta hectáreas, aunque el estado de conservación tanto de las tierras como de las naves y la vivienda era bastante deprimente. Tenían televisión, sí, pero no televisión por cable; era demasiado cara. Tenían teléfono, desde luego, pero una línea que compartían con otros tres vecinos que debían de pasarse el día colgados del teléfono porque la línea estaba siempre ocupada. Tenían agua corriente y alcantarillado, desde luego, de lo que Becky daba gracias al cielo, pero las tuberías solían helarse en invierno y el depósito de gas que alimentaba la caldera y garantizaba el agua caliente y la calefacción siempre parecía agotarse demasiado pronto.

Becky aparcó en el cobertizo que hacía las veces de garaje y, apoyando las manos en el volante, miró a su alrededor. La mitad de las vallas estaban rotas y oxidadas; los árboles no tenían hojas porque era invierno, y el prado, ahora cubierto de retama y arbustos, necesitaba un buen arado antes de la primavera para poder sembrar, pero Becky no sabía llevar el tractor y tampoco podía confiar en su hermano Clay. En el altillo del viejo granero había heno suficiente para alimentar a las dos vacas lecheras y demás animales que tenían. Gracias a los incansables esfuerzos de Becky durante el verano, el enorme congelador estaba lleno de verduras y frutas congeladas, y en los estantes de la alacena había un buen surtido de alimentos en conserva. Aunque cuando llegara el verano se habría terminado todo, y Becky tendría que preparar más. A veces tenía la sensación de que su vida era una larga e interminable secuencia de trabajo. Nunca había asistido a una fiesta, y mucho menos a un baile en un lugar elegante. Nunca se había puesto un vestido de seda, ni se había rociado con unas gotas de algún exquisito perfume. Tampoco se había hecho un corte profesional de pelo, ni la manicura, y seguramente tampoco lo haría nunca. Su destino era ocuparse de su familia y desear que el futuro le deparara algo mejor.

El rumbo que estaban tomando sus pensamientos despertó una profunda sensación de remordimientos en su interior. Quería a su abuelo y a sus hermanos, y no debía culparlos de su falta de libertad. Después de todo, la educación que había recibido en su familia le impedía disfrutar de un estilo de vida más moderno. No se acostaba con hombres porque iba en contra de sus principios; y tampoco tomaba drogas ni bebía alcohol porque a la mínima cantidad se dormía. Con un suspiro, abrió la puerta del coche y se apeó. Ni siquiera podía fumar, porque se ahogaba. Como animal social, era una inútil.

–Los aviones y los ordenadores nunca han sido para mí –dijo a las gallinas que la miraban desde el corral–. Lo mío siempre ha sido el algodón y la lana.

–Abuelo, Becky está hablando otra vez con las gallinas –gritó Mack desde el granero.

El abuelo estaba sentado en un sillón en el lado soleado del porche, sonriendo a su nieta. Llevaba una camisa blanca y un suéter con unos pantalones de faena, y parecía mucho más recuperado que en las últimas semanas. Para ser febrero, la temperatura era muy agradable, como si ya hubiera llegado la primavera.

–Mientras no le respondan, tú tranquilo, Mack –respondió el abuelo a su nieto.

–¿Has hecho los deberes? –preguntó Becky a su hermano menor.

–Oh, Becky, acabo de llegar. Tengo que dar de comer a mi rana.

–Excusas, siempre excusas –murmuró ella–. ¿Dónde está Clay?

En lugar de responder, Mack desapareció rápidamente en el granero. El abuelo desvió la mirada y empezó a jugar con el palo y la navaja que tenía en las manos, mientras Becky subía las escaleras del porche con el bolso en la mano.

–¿Qué ocurre? –preguntó, poniéndole una mano afectuosa en el hombro.

El anciano se encogió de hombros. Era un hombre alto, muy delgado y moreno tras años de trabajo en el campo que desde el infarto se había encogido visiblemente. Tenía arrugas en las manos y profundos surcos en la cara. A sus sesenta y seis años, parecía mucho mayor. Su vida no fue fácil. La abuela de Becky y él perdieron a dos hijos durante una inundación, y a otro víctima de una neumonía. De los cuatro hijos nacidos del matrimonio, sólo sobrevivió Scott, el padre de Becky, que había sido una fuente constante de problemas para todo el mundo. Incluida su esposa, en cuyo certificado de defunción decía que Henrietta había muerto de neumonía, pero Becky estaba segura de que su madre simplemente se había dejado morir, cansada de sufrir. La responsabilidad de tres hijos y un padre enfermo añadida a un frágil estado de salud y la afición de su marido a las mujeres y al juego terminaron con su vitalidad.

—Clay se ha ido con los hermanos Harris —dijo por fin el abuelo.

—¿Con Son y Bubba? —dijo Becky con un suspiro.

Aunque tenían nombres de verdad, todo el mundo los conocía por sus apodos, bastante comunes en todo el sur del país. Bubba era un apodo corriente, al igual que Son, Buster, Billy-Bob y Tub. Becky ni siquiera conocía sus nombres de pila, pero sabía que los dos muchachos tenían carné de conducir, lo que en su caso era más bien un carné para matar. Los dos hermanos eran drogadictos y Becky había escuchado rumores de que Son también se dedicaba al tráfico. Conducía un lujoso Corvette azul y siempre tenía dinero en el bolsillo. Había dejado el instituto a los dieciséis años, y Becky estaba cansada de advertir a su hermano que no eran buena compañía. Sin embargo, Clay se negaba a aceptar sus consejos.

—No sé qué hacer —dijo Granger Cullen, sin alzar la voz—. He intentado hablar con él, pero no me hace caso. Me ha dicho que ya era mayor para tomar sus propias decisiones y que ni tú ni yo tenemos ningún derecho sobre él. Hasta me ha alzado la voz. Imagínate, un chico de diecisiete años alzando la voz a su abuelo.

—Eso no es propio de Clay —dijo Becky—. Nunca se ha

portado así. Es sólo desde Navidad, desde que empezó a salir con esos hermanos Harris.

—Hoy no ha ido al instituto —continuó el abuelo—. Hace dos días que no va. Ha llamado su tutor para preguntar dónde estaba. También ha llamado su profesora. Dice que si sus notas no mejoran tendrá que suspenderlo y no se podrá graduar. ¿Y qué hará entonces? Acabar igual que su padre —dijo el abuelo—. Otro Cullen podrido.

—Oh, Dios mío.

Rebecca se sentó en los escalones del porche, dejando que la brisa le acariciara las mejillas, y cerró los ojos. Las cosas parecían ir de mal en peor.

Clay siempre había sido un buen chico, ayudando en la casa y cuidando de Mack, su hermano menor. Pero en los últimos meses había cambiado. Además de tener pésimas notas, estaba siempre irritado, salía por las noches y a veces ni siquiera podía levantarse por la mañana para ir al instituto. Una vez llegó con los ojos rojos y riendo como un adolescente, síntomas claros de que había ingerido algún tipo de sustancia prohibida. Becky no lo había visto nunca fumando marihuana, pero estaba segura de que lo hacía por el olor de la ropa y de su habitación. Él se lo había negado todo, y ella no pudo encontrar más pruebas.

Más tarde Clay empezó a resentir su intromisión. Sólo era su hermana, le dijo apenas dos noches antes, y no podía mandarle ni decirle lo que tenía que hacer. Estaba harto de vivir como un pobre desgraciado y no tener nunca dinero, así que había decidido hacerse un lugar en el mundo, le había dicho.

Becky no dijo nada al abuelo. Ya era bastante difícil tratar de disculpar el mal comportamiento de su hermano y sus continuas ausencias. Su única esperanza era que no se convirtiera en un adicto. A pesar de que había tratamientos para ese tipo de problemas, ellos no tenían el dinero necesario para costearlos. Lo más que podía esperar era una breve estancia en algún centro público de desintoxicación, y aunque Clay accediera a ser ingresado, Becky estaba segura de que el abuelo se opondría. Su orgullo le impedía aceptar cualquier cosa que pareciera una obra de caridad.

Así que allí estaban, pensó Becky, contemplando la tierra que había pertenecido a su familia desde hacía más de cien años, con deudas hasta las cejas y Clay yendo por el mal camino. Ni siquiera un alcohólico podía recibir ayuda si no reconocía su problema. Y Clay no lo reconocía.

Desde luego no era el mejor final para un día que había empezado pésimamente mal.

2

Becky se puso unos vaqueros y una chaqueta roja y se recogió la melena en una coleta para preparar la cena. Mientras freía el pollo para acompañar el puré de patatas y las judías verdes, metió unas galletas en el horno, pensando en cómo podría hablar con Clay. Probablemente, su hermano se iría, negándose a escucharla, o se pondría hecho un basilisco. Y para empeorar las cosas, últimamente se había dado cuenta de que faltaban billetes del bote donde guardaba el dinero de los huevos. Estaba casi segura de que era Clay, pero ¿cómo podía preguntar a su propio hermano si le estaba robando?

Al final, Becky decidió tomar el resto del dinero del bote y meterlo en el banco. Tampoco dejó nada que se pudiera vender o empeñar fácilmente. Aquella situación no la ayudaba a sobrellevar los remordimientos que tenía por resentir su enorme responsabilidad familiar.

Con la única que podía hablar de sus problemas era con Maggie, pero detestaba preocupar a la mujer con sus tribulaciones. Todas sus amigas estaban casadas o vivían en otra ciudad, y con su abuelo tampoco podía contar. Con un precario estado de salud, decidió que ella se ocuparía de Clay. También pensó en hablar con su jefe y pedirle su consejo. Estaba segura de que podía confiar en su buen juicio.

Puso la cena en la mesa y llamó a Mack y al abuelo. Éste bendijo la mesa y los tres comieron mientras escuchaban las quejas de Mack contra las matemáticas, los profesores y el instituto en general.

–No pienso aprender matemáticas –le prometió Mack mirándola fijamente con unos ojos que eran casi del mismo color que los suyos. Tenía el pelo más claro, casi rubio, y era bastante alto para sus diez años.

–Claro que aprenderás –le dijo Becky–. Tendrás que ayudarme con la contabilidad. Yo no podré hacerlo siempre.

–Eh, no hables así –dijo el abuelo, tajante–. Eres muy joven para decir esas cosas. Aunque –añadió con un suspiro–, supongo que más de una vez deseas poder escapar de aquí y hacer tu vida sin tener que cargar con nosotros...

–Deja de decir tonterías, abuelo –musitó Becky–. Si no os quisiera no estaría aquí. Y cómete el puré. De postre hay tarta de cereza.

–¡Mi favorita! –exclamó Mack, con una sonrisa.

–Y puedes comer toda la que quieras. Después de hacer los deberes de matemáticas, y que yo te los corrija –añadió con una sonrisa igual de amplia.

Mack hizo una mueca de disgusto y apoyó el mentón en la mano.

–Tenía que haberme ido con Clay. Me ha dicho que podía.

–Si alguna vez vas con Clay te quedarás sin canasta y sin balón de baloncesto –le amenazó ella, utilizando el único arma que tenía a su disposición.

Mack palideció. El baloncesto era su vida.

–Venga, Becky, sólo estaba bromeando.

–Eso espero –dijo ella–. Clay no frecuenta buenas compañías. Ya tengo bastantes problemas con él.

—Es cierto –dijo el abuelo.

Mack tomó el tenedor.

—Vale. No me acercaré a Bill ni a Dick, pero no me toques la pelota de baloncesto.

—Trato hecho –prometió Becky, tratando de no parecer demasiado aliviada.

Mientras el abuelo y Mack veían la televisión, Becky recogió la cocina, limpió el salón y puso dos lavadoras. Después corrigió los deberes de Mack, lo metió en la cama, ayudó al abuelo a acostarse, se dio un baño y se preparó para acostarse. Pero justo cuando estaba a punto de irse a su habitación, Clay entró en el salón dando tumbos, riendo y apestando a cerveza.

Becky sintió náuseas. Nada la había preparado para enfrentarse a algo así. Lo miró furiosa, maldiciendo la vida que lo había abocado a semejante trampa. Clay estaba en una edad en la que necesitaba el ejemplo de un hombre, y en lugar de utilizar a su abuelo de modelo estaba imitando a los hermanos Harris.

—Oh, Clay.

Físicamente se parecían mucho, con el mismo color de pelo y el mismo cuerpo alto y esbelto, pero Clay tenía los ojos verdes, no castaños como los suyos.

—No vomitaré –le aseguró él, sonriendo–. Antes de meterme la birra me he echado un canuto –dijo con una media sonrisa en los labios. Parpadeó un momento antes de continuar–. He decidido dejar el instituto, Becky, porque es para tontos y retrasados.

—No, de eso nada –dijo ella–. No me estoy matando a trabajar para ver cómo te conviertes en un vago profesional.

Clay la miró con los ojos entrecerrados, obviamente mareado.

—Tú sólo eres mi hermana, Becky. No puedes decirme lo que tengo que hacer.

—Ya lo verás —dijo ella—. No quiero que vuelvas a salir con los Harris. Con ellos no tendrás más que problemas.

—Son mis amigos y saldré con ellos cuando me dé la gana —le aseguró él con arrogancia.

También había fumado crack y tenía la cabeza a punto de estallar. El subidón había sido magnífico, pero ahora que se estaba pasando, se sentía más deprimido que nunca.

—¡Odio ser pobre! —anunció.

—Pues busca trabajo —dijo ella—. Como hice yo. Yo empecé a trabajar incluso antes de terminar el instituto. Y seguí estudiando por las tardes para poder encontrar el trabajo que tengo ahora.

—Ya empezamos otra vez, Santa Becky —dijo él, burlón—. Sólo trabajar. Qué bien. ¿Y de qué nos sirve? Somos más pobres que las ratas, y ahora que el abuelo está enfermo será todavía peor.

Becky era consciente de ello, pero que Clay se lo echara en cara de aquella manera era terrible. Se dijo que estaba borracho, que no sabía lo que estaba diciendo, pero de todas maneras le dolió igual.

—Eres un egoísta y un desagradecido —exclamó ella, furiosa—. Me estoy matando a trabajar y tú sólo sabes quejarte de que no tenemos nada.

Clay se balanceó y se dejó caer pesadamente en el sofá. Respiró profundamente. Probablemente su hermana tenía razón, pero él estaba tan colocado que no le importaba en absoluto.

—Déjame en paz —masculló estirándose cuan largo era—. Déjame en paz.

—¿Qué has tomado además de cerveza y marihuana? —quiso saber ella.

—Un poco de crack —dijo él, adormecido—. Como todo el mundo. Déjame en paz. Quiero dormir.

Clay cerró los ojos y al momento estaba dormido.

Becky lo miró sin poder creerlo. Crack. Nunca lo había visto, pero sabía muy bien lo que era, una droga fuertemente adictiva. Tenía que detenerlo antes de que se apoderara de él. El primer paso era mantenerlo alejado de los hermanos Harris. No sabía cómo lo haría, pero tenía que encontrar la manera de cortar su relación con ellos.

Lo tapó con una manta, porque era más sencillo dejarlo dormir en el sofá que intentar llevarlo a su cama. Clay casi medía un metro ochenta, y pesaba más que ella.

Crack. Se imaginaba perfectamente de dónde lo había sacado. Seguramente de sus amigos. Con suerte, se dijo, sería sólo esa vez y ella lograría detenerlo antes de que fuera demasiado tarde.

Becky fue a su dormitorio y se tendió sobre la desgastada colcha de algodón, sintiéndose terriblemente vieja y agotada. Quizá por la mañana viera las cosas con más optimismo. Iría a pedir al padre Fox que hablara con Clay; quizá le hiciera entrar en razón. A veces los jóvenes necesitaban apoyarse en algo para superar los momentos difíciles. Las drogas y la religión eran los extremos opuestos de un mismo colchón de amortiguación, y desde luego la segunda era muy preferible a las primeras. Becky lo sabía porque su fe siempre la ayudó a superar momentos muy difíciles.

Por fin cerró los ojos y se durmió. A la mañana siguiente mandó a Mack al instituto, pero Clay se negó a levantarse del sofá.

—Hablaremos cuando vuelva —le dijo ella con firmeza—. No volverás a salir con esos dos.

—¿Qué te apuestas? —la desafió él—. Detenme.

—Espera y verás —respondió ella, rezando para sus adentros para que se le ocurriera algo.

Antes de ir a trabajar, ayudó al abuelo a levantarse y le pidió que hablara con Clay, pero el anciano parecía preferir meter la cabeza en la arena, quizá por sentirse responsable del rotundo fracaso primero con su hijo Scott y ahora con su nieto. El anciano era un hombre muy orgulloso.

En la oficina, Maggie la miró desde su mesa.

—¿Puedo ayudar en algo? —le preguntó en voz baja para que no la oyera nadie.

—No, pero gracias —respondió Becky con una sonrisa—. Eres una buena persona, Maggie.

—Sólo soy un ser humano —la corrigió la mujer mayor—. La vida tiene tormentas, pero pasan. Lo importante es sujetarse fuertemente al árbol hasta que el viento deje de soplar. Ningún viento sopla eternamente, ni para bien ni para mal.

Becky se echó a reír.

—Procuraré recordarlo.

Y así lo hizo. Hasta aquella tarde cuando recibió una llamada del juzgado de guardia para comunicarle que Clay había sido detenido por posesión de drogas. El magistrado responsable de ese tipo de delitos, el señor Gillen, le dijo que había llamado al fiscal del distrito y que tras hablar con Clay habían decidido de manera conjunta enviarlo a un centro de detención de menores hasta que decidieran sobre su encausamiento. En el momento de la detención, estaba con los hermanos Harris, borracho y con una bolsa de crack en el bolsillo.

La decisión de presentar cargos por posesión de estupefacientes dependía del fiscal del distrito, le dijo el magistrado, añadiendo que si Kilpatrick tenía pruebas suficientes, buscaría la máxima condena. El fiscal era muy duro con los narcotraficantes.

Becky le dio las gracias por llamarla personalmente y entró inmediatamente en el despacho de Bob Malcolm a pedirle consejo.

Éste la invitó a sentarse a la vez que cerraba la puerta del despacho para ahorrarle la curiosidad de la gente que había en la sala de espera.

–¿Qué hago? ¿Qué puedo hacer? –preguntó Becky–. Dicen que llevaba cuarenta gramos de crack. Eso es un delito grave.

–Becky, el que debería hacer algo es tu padre –dijo el abogado con firmeza.

–Ahora mismo está fuera de la ciudad.

Lo que era cierto. De hecho, llevaba dos años fuera de la ciudad y nunca se había ocupado de sus hijos.

–Y mi abuelo no se encuentra bien –añadió–. Hace poco tuvo un infarto.

Bob Malcolm sacudió la cabeza y suspiró.

–Está bien –dijo tras un minuto–. Iremos a ver al fiscal del distrito para hablar con él. A lo mejor podemos llegar a un acuerdo.

–¿Con el señor Kilpatrick? ¿No dijo que él nunca aceptaba tratos? –preguntó Becky, nerviosa.

–Depende de la gravedad de la acusación y de las pruebas que tenga. No le gusta malgastar el dinero del contribuyente en juicios que no puede ganar. Ya veremos.

Malcolm habló con la secretaria del fiscal, que le informó de que Rourke Kilpatrick tenía unos minutos libres y que los recibiría.

–Subimos ahora mismo –le dijo, y colgó–. Vamos, Becky.

–Espero que esté de buen humor –dijo ella, y se miró al espejo.

Llevaba el pelo recogido en un moño y tenía la cara pálida bajo el ligero toque de maquillaje, pero se notaba que la falda de punto roja y los zapatos negros habían visto unos cuantos inviernos. Los puños de la blusa blanca de manga larga estaban desgastados, y las manos finas y esbeltas mostraban los estragos del trabajo en la granja. No era una mujer ociosa, tenía arrugas en la cara que no deberían notarse en una mujer de su edad y temió no causar una buena impresión. Su aspecto reflejaba exactamente lo que era: una mujer de campo con exceso de trabajo y responsabilidades y una falta abrumadora de mundo y sofisticación. Quizá eso la favoreciera, pensó. Porque no podía permitir que Clay fuera a la cárcel. Se lo debía a su madre. Ya le había fallado demasiadas veces.

La secretaria de Kilpatrick era alta y morena, y muy profesional. Los recibió con amabilidad y señaló la puerta cerrada del despacho.

—Les está esperando. Pueden pasar.

—Gracias, Daphne —dijo Malcolm—. Vamos, Becky, anima esa cara.

Bob Malcolm llamó ligeramente a la puerta y la abrió, invitando a Becky a pasar primero. Una equivocación, sin duda. Porque ésta se detuvo en seco al ver la cara que había detrás del enorme escritorio de madera a rebosar de documentos y papeles.

—¡Usted! —exclamó sin poder evitarlo.

Kilpatrick dejó el puro que estaba fumando y se levantó, haciendo caso omiso de la exclamación. Tampoco sonrió ni los saludó.

—No hacía falta que trajeras a tu secretaria —dijo a Bob Malcolm—. Si quieres hacer un trato, mantendré el acuerdo al que lleguemos después de oír todos los hechos. Siéntate.

—Es por el caso Cullen.

—Ah, el menor, sí —dijo Kilpatrick, asintiendo con la cabeza—. Anda en muy mala compañía. El menor de los hermanos Harris ha estado vendiendo drogas en el instituto. Su hermano trafica con todo, desde crack a heroína, y ya tiene una condena por intento de robo. Aquella vez entró y salió del centro de menores como Pedro por su casa, pero ahora es mayor de edad. Como vuelva a pillarlo, lo encerraré.

Becky estaba inmóvil en su silla.

—¿Y el joven Cullen? —preguntó en un ronco susurro.

Kilpatrick le dirigió una mirada helada.

—Estoy hablando con Malcolm, no con usted.

—No lo entiende —dijo ella—. Clay Cullen es mi hermano.

Los ojos castaños casi negros del hombre se entrecerraron y se clavaron en ella, mirándola como si fuera un insecto despreciable.

—Cullen, ese nombre me suena. Hace unos años hubo otro Cullen acusado de robo. La víctima se negó a testificar y él se libró. Si hubiéramos llegado a juicio, habría pedido cárcel sin posibilidad de libertad condicional. ¿Es familia suya?

Becky se estremeció.

—Mi padre.

Kilpatrick no dijo nada. No era necesario. Su mirada decía con toda claridad la opinión que tenía de su familia.

«Se equivoca», quiso decir ella. «No todos somos así».

Pero antes de poder decir nada, Kilpatrick miró a Malcolm.

—¿Debo asumir que representas a tu secretaria y a su hermano?

—No —empezó Becky, pensando en unos honorarios que no podía pagar.

—Sí —la interrumpió Bob Malcolm—. Es el primer delito y el chico ha tenido una vida muy dura.

—El chico es un arrogante huraño y resentido que se niega a cooperar —le corrigió Kilpatrick—. Ya he hablado con él. Y no creo que su vida haya sido tan dura.

Becky se imaginaba perfectamente la reacción de Clay con un hombre como Kilpatrick. Su hermano no sentía ningún respeto por los hombres, a los que juzgaba usando a su padre como patrón.

—No es un mal chico —suplicó ella—. Son las malas compañías. Por favor, intentaré trabajar con él...

—Su padre ya ha hecho un buen trabajo —la interrumpió Kilpatrick, ajeno a la verdadera situación de los Cullen y atacándola con saña, con los ojos clavados en ella y el puro entre los grandes dedos–. No hay motivo para dejar al chico otra vez en la calle hasta que la situación en su casa cambie. Volverá a hacer lo mismo.

Los ojos castaños de Becky se encontraron con los negros de él.

–¿Tiene hermanos, señor Kilpatrick?

–No que yo sepa, señorita Cullen.

–Si los tuviera, quizá sabría cómo me siento. Es la primera vez que mi hermano hace una cosa así.

–Su hermano estaba en posesión de drogas. Cocaína, para ser exactos, y no sólo cocaína. Crack –Kilpatrick se inclinó hacia delante, más indio que nunca, y la miró sin pestañear–. Necesita un modelo a seguir. Y es evidente que ni su padre ni usted son capaces de dárselo.

–Eso ha sido un golpe bajo, Kilpatrick –dijo Bob Malcolm tenso, dominando su ira al ver la dura actitud del fiscal.

–Pero certero –respondió él, sin disculparse–. A esta edad, los chicos no cambian sin ayuda. Debería haberla tenido desde el principio, y quizá ya sea demasiado tarde.

–¡Pero...! –dijo Becky.

–Su hermano tiene suerte de que no le hayamos pillado vendiendo ese veneno en la calle –continuó el fiscal implacable–. Odio a los camellos. Y siempre hago todo lo que está en mis manos para encerrarlos.

–Pero no es un camello –dijo Becky, con la voz ronca y los ojos llenos de lágrimas.

Hacía mucho tiempo que Kilpatrick no sentía compasión por nadie, y no le gustó. Desvió la mirada.

–Aún no –concedió. Suspiró irritado y miró a Malcolm–. Bien. Gillen, el magistrado de menores, dice que aceptará mi decisión. El chico niega posesión de narcóticos. Dice que no sabe cómo llegaron a su bolsillo, y los únicos testigos son los hermanos Harris. Ellos, por supuesto, secundan cada coma de la historia –añadió con una fría sonrisa.

–En otras palabras –dijo Bob, esbozando una sonrisa por primera vez–, que no tienes pruebas.

–De momento –accedió Kilpatrick–. Esta vez –añadió con una significativa mirada a Becky–, retiraré los cargos.

Becky suspiró aliviada.

–¿Puedo verlo? –preguntó con la voz enronquecida, sin poder decir nada más.

Además, el hombre la odiaba y de él no obtendría compasión ni ayuda.

–Sí. Quiero que Brady, del centro de menores, hablé con él, y habrá una condición para la puesta en libertad. Ahora largo. Tengo trabajo.

–De acuerdo, no te molestaremos más –dijo Malcolm, poniéndose en pie–. Gracias, Kilpatrick.

Kilpatrick también se levantó. Se metió una mano en el bolsillo y observó el rostro de Rebecca con emociones encontradas. Sentía lástima por ella, aunque no quería, y no entendía por qué su padre no había ido con ella. Estaba muy delgada, y la tristeza reflejada en su rostro era inquietante. Le sorprendió que le afectara tanto. Normalmente, pocas cosas le inquietaban. Y ahora ella no era la mujer divertida y respondona del ascensor. En absoluto. Su expresión era de total desesperanza.

Los acompañó hasta la puerta y después volvió a su despacho sin dirigir ni una palabra a su secretaria.

–Iremos al centro de detención de menores –le estaba diciendo Bob Malcolm a Becky mientras la hacía entrar en el ascensor–. Todo se arreglará. Si Kilpatrick no puede demostrar las acusaciones, no formulará cargos. Clay podrá venirse con nosotros.

–Ni siquiera ha querido escucharme –susurró Becky.

–Es un hombre duro. Seguramente el mejor fiscal del distrito que hemos tenido en este condado desde hace mucho tiempo, pero a veces es inflexible. Tampoco es fácil tenerlo enfrente ante un tribunal.

—Ya me lo imagino.

Al salir del trabajo, Becky fue al centro de detención de menores a ver a su hermano. Allí la hicieron esperar en una pequeña habitación durante quince minutos, hasta que apareció Clay, asustado y beligerante a la vez.

—Hola, Becky —dijo con una sonrisa chulesca—. No me han pegado, así que no tienes que preocuparte. Y no me mandarán a la cárcel. He hablado con un par de chavales que saben cómo funciona el cotarro. Dicen que el centro de menores es sólo para asustarnos. Una tontería, vamos.

—Gracias —dijo ella, con los labios apretados y la mirada helada—. Gracias por pensar tan generosamente en tu abuelo y en mí. Es agradable saber que nos quieres lo bastante como para hacerte famoso en nuestro nombre.

Clay era un joven problemático, pero tenía corazón y las palabras de su hermana hicieron mella en él. Inmediatamente, bajó la mirada con gesto de contrición.

—Ahora explícame qué ha pasado —dijo ella poco después sentada frente a él, cuando el agente Brady se reunió con ellos.

—¿No te lo han dicho? —preguntó Clay.

—Dímelo tú —insistió ella.

Clay la miró largamente y se encogió de hombros.

—Estaba borracho —murmuró, retorciendo las manos sobre los vaqueros—. Han dicho que íbamos a tomar un poco de crack, y he ido con ellos. Pero me he quedado hecho polvo en el asiento de atrás, y no me he despertado hasta que ha llegado la policía. Entonces tenía los bolsillos llenos de coca. No sé cómo ha llegado hasta allí. De verdad, Becky, te lo juro —añadió.

Sus hermanos y su abuelo eran las únicas personas a las

que Clay quería y odiaba lo que había hecho, pero era demasiado orgulloso para reconocerlo.

—El colocón se me ha pasado de golpe cuando ha venido a verme Kilpatrick.

—La posesión de drogas está castigada con hasta diez años de cárcel si el fiscal decide juzgarte como adulto —le informó Brady—. Y no creas que te has librado. A Kilpatrick, el fiscal, le encantaría crucificarte.

—No puede. Soy menor.

—Sólo te queda un año para la mayoría de edad. Y no creo que un reformatorio juvenil te haga mucha gracia, jovencito. Eso te lo aseguro.

Clay hundió los hombros, un poco menos beligerante, y retorció las manos.

—No iré a la cárcel, ¿verdad?

—Esta vez no —dijo el agente de menores—, pero no infravalores a Kilpatrick. Tu padre se envalentonó mucho cuando la víctima retiró los cargos contra él y a Kilpatrick no le hizo ninguna gracia. Es un hombre muy recto, y no le gustan las personas que infringen la ley. Sigue pensando que tu padre amenazó a la víctima para que no hablara.

—¿A papá lo detuvieron? —empezó Clay.

—No importa —dijo Becky, tensándose.

Clay la miró y vio la tensión en la cara de su hermana, y la tristeza. No pudo evitar tener remordimientos de conciencia.

—Te lo diré una vez —dijo el agente a Clay—. Ésta es tu oportunidad para no meterte en líos. Si no la aprovechas, nadie podrá ayudarte, ni tu hermana ni yo. Puede que mientras seas menor vayas saliéndote con la tuya, pero tienes diecisiete años, y si el delito es bastante grave, el fiscal puede procesarte como adulto. Si continúas tonteando con las drogas, tarde o temprano acabarás en la cárcel, y me gustaría enseñarte lo que eso significa. Las cárceles están a rebosar, e incluso las mejores son lugares terribles para los condenados más jóvenes. Si no te gusta que tu hermana te dé órdenes, te aseguro que mucho menos te gustará ser la nena favorita de algunos de los reclusos mayores —explicó mirando fijamente a Clay—. ¿Entiendes a qué me refiero, hijo? Te pasarían de uno a otro como un juguete nuevo.

Clay se sonrojó.

—¡De eso nada! ¡Me defendería!

—Perderías. Piénsalo. Entretanto tendrás que asistir a una terapia de orientación —continuó el agente—. Tienes cita en la clínica de salud mental. La asistencia es obligatoria. Espero que comprendas que esto ha sido idea de Kilpatrick, y que él te controlará de vez en cuando. Mi consejo es que no te saltes ni una sola sesión.

—Maldito Kilpatrick —dijo Clay, furioso.

—Ésa no es una buena actitud —le advirtió Brady—. Estás metido en un buen lío. Kilpatrick puede ser tu mejor amigo o tu peor enemigo. Y no te gustaría nada que fuera tu peor enemigo.

Clay masculló algo entre dientes y desvió la mirada, con una expresión que reflejaba el odio que sentía hacia el mundo en general y Kilpatrick en particular.

Becky sabía exactamente cómo se sentía, y quería llorar. Juntó las manos para evitar el temblor.

—Bien, Clay, de momento puedes irte con tu hermana. Volveremos a hablar.

—Está bien —dijo Clay, tenso. Se levantó y a regañadientes estrechó la mano del hombre—. Vamos, hermanita. Vamos a casa.

Becky no dijo nada. Caminó hasta el coche como una zombi y se sentó detrás del volante, sin apenas esperar a que Clay cerrara la puerta para arrancar. Sentía náuseas en el alma.

—Siento que me hayan detenido —dijo Clay, a mitad de camino a casa—. Supongo que lo estás pasando mal, teniendo que cargar con el abuelo, Mack y yo.

—No tengo que cargar con nada —mintió ella—. Os quiero a los tres.

Clay la miró de soslayo, con un astuto brillo en los ojos que Becky no vio.

—De verdad, Becky, no sabía en qué me estaba metiendo.

—Estoy segura de que no —dijo ella, perdonándoselo todo, como siempre. Incluso esbozó una sonrisa—. Pero no sé qué hacer. El fiscal del distrito es muy duro.

—Ese Kilpatrick —masculló el joven, en tono helado—. ¡Dios, cómo lo odio! Ha venido a verme al centro de detención y cuando me ha mirado me ha hecho sentir como un gusano. Me ha dicho que terminaré como papá.

—¡No! —exclamó Becky—. ¡No tenía derecho a decirte eso!

—No quería soltarme —continuó Clay, menos seguro—. Ha intentado convencer al señor Brady para internarme en un reformatorio, y cuando Brady le ha dicho que no, se ha puesto furioso. Dice que cualquiera que tontea con las drogas merece la cárcel.

—Que se vaya al infierno —dijo ella—. Nos las arreglaremos.

—Oye —empezó él—. Puedo buscar un trabajo, después del instituto. Para ganar algo de dinero...

—Lo que yo gano es suficiente —dijo ella—. No necesitas un trabajo —añadió sin dejar de mirar a la carretera y sin ver el destello de ira del rostro de su hermano—. Yo me ocuparé de ti, como siempre. Tú termina el instituto y ya trabajarás después. Sólo te queda un año. No es mucho.

—¡Tengo diecisiete años! —exclamó Clay—. No necesito que me cuide nadie. Estoy harto de trabajar en la granja y no tener nunca un dólar en el bolsillo. Hay una chica que me gusta, pero ni siquiera se molesta en mirarme. Y tú tampoco me dejas comprarme un coche.

—No me grites así —le dijo ella—. ¡Ni se te ocurra!

—Déjame bajar —dijo Clay, con la mano en el asa de la puerta—. Para o te juro que me tiro. ¡Para el coche y déjame bajar!

—Clay, ¿dónde vas? —quiso saber ella cuando el chico ya estaba en la acera.

—A algún sitio donde me apetezca estar —respondió él, con dureza—. No soy tu pequeñajo, Becky, soy tu hermano. No lo entiendes, ¿verdad? Ya no soy un niño, soy un hombre.

Becky se estiró hacia la puerta abierta del copiloto, con gesto cansado.

—Oh, Clay, ¿qué voy a hacer ahora? —exclamó, y por fin se desmoronó a la vez que las lágrimas se deslizaban por sus mejillas.

Clay titubeó, dividido entre luchar por su independencia y borrar aquella expresión de la cara de su hermana. No había querido herirla, pero últimamente apenas podía controlarse. Sufría unos violentos cambios de humor que...

Volvió a sentarse en el coche junto a Becky y cerró la puerta. La miró y de repente se sintió mucho más mayor, al darse cuenta de que parte de la fortaleza de su hermana no era real. Sintió el peso de los remordimientos como una losa.

—Oye, todo se arreglará —empezó, arrepentido de su comportamiento—. Becky, por favor, deja de llorar.

—Al abuelo le dará otro infarto y se morirá —susurró ella. Sacó un pañuelo de papel del bolso y se secó los ojos—. Se enterará, por mucho que intentemos ocultárselo.

—¿Y si nos vamos a vivir a Savannah? —sugirió el joven, y sonrió—. Podríamos construir yates y hacernos ricos.

El optimismo de su hermano la animó y Becky le sonrió.

—Papá se enteraría y vendría a buscar su parte —dijo ella, con un humor cargado de tristeza.

—Han dicho que estuvo detenido. ¿Lo sabías? —le preguntó él.

Becky asintió con la cabeza.

Clay se apoyó en el respaldo y miró por la ventanilla.

—Becky, ¿por qué nos abandonó cuando murió mamá?

—Nos había abandonado mucho antes. Tú no te acuerdas, pero siempre estaba por ahí, incluso cuando Mack y tú nacisteis. No creo que estuviera nunca cuando le necesitábamos. Mamá acabó por tirar la toalla.

—Tú no la tires, Becky —dijo él de repente, volviéndose a mirarla—. Yo te ayudaré, no te preocupes.

Clay ya estaba pensando en cómo ganar dinero para aliviar la carga económica que eran los tres para su hermana. Los hermanos Harris le habían sugerido un par de cosas, con las que se podía ganar un montón de dinero, y Becky no tenía que enterarse. Ojos que no ven, corazón que no siente, se dijo, y él tendría cuidado de no ser detenido de nuevo.

—Está bien —dijo ella, entrando por el sendero de la casa mientras se preguntaba cómo decírselo al abuelo y cómo enfrentarse al futuro.

Esperaba que Clay siguiera las indicaciones que le había dado el agente de menores. Esperaba que la detención le hubiera asustado y volviera al buen camino.

No sabía qué hacer. La vida se había complicado demasiado, y sólo deseaba huir y olvidarse de todo.

—¿En qué estás pensando? —preguntó Clay, como si le leyera el pensamiento.

—En la tarta de chocolate que voy a preparar para la cena —improvisó ella, y haciendo un esfuerzo casi imposible, le sonrió.

El abuelo se tomó la noticia de la detención de Clay mejor de lo que Becky esperaba. Afortunadamente, la detención tuvo lugar en la ciudad, no en casa, y a la mañana siguiente Clay no se hizo el remolón para levantarse ni protestó para ir al instituto. Se subió al autobús sin discutir, con Mack pisándole los talones.

Becky acomodó al abuelo en su sillón del salón, preocupada por su silencio.

—¿Estarás bien? —le preguntó, después de darle su pastilla—. ¿Quieres que le diga a la señora White que venga a hacerte compañía?

—No hace falta que te molestes —musitó el anciano. Con gesto cansado bajó los hombros—. ¿En qué le fallé a tu padre, Becky? —preguntó con expresión abatida—. ¿En qué he fallado a Clay? Mi hijo y mi nieto tienen problemas con la ley, y ese Kilpatrick no se detendrá hasta que los encierre a los dos. Me han hablado de él. Es implacable.

—Es el fiscal del distrito —le corrigió ella—, y hace su trabajo. Sólo que con excesiva pasión. El señor Malcolm le aprecia.

El abuelo entrecerró un ojo y la miró.

—¿Y tú?

Becky se incorporó.

—No seas tonto. Es el enemigo.

—No lo olvides —dijo el anciano con firmeza, echando el mentón hacia delante—. No te dejes engañar. No es amigo de esta familia. Hizo todo lo que pudo para encerrar a Scott.

—¿Lo sabías? —preguntó ella.

El abuelo se irguió en el sillón.

—Lo sabía, pero no vi motivo para decíroslo. No habría servido de nada. De todos modos, Scott se libró. La víctima no quiso testificar.

—¿No quiso o papá le obligó a no querer?

El abuelo no la miró.

—Scott no era un mal chico. Era diferente; tenía una forma distinta de ver las cosas. Y él no tenía la culpa de que la policía lo persiguiera continuamente. Como tampoco la tiene Clay. Ese Kilpatrick va a por nosotros.

Becky fue a decir algo, pero no lo hizo. El abuelo no podía admitir que se había equivocado con Scott, y tampoco admitiría el mismo error con Clay, y una discusión ahora no serviría de nada.

—Becky, al margen de lo que haya hecho tu padre, sigue siendo mi hijo —dijo de repente el anciano, sujetándose con fuerza al sillón con dos manos huesudas y arrugadas—. Le quiero, y a Clay también.

—Lo sé —dijo ella. Se inclinó y depositó un beso en la mejilla curtida del anciano—. Tranquilo, nos ocuparemos de Clay. Ha entrado en un programa de apoyo y le van a ayudar —explicó, esperando que Clay asistiera a las sesiones por propia voluntad—. Lo superará. Es un Cullen.

—Tienes razón. Es un Cullen —el abuelo le sonrió—. Tú también lo eres. ¿Te he dicho alguna vez lo orgulloso que estoy de ti?

—Muchas veces —dijo ella, y sonrió—. Cuando sea rica y famosa me acordaré de ti.

—Nunca seremos ricos, y me temo que Clay es el único con posibilidades de ser famoso, aunque sea tristemente famoso —añadió, con un suspiro—. Pero no dejes que esto te deprima. A veces la vida se pone muy difícil, pero lo importante es mirar al futuro y pensar en tiempos mejores, porque eso ayuda. A mí siempre me ha ayudado.

—Lo recordaré —dijo Becky—. Será mejor que me vaya a trabajar —añadió ella—. Pórtate bien y hasta luego.

Becky condujo hasta la oficina temiendo lo que le esperaba. Tenía que hablar con Kilpatrick. La sugerencia de Kilpatrick de meter a Clay en un reformatorio la asustaba, y no podía descartar la posibilidad de que el fiscal del distrito decidiera continuar intentándolo. Por eso tenía que detenerlo. Por eso tenía que tragarse su orgullo y explicarle cuál era la verdadera situación en casa, a pesar de lo mucho que lo temía.

Su jefe le dio una hora libre y ella llamó a la oficina del fiscal en el séptimo piso y pidió una cita con él. Su secretaria le dijo que el fiscal estaba saliendo y que se reuniera con él en el ascensor para poder hablar mientras él iba a tomar un café.

Eufórica de que el hombre se dignara a dedicarle unos minutos, Becky agarró el bolso, se alisó la falda estampada y la blusa blanca, y salió corriendo de la oficina.

Por suerte, en el ascensor sólo iba el señor Kilpatrick, con su acostumbrada mirada fría y huraña, la gabardina de color tostado a la altura de las rodillas, el pelo negro despeinado y uno de sus sempiternos y malolientes puros entre los dedos. El hombre la recorrió rápidamente con los ojos negros de la cabeza a los pies, con una expresión nada halagadora.

—Quería hablar conmigo —dijo el fiscal a modo de saludo—. Vamos.

Pulsó el botón de la planta baja y no dijo ni una palabra más hasta que entraron en la pequeña cafetería de la tienda de la esquina. Pidió un café solo para ella, otro para él, y un donut. Ofreció uno a Becky, pero ésta estaba demasiado nerviosa para comer.

Se sentaron a una mesa vacía que había en un rincón y él la estudió en silencio mientras bebía el café a sorbos. Becky llevaba el pelo recogido en el moño de siempre, y la cara limpia de maquillaje. Su aspecto externo reflejaba cómo se sentía por dentro, agotada y deprimida.

—¿Hoy no hay sarcásticos comentarios sobre el puro? —la provocó él alzando una ceja—. ¿Ni observaciones mordaces sobre mis modales?

Becky alzó la cara pálida y lo miró como si no lo hubiera visto nunca.

—Señor Kilpatrick, mi vida se está desmoronando y lo que menos me importa son sus puros o sus modales.

—¿Qué dijo su padre cuando le contó lo de su hermano?

Becky estaba cansada de la farsa. Era hora de contar la verdad.

—Hace dos años que no sé nada de mi padre.

Él frunció el ceño.

—¿Y su madre?

—Murió cuando los chicos eran pequeños. Yo tenía dieciséis años.

—¿Quién se ocupa de ellos? —insistió él—. ¿Su abuelo?

—Nuestro abuelo está enfermo del corazón y ni siquiera es capaz de cuidarse a sí mismo —dijo ella—. Vivimos con él y lo cuidamos lo mejor que podemos.

La manaza del hombre cayó con fuerza sobre la mesa, sacudiéndola.

—¿Me está diciendo que usted los mantiene y se ocupa de los tres? —quiso saber el fiscal.

A Becky no le gustó la expresión de su cara, y se echó ligeramente hacia atrás.

—Sí.

—Cielo santo. ¿Con su sueldo?

—Mi abuelo tiene una granja —explicó ella—. Cultivamos verduras y hortalizas, y yo las congelo y hago conservas en los veranos. También tenemos dos vacas, y el abuelo cobra una pequeña pensión del ferrocarril además de la de la seguridad social. Nos las arreglamos.

—¿Cuántos años tiene?

Ella lo miró furiosa.

—Eso no es asunto suyo.

—Gracias a usted ahora sí. ¿Cuántos? —insistió el hombre.

—Veinticuatro.

—¿Y cuántos tenía cuando murió su madre?

—Dieciséis.

El fiscal dio una calada y volvió la cabeza para soltar el humo hacia otro lado. Cuando clavó los ojos en ella, Becky supo exactamente lo que sentían los acusados o los testigos en el estrado cuando eran interrogados por él. Era imposible no revelar lo que quería saber. La penetrante mirada y la voz fría cargada de autoridad eran suficientes para sonsacar toda la información deseada.

—¿Por qué no se ocupa su padre de ustedes?

—Ojalá lo supiera —respondió ella—. Pero nunca lo ha hecho. Sólo aparece cuando se queda sin dinero. Supongo que de momento tiene suficiente; no lo hemos visto desde que se fue a Alabama.

Él la estudió en silencio durante un largo momento, hasta que Becky sintió que le flaqueaban las rodillas bajo el intenso escrutinio. Era muy moreno, pensó, y el traje de rayas azul marino le hacía parecer más alto y más elegante. Su ascendencia india se reflejaba en la cara, aunque el temperamento era típicamente irlandés.

—No me extraña que tenga la pinta que tiene —dijo él, ausente—. Exhausta. Al principio pensé que sería un amante exigente, pero ahora veo que es exceso de trabajo.

Becky se puso roja como un tomate y lo miró furiosa.

—La he ofendido, ¿verdad? —dijo él, con voz grave—. Pero usted misma dijo que era una mujer mantenida —le recordó con sequedad.

—Mentí —dijo ella, moviéndose inquieta en la silla—. Tengo demasiados problemas y muy poco tiempo para cualquier tipo de vida disoluta.

—Ya lo veo. Usted es una de esas chicas que las madres lanzan a las ruedas de los coches de sus hijos.

—Nadie me lanzará bajo las suyas, espero —dijo ella—. No lo quiero ni servido en bandeja.

Él arqueó una ceja y levantó el mentón, a la vez que sonreía con sarcasmo.

—¿Por qué no? ¿Le ha dicho alguien que soy mestizo?

Becky se sonrojó.

—No lo decía por eso —se apresuró a negar ella—. Es usted un hombre muy frío, señor Kilpatrick —le dijo, pero se estremeció al tenerlo tan cerca y sentir el calor que emanaba de su cuerpo.

Olía a colonia masculina y a humo, y la ponía nerviosa, dejándola sin fuerzas. Era peligroso sentirse así con el enemigo.

—No es frialdad, es cautela —dijo él, llevándose el puro a la boca—. En estos tiempos que corren, hay que tener cuidado.

—Eso dicen.

—Por lo que le recomendaría que dejara de untar con miel al hombre misterioso que la mantiene. Usted dijo que era la querida de uno de sus jefes —le recordó al ver la cara que puso Becky.

—No era verdad —protestó ella—. Pero usted me miraba como si fuera un monstruo horrible, y fue lo primero que se me ocurrió.

—Debí habérselo mencionado ayer a Bob Malcolm —murmuró.

—¡Ni se le ocurra!

—Claro que sí —respondió él—. ¿No le ha dicho nunca nadie que no tengo corazón? Dicen que soy capaz de acusar a mi propia madre.

—Después de lo de ayer, yo también lo creería.

—Su hermano será un caso perdido si no lo mete en cintura —dijo él—. Si he sido duro con él, es por su bien. Necesita una mano firme. Y sobre todo necesita un modelo masculino. Que espero que no sea su padre.

—No sé lo que Clay piensa de su padre —dijo ella, con sinceridad—. Ahora ya no me habla. Quería hablar con usted para que entendiera nuestra situación familiar. Pensé que sería más comprensivo si conocía su pasado.

Kilpatrick mordió el donut y lo tragó con un sorbo de café.

—Es decir, que quería ablandarme —dijo él, clavando de nuevo los ojos en ella—. Soy medio indio. No busque compasión en mí. Los prejuicios terminaron con ella hace mucho tiempo.

—También es usted irlandés —apuntó ella, titubeante—. De una familia acomodada. Seguro que eso ayudó un poco.

—¿Usted cree? —dijo él, con una sonrisa que era más bien una mueca—. Era único, eso desde luego. Un bicho raro. El dinero me facilitó las cosas, pero no apartó los obstáculos, y mi tío, que sólo me toleraba porque era estéril y yo era el último de los Kilpatrick, lo odiaba. Además, mis padres nunca se casaron.

—Oh, es... —Becky se interrumpió y se sonrojó.

—Ilegítimo —asintió él, con una sonrisa fría y burlona—. Así es —la miró esperando, como retándola a hacer algún comentario, pero Becky no dijo nada y él se echó a reír con tristeza—. ¿Ningún comentario?

—No me atrevería —respondió ella.

Él apuró el café.

—No depende de nosotros. Nadie puede elegir, ésa es la

realidad –estiró una mano larga y morena desnuda de anillos y le rozó ligeramente la cara–. Asegúrese de que su hermano asiste a las sesiones de terapia. Siento haberme precipitado en mis conclusiones.

La inesperada disculpa de un hombre como Kilpatrick le llenó los ojos de lágrimas y Becky giró la cabeza, avergonzada de mostrarse débil ante él. Pero la reacción del hombre fue inmediata y un poco sorprendente.

–Salgamos de aquí –dijo, tajante, poniéndose en pie.

La levantó tomándola del codo y después de tirar los restos del café, la condujo fuera de la cafetería y la metió en uno de los ascensores vacíos que esperaba con las puertas abiertas en el vestíbulo del edificio de oficinas.

Cerró las puertas y cuando el ascensor estaba entre dos plantas lo detuvo de repente y la abrazó.

–Llore –le ordenó con brusquedad–. Lleva reprimiéndolo desde la detención del chico. Desahóguese, lo necesita.

La compasión era algo apenas inexistente en la vida de Becky. Nunca había habido brazos que la rodearan y consolaran. Era siempre ella quien abrazaba y reconfortaba. Ni siquiera su abuelo se había dado cuenta de lo vulnerable que era. Pero Kilpatrick vio más allá de la máscara, como si no la llevara.

Las lágrimas cayeron por las mejillas femeninas mientras la voz grave del hombre murmuraba palabras de consuelo, la mano masculina le alisaba el pelo y el brazo la apretaba contra su pecho. Becky se colgó de las solapas de la gabardina, pensando cuán extraño era encontrar compasión en aquel lugar.

Él era fuerte y cálido, y por una vez Becky se relajó y dejó que otro llevara la carga, sintiéndose indefensa y desvalida. Relajó su cuerpo y se apoyó en él. Una extraña sensación la recorrió. Como si tuviera brasas ardientes en la sangre, y algo en su interior se soltó y se estiró, tensándose de una manera totalmente al margen de los músculos.

Asustada ante la súbita y no deseada reacción que la embargó, Becky alzó la cabeza y fue a separarse. Pero los ojos negros estaban en ella cuando lo miró, y él no desvió la mirada.

Una intensa corriente eléctrica los unió durante un largo y exquisito segundo. Becky sintió que se quedaba sin aliento, pero si él sintió algo similar no se reflejó en su expresión seria.

Pero la verdad era que él también estaba tremendamente afectado. Conocía bien la mirada femenina y en la de Becky vio que para ella era algo totalmente nuevo. Si la inocencia de una mujer se podía reflejar en los ojos, estaba claramente en los ojos de Becky. Ella le intrigaba, lo excitaba. Algo extraño, dado que era una joven muy distinta a las mujeres duras y sofisticadas que solían atraerlo. Ella era vulnerable y femenina a pesar de su fuerza, y él deseó soltar la larga melena, abrirle la blusa y mostrarle cómo se sentía una mujer en sus brazos. Y eso fue lo que le hizo apartarla con firmeza de él.

—¿Se encuentra bien? —preguntó en voz baja.

—Sí. Lo... lo siento —balbuceó ella.

Sintió las manos delgadas apartarla de él, y se sintió como excluida. Quería seguir pegada a él y sentir su calor. Quizá fuera la novedad, intentó decirse para justificarse. Se retiró los mechones de pelo de la cara, y reparó en las manchas húmedas de la gabardina beige.

—Le he manchado la gabardina.

—Se secará. Tenga —le puso un pañuelo en las manos y la observó secarse los ojos.

Admiró su fuerza de voluntad y su valentía al echarse sobre los hombros unas responsabilidades que muchos hombres no tenían en toda su vida, y que ella soportaba con bastante éxito.

Por fin, Becky alzó la cara y lo miró con los ojos enrojecidos por el llanto.

—Gracias.

Él se encogió de hombros.

—De nada.

Ella esbozó una triste sonrisa.

—¿No deberíamos seguir subiendo?

—Supongo que sí. Creerán que se ha estropeado y mandarán a los de mantenimiento —estiró la mano y echó un vistazo al reloj plano de oro que llevaba en la muñeca—. Y tengo un juicio dentro de una hora —dijo, preocupado, a la vez que pulsaba el botón del ascensor.

—Seguro que en los juicios todos le temen —murmuró ella.

—Me las arreglo —dijo él. Detuvo el ascensor en la sexta planta y la miró—. No piense tanto. Le saldrán arrugas.

—En mi cara nadie se daría cuenta —Becky suspiró y salió del ascensor—. Gracias de nuevo. Que tenga un buen día.

—Lo intentaré.

Kilpatrick estaba llevándose el puro a la boca cuando las puertas se cerraron. Becky se volvió y echó a andar por el pasillo en una nube. Apenas podía creer la inesperada amabilidad de Kilpatrick. Quizá estaba dormida y soñando.

Pero no fue la única que se sentía así. Kilpatrick no pudo dejar de pensar en ella. Durante el juicio tuvo que obligarse a apartarla de su mente. Sólo Dios sabía cómo aquella mujer había conseguido meterse tan fácilmente bajo su piel. Él tenía treinta y cinco años y una mala experiencia con una mujer que logró helarle el corazón para siempre. Sus mujeres eran siempre pasajeras, y su corazón impenetrable, hasta que aquella joven anodina de cara cálida y pecosa y mirada herida de color castaño empezó a responderle con mordaces comentarios en el ascensor. De hecho, llegó a desear encontrarse con ella, y disfrutaba de la provocación de sus palabras, su forma de caminar y el brillo de sus ojos cuando reía.

Lo sorprendente era que siguiera teniendo ganas de reír, a pesar de todos sus problemas y responsabilidades. La mujer le fascinaba. Recordó la sensación de tener el suave cuerpo femenino en los brazos mientras lloraba, y sintió una tirantez en las extremidades que desterró todo sentimiento. O al menos, eso se dijo.

De lo que estaba seguro era de que no sería una provocadora. Era honesta y compasiva, dos cualidades que no la permitirían intentar acabar intencionadamente con el orgullo de un hombre. Kilpatrick frunció el ceño al recordar a Francine, a la que le encantaba despertar enfebrecidas pasiones en él para terminar riéndose de él y burlándose de su debilidad. Según los rumores, la mujer había huido a Sudamérica con un empleado del bufete, renegando de su compromiso. Lo cierto era que Kilpatrick la sorprendió en la cama con una de sus amigas, y entonces fue cuando entendió el placer que sentía su prometida en atormentarlo. Francine incluso admitió que odiaba las relaciones sexuales con hombres, y que nunca mantendría relaciones con él bajo ninguna circunstancia. Sólo estaba jugando con él y disfrutando de verle sufrir.

Kilpatrick no sospechaba que pudieran existir mujeres así. Gracias a Dios no la amaba; de haber sido así, la experiencia le habría destrozado el corazón. En cualquier caso, su actitud con las mujeres era siempre distante. Su orgullo herido no le permitía otra cosa, y no podía permitirse el lujo de volver a perder el control de la misma manera deseando a una mujer hasta la locura.

Sin embargo, la joven Cullen parecía poder con él. Sólo se dio cuenta de la sombría expresión de su cara cuando el testigo que estaba interrogando empezó a soltar detalles que no le había pedido. El pobre hombre pensaba que aquella cara era por él, y prefirió no arriesgarse. Kilpatrick interrumpió el monólogo del hombre y planteó las preguntas necesarias antes de volver a su silla. El abogado defensor, un hombre negro llamado J. Lincoln Davis, estaba muerto de risa y trataba de ocultar la cara tras unos documentos. Era mayor que Kilpatrick, un hombre de complexión alta y fuerte, tez color café con leche, ojos negros y un gran ingenio, y uno de los abogados más ricos de Curry Station, probablemente también el mejor. Era el único adversario que había logrado derrotar a Kilpatrick en los últimos años.

—¿Dónde estaba? —le preguntó Davis en un susurro cuando el jurado se retiró—. Dios, ese pobre hombre estaba desconcertado, y eso que era su testigo.

Kilpatrick esbozó una imperceptible sonrisa mientras recogía sus papeles.

—Se me ha ido el santo al cielo —murmuró.

—Toda una novedad. Deberíamos poner una placa para conmemorarlo. Hasta mañana.

Kilpatrick asintió ausente. Por primera vez había perdido la concentración en un juicio, y todo por una secretaria delgaducha con una melena castaña de lo más normal.

Debería pensar en su hermano. Había hablado con su investigador a la hora de comer, y por lo visto había rumores sólidos de que se estaba preparando una importante operación relacionada con el narcotráfico. Kilpatrick estaba trabajando en un caso de tráfico de crack. Tenía dos testigos, y el investigador le había informado de que estaba bastante seguro de la implicación de Clay Cullen con los narcotraficantes por su amistad con los hermanos Harris. Si el chico llevaba una cantidad tan importante de crack encima, existía la posibilidad de que estuviera empezando a traficar.

Presentar cargos contra el muchacho no le preocupaba, pero pensó en Rebecca y se preguntó cómo reaccionaría si su hermano terminaba en la cárcel gracias a él.

Tenía que dejar de pensar así, se dijo. Su trabajo era presentar cargos y meter a los delincuentes entre rejas y no podía permitir que interfirieran consideraciones de tipo personal. Sólo le quedaban unos meses como fiscal del distrito, y quería hacerlo bien.

Volvió a su despacho muy pensativo. ¿Se arriesgarían los narcotraficantes a cualquier cosa para mantener su territorio? Si empezaban a cargarse a gente en su distrito, él sería el responsable de encontrar pruebas contra los asesinos y encerrarlos. Frunció el ceño y cruzó los dedos, con la esperanza de que el hermano de Rebecca Cullen no terminara otra vez en su despacho como parte de un enfrentamiento entre bandas por hacerse con el control de un territorio.

Rebecca estaba trabajando de forma automática, tecleando casi sin pensar en la máquina de escribir electrónica mientras Nettie pasaba los antecedentes de otro caso a ordenador. Nettie era asistente legal, y su formación le permitía realizar el trabajo preliminar de los casos. Becky la envidiaba, pero no podía pagar la formación necesaria para tener la categoría de asistente legal, a pesar de que eso significaría un aumento de salario.

Estaba preocupada por el abuelo. Su silencio a la hora del desayuno la inquietaba. A la hora de comer llamó a la señora White, una vecina viuda, y le pidió que fuera a su casa a ver cómo estaba, algo que la mujer siempre estaba dispuesta a hacer. Además, era enfermera jubilada y Becky agradecía tener una vecina como ella.

Lo único que necesitaba era que Clay dejara las malas compañías. Ya era suficiente trabajo ocuparse de los dos muchachos sin tener que sacarlos de la cárcel. Mack adoraba a su hermano mayor, y si Clay seguía por ese camino, era sólo cuestión de tiempo que Mack empezara a imitarlo.

Casi sin darse cuenta llegó la hora de volver a casa. Había tenido un día muy ajetreado, lo que era de agradecer. Así tenía menos tiempo para pensar.

Recogió el bolso y la desgastada chaqueta gris y se despidió de sus compañeras. Probablemente el ascensor estaría lleno a esa hora, pensó mientras iba por el pasillo, con el corazón acelerado. Aunque seguramente Kilpatrick estaría todavía trabajando unas plantas más arriba.

Pero se equivocó. El hombre estaba en el ascensor cuando ella entró, y le sonrió. Becky no podía saber si estaba allí a propósito. Kilpatrick sabía a qué hora terminaba su jornada laboral y salió de su despacho con la esperanza de encontrarse con ella. Era increíble, pensó con cinismo él, lo ridículamente que se estaba comportando por aquella mujer.

Ella le devolvió la sonrisa, y el corazón le dio un salto repentino, aunque no por el movimiento del ascensor.

Salió con ella en la planta baja y caminó a su lado, como si no tuviera nada mejor que hacer.

—¿Se siente mejor? —preguntó él, abriendo la puerta de la calle.

—Sí, gracias —dijo ella, que nunca se había sentido tan tímida y sin saber qué decir. Lo miró y se sonrojó como una adolescente.

A él le gustó ver el revelador detalle.

—Hoy he perdido un caso —observó él—. El jurado ha creído que estaba intimidando a un testigo a propósito, y han decidido en favor de la defensa.

—¿Lo estaba intimidando? —preguntó ella.

—No. Al menos no era mi intención —respondió él, y le dedicó una sonrisa de oreja a oreja—. Estaba pensando en otra cosa y el pobre hombre se ha sentido intimidado él solito.

Becky conocía bien aquella mirada dura e implacable y podía entender perfectamente al testigo. Sujetó el bolso con fuerza.

—Siento que lo haya perdido.

Él se detuvo en la acera y la observó un momento

desde su altura, pensativo. Titubeó un momento, debatiéndose entre invitarla a salir o no, pero enseguida se dijo que estaba loco por planteárselo siquiera. No podía permitirse una relación personal con ella.

—¿Cómo se tomó su abuelo la noticia? —preguntó por fin.

Para Becky fue una decepción. Había esperado otra pregunta, aunque probablemente sin motivo. ¿Por qué iba a querer él salir con ella? Sabía que no era su tipo. Además, su familia se subiría por las paredes, especialmente el abuelo.

—Con filosofía —dijo ella, esbozando una sonrisa—. Los Cullen somos gente dura.

—Asegúrese de saber dónde está su hermano los próximos días —dijo él de repente. La tomó del brazo, la acercó a la pared y bajó la voz—. Sabemos que pronto va a pasar algo, probablemente un golpe importante. No sabemos quién, ni cuándo, ni cómo, pero estamos seguros de que tiene que ver con drogas. Hay dos facciones enfrentadas por hacerse con la distribución, y los hermanos Harris están implicados. Si intentan utilizar a su hermano como chivo expiatorio, teniendo en cuenta los problemas que ya tiene... —Kilpatrick dejó el resto en el aire.

Becky se estremeció.

—Es como andar por la cuerda floja —dijo ella—. No me importa cuidar de mi familia, pero nunca esperé algo relacionado con drogas —se arrebujó en la chaqueta y lo miró, vulnerable—. A veces es muy duro —susurró.

Él contuvo el aliento. La joven le hacía sentirse medio metro más alto cuando lo miraba así.

—¿Ha tenido alguna vez una vida normal? —preguntó.

Ella sonrió.

—De niña, supongo. Pero cuando murió mi madre todo cambió. Desde entonces mi vida son el abuelo y los chicos.

—Tampoco tiene vida social, supongo.

—Imposible. Siempre surge una cosa u otra. Un virus, las paperas, la varicela —rió suavemente—. De todos modos, tampoco he tenido nunca una cola de pretendientes delante de mi casa —bajó la vista—. No es una vida mala. Tiene un sentido: ocuparme de gente que me necesita.

Kilpatrick pensaba lo mismo de su profesión: era un trabajo necesario y eso lo satisfacía plenamente. Pero aparte de con su pastor alemán, sus emociones no pasaban nunca de la ira o la indignación. Y nunca sentía amor. Su experiencia laboral se basaba en la justicia moral, en la protección de la sociedad y en la condena de los culpables. Un propósito noble, aunque quizá una vocación solitaria. Y hasta hacía muy poco ni siquiera se había dado cuenta de su soledad.

—Supongo —murmuró él, con los ojos clavados en los labios femeninos.

Éstos formaban un arco perfecto de color rosa pálido y su expresión era tan delicada que despertó en él la imperiosa necesidad de sentirlos bajo su boca.

—¿Son las pecas? —preguntó ella, sin entender la intensidad de su mirada.

Las cejas masculinas se alzaron y él la miró y sonrió.

—¿Qué?

—Me estaba mirando de una manera rara —murmuró ella—. Seguro que es por las pecas. No debería tenerlas, pero mi abuela tenía el pelo como una zanahoria.

—¿Se parece a sus padres?

—Mi padre es rubio y tiene los ojos castaños, como yo. Nos parecemos mucho —explicó ella—. Mi madre era pequeña y morena, y ninguno hemos salido a ella.

—Me gustan las pecas —dijo él, pillándola desprevenida. Echó un vistazo al reloj—. Tengo que irme. Esta noche la Orquesta Sinfónica de Atlanta interpreta a Stravinsky y no quiero perdérmelo.

—¿*El pájaro de fuego*? —preguntó ella.

Él sonrió.

—Sí, ésa. A casi nadie le gusta.

—A mí me encanta —dijo ella—. Tengo dos grabaciones, una vanguardista y otra tradicional, pero no me queda más remedio que escucharlas con cascos. A mi abuelo le gustan los discos antiguos de Hank Williams y mis dos hermanos sólo escuchan rock. Yo soy una anticuada.

—¿Le gusta la ópera?

—*Madame Butterfly*, y *Turandot*, y *Carmen* —Becky suspiró—. Y me encanta escuchar a Plácido Domingo y Luciano Pavarotti.

—El año pasado vi *Turandot* en el Met —observó él—. ¿Le gusta ver los especiales en la televisión?

—Cuando consigo la televisión para mí —dijo ella—. Sólo tenemos una, y es pequeña.

—Hay una grabación de *Carmen* con Plácido Domingo —dijo él—. La tengo.

—¿Es buena?

—Si le gusta la ópera, es maravillosa —dijo él.

Le buscó los ojos, sin entender por qué era tan difícil dejar de hablar y despedirse. Era guapa, tenía un cierto aire tímido, y a él le hacía hervir la sangre.

Ella lo miró, sintiendo que le flaqueaban las rodillas. Todo estaba ocurriendo demasiado deprisa, pensó, y a la vez que lo pensaba lo rechazaba. No podía establecer ningún tipo de relación con él. Kilpatrick era el enemigo. Y ahora, sobre todo, no podía permitirse ninguna debilidad. Sería una deslealtad con su familia. Sin embargo, su corazón luchaba contra la lógica. Se sentía sola y había sacrificado la mejor parte de su juventud a su familia. ¿No merecía algo más?

—¿Son pensamientos profundos? —preguntó él, viendo las distintas emociones que pasaban por su cara.

—Profundos y peligrosos —respondió ella, y entreabrió los labios con la respiración entrecortada.

Kilpatrick la miraba como mira un hombre a la mujer deseada. Eso la emocionó, la estremeció y la asustó terriblemente.

Él vio primero el miedo. Y lo sintió también. Al igual que ella, no quería nada personal. Era el momento de interrumpir aquella conversación, se ordenó con firmeza.

Se incorporó cuan alto era y se apartó de ella.

—Tengo que irme —dijo—. Vigile a su hermano.

—Lo haré —Becky asintió con la cabeza—. Gracias por avisarme.

Kilpatrick se encogió de hombros. Sacó un puro y lo encendió mientras se alejaba por la acera, la espalda ancha y firme, tan impenetrable como la pared.

Becky se preguntó por qué se habría molestado en hablar con ella. ¿Estaría interesado en ella?

Mientras se alejaba hacia el aparcamiento subterráneo donde dejaba siempre el coche, vio su reflejo en una ventana. Oh, seguro que sí, se dijo, contemplando por un instante la cara demacrada y delgada que la miraba desde el cristal.

Ella era exactamente la clase de mujer que atraía a un hombre tan impresionantemente apuesto y seductor como él. Miró al cielo con impaciencia y siguió caminando hacia el aparcamiento, dejando atrás sus vanas ensoñaciones.

Era una bonita mañana de primavera. Kilpatrick miraba por la ventana de la elegante mansión de ladrillo donde vivía, en una de las zonas residenciales más exquisitas y tranquilas de Curry Station, con ciertos remordimientos por pasar un sábado por la mañana en casa en lugar de trabajando en su despacho. Pero Gus necesitaba hacer ejercicio y él había tenido un terrible dolor de cabeza que apenas empezaba a remitir. Lo que no era de extrañar, dado que se había quedado hasta tarde la noche anterior repasando los expedientes y la documentación de los próximos juicios.

Gus ladró. Kilpatrick bajó la mano para acariciar el cuerpo negro y plateado del enorme pastor alemán.

—¿Impaciente, eh? —le preguntó—. Ahora salimos a dar un paseo. Espera a que me vista.

Iba en vaqueros y descalzo. De cintura para arriba iba desnudo, con el pecho cubierto de vello negro y rizado y el estómago al descubierto. Acababa de desayunar una Coca-Cola light y un donut medio pasado que había encontrado en la nevera. A veces se arrepentía de haber despedido a Matilda, su antigua ama de llaves, por filtrar informaciones sobre él a los medios de comunicación. Era la mejor cocinera del mundo, aunque también la más cotilla que había conocido en su vida. La casa sin ella estaba muy silenciosa, y él estaba seguro de que tarde o temprano sus artes culinarias lo matarían.

Se puso una camiseta blanca, unos pantalones y las zapatillas de deporte y se pasó un peine por los cabellos negros. Miró su reflejo en el espejo con una ceja alzada. No, no era Míster Estados Unidos, aunque físicamente estaba bastante en forma.

Claro que tampoco le servía de mucho. Últimamente, ahora que tenía tanto trabajo, las mujeres eran un lujo que la falta de tiempo no le permitía. De repente pensó en Rebecca Cullen y trató de imaginarla en su cama, entre sus sábanas. Qué ridiculez. Para empezar, estaba prácticamente seguro de que era virgen, y en segundo lugar, su familia se interpondría siempre entre ella y cualquier posible pretendiente que quisiera apartarla de ellos. Además, los Cullen tenían muchas razones para no quererlo cerca. No, Rebecca era fruta prohibida, y él iba a tener que repetírselo una y otra vez.

Contempló por un momento el elegante salón que le rodeaba con una ligera sonrisa, pensando lo extraño que era que el hijo ilegítimo de un importante hombre de negocios y una mujer india de la tribu de los cherokees hubiera terminado en una casa como aquélla. Sólo alguien con las agallas de su tío, el juez Sanderson Kilpatrick, podía tener el valor de obligar a la alta sociedad de Atlanta a aceptar a su sobrino mestizo e ilegítimo.

El bueno del tío Sanderson. Kilpatrick sonrió a pesar de todo. Nadie al ver el retrato sobre la chimenea de aquel anciano formal y digno sospecharía de su escandaloso sentido del humor o de su tierno corazón. Pero era quien había enseñado a Rourke todo lo que sabía sobre sentirse querido y deseado. Para él, la muerte de sus dos progenitores fue muy traumática, y su infancia se convirtió en una auténtica pesadilla, sobre todo en el colegio. Pero su tío siempre lo apoyó, y lo obligó a aceptar lo que era y sentirse orgulloso de sí mismo. Le enseñó la importancia de valores como la determinación, la valentía y el honor. El tío Sanderson era un juez de jueces, uno de los mejores ejemplos de la profesión. Fue su ejemplo lo que llevó a Rourke a la Facultad de Derecho primero, y después lo catapultó a ocupar el cargo público de fiscal del distrito. «Ve y haz algo bueno», le había dicho su tío Sanderson. «El dinero no lo es todo. Los delincuentes se están apoderando de la sociedad. Haz una labor que es necesario hacer».

Y lo estaba haciendo. No le gustaba ser un personaje público, y la campaña electoral que tuvo que llevar a cabo después de ocupar el puesto durante un año por el inesperado fallecimiento de su antecesor en el cargo fue un verdadero infierno. Pero, para su sorpresa, ganó, y le gustaba pensar que desde entonces había logrado encerrar a los peores criminales del condado. Lo que menos le gustaba era el narcotráfico, y además era muy meticuloso en la preparación de los casos. En sus expedientes no había resquicios ni lagunas. Su tío también le enseñó la importancia de una buena preparación y él no lo había olvidado, para desesperación de muchos abogados defensores, tanto de oficio como pertenecientes a importantes bufetes legales.

Su tío Sanderson sorprendió a Rourke cuando le enseñó a sentirse orgulloso de su pasado cherokee. Siempre se aseguró de que su sobrino no lo ocultara ni disimulara, y cuando lo introdujo a la fuerza en la alta sociedad de Atlanta, pronto descubrió que para la mayoría de la gente el joven mestizo despertaba más interés que vergüenza. Además, tenía las mismas agallas que su tío para no permitir insultos de nadie. Los puños se le daban bien, y los había utilizado varias veces a lo largo de los años, dejando algunas cosas claras y poniendo a algunos atrevidos en su sitio.

A medida que se hizo mayor, empezó a entender mejor al orgulloso anciano. El abuelo irlandés de Sanderson Kilpatrick había llegado a Estados Unidos sin un centavo en el bolsillo y su vida había sido una larga serie de catástrofes y tragedias. Fue su hijo, el estadounidense de primera generación, Tad, quien abrió una pequeña tienda que con el tiempo llegaría a convertirse en el germen de la cadena de tiendas Kilpatrick. Sanderson fue uno de los dos únicos supervivientes de la familia.

Más tarde Sanderson supo que era estéril, un duro golpe para su orgullo, pero al menos el único hijo de su hermano había tenido un heredero, Rourke. La cadena de tiendas fue arruinándose poco a poco hasta declarar la quiebra, pero Sanderson ahorró lo suficiente para dejar una buena posición social a su sobrino. De todos modos, la suma total de la herencia era básicamente su nombre y el respeto de varias generaciones. Y como Rourke era un hombre callado, los secretos de la familia habían quedado en privado. Vivía cómodamente y sabía invertir, pero no era millonario. El Mercedes Benz del tío Sanderson y la elegante mansión familiar de ladrillo eran los únicos vestigios de un pasado más próspero.

Gus ladró justo antes de que sonara el timbre de la puerta.

—Vale, tranquilo —dijo Rourke volviendo al salón con pasos silenciosos sobre la exquisita alfombra beige.

Kilpatrick abrió la puerta principal y Dan Berry lo saludó con una amplia sonrisa.

—Hola, jefe —dijo su investigador con voz animada—. ¿Tienes un minuto?

—Claro. Déjame ir a buscar la correa de Gus primero y me lo cuentas mientras damos un paseo —dijo, mirando al hombre corpulento—. Un poco de ejercicio no te vendrá mal.

Dan hizo una mueca.

—Sabía que me dirías eso. ¿Qué tal el dolor de cabeza?

—Mejor. La aspirina y las compresas frías me lo han quitado —le colocó la correa a Gus y abrió la puerta de par en par.

Las mañanas en primavera eran frescas, y Dan se estremeció. Los árboles seguían con ramas desnudas de las que pronto brotarían elegantes racimos de flores.

Kilpatrick fue hacia la acera, siguiendo a Gus.

—¿Qué ocurre? —preguntó a media manzana de la casa.

—Muchas cosas. En la oficina del sheriff han vuelto a recibir otra queja sobre el colegio de primaria de Curry Station. Ha informado una de las madres. Su hijo vio a uno de los camellos de marihuana discutiendo con Bubba Harris en la hora del recreo. De momento ha sido sólo marihuana, que sepamos.

Kilpatrick se detuvo en seco.

—¿Crees que los hermanos Harris quieren meterse en ese territorio con crack?

—Eso creemos, sí —respondió Berry—. Aún no tenemos nada, pero voy a trabajar con algunos alumnos y ver lo que puedo averiguar. Hemos organizado un registro de taquillas con la ayuda de la policía local. Si encontramos crack, sabremos quién está implicado.

—Será un duro golpe para los padres —murmuró Kilpatrick.

—Sí, lo sé, pero lo superaremos —miró a Kilpatrick y los dos echaron a andar de nuevo—. Al chico Cullen lo han vuelto a ver con Son Harris en uno de los garitos del centro de Atlanta. Son uña y carne.

El rostro de Kilpatrick se tensó.

—Eso he oído.

—Sé que no tenías bastantes pruebas para ir a juicio —dijo Berry—, pero yo en tu lugar lo vigilaría. Si jugamos bien nuestras cartas, nos puede llevar directamente a los Harris.

Era precisamente lo que Kilpatrick estaba pensando. Entrecerró los ojos. Si estrechaba su amistad con Becky, sería más fácil vigilar a Clay Cullen. ¿Lo sería, se preguntó, o era una manera de justificar el deseo de verla de nuevo y estar con ella? Tenía que reflexionarlo bien antes de tomar una decisión.

—Hay otra complicación —continuó Berry hundiendo las manos en los bolsillos—. Tu rival está a punto de anunciar su candidatura.

—¿Davis? —preguntó el fiscal, porque él también había oído rumores. Davis no le había dicho nada en los juzgados sobre el asunto, lo cual era muy propio de él, sacarse el conejo del sombrero en el momento más inesperado—. Ganará —dijo con una sonrisa—. Hay muchos contendientes para el puesto, pero Davis es un auténtico tiburón.

—Se te echará a la yugular con todo lo que pueda.

—Todo paripé. Sólo para la prensa —le aseguró Kilpatrick—. Aún no he decidido presentarme a un tercer mandato —se desperezó y bostezó—. Deja que haga lo que quiera. No me importa.

—Aún me queda otra noticia no muy agradable —murmuró Berry—. El lunes ponen en libertad a Harvey Blair.

—Blair —Kilpatrick frunció el ceño—. Ah, sí, lo recuerdo. Lo encerré hace seis años por atraco a mano armada. ¿Qué demonios hace fuera tan pronto?

—Su abogado le ha conseguido el indulto del gobernador —Berry alzó la mano—. No me eches la culpa. Yo no te escondo el correo. La culpable es tu secretaria. Me dijo que se olvidó de mencionártelo y que tú estabas demasiado ocupado con juicios para leerlo.

Kilpatrick masculló una maldición.

—Blair. El que menos se merece un indulto. Era culpable de la cabeza a los pies.

—Ya lo creo —Berry se detuvo y lo miró con expresión incómoda—. Amenazó con matarte cuando saliera. Más vale que tengas las puertas de casa bien cerradas, por si acaso.

—Blair no me da miedo —dijo Kilpatrick, entrecerrando los ojos—. Que lo intente, si quiere. No será el primero.

En eso tenía razón. El fiscal del distrito había sufrido dos atentados con anterioridad, uno con pistola de un acusado condenado gracias a él, y otro con una navaja de un acusado demente en la misma sala de juicios. Ninguno de los presentes en la sala aquel día olvidaría jamás la reacción de Kilpatrick ante el ataque. Esquivando diestramente el arma, sujetó a su atacante y lo echó sobre una mesa. No en vano, Kilpatrick había pertenecido a las fuerzas especiales y tenía un excelente entrenamiento. Berry sospechaba también que los genes cherokees ayudaban. Los indios eran excelentes luchadores, lo llevaban en la sangre.

Kilpatrick y Dan se despidieron, y el primero continuó el paseo con Gus. Físicamente él estaba muy en forma. Iba al gimnasio con regularidad y jugaba al *racquetball*. El paseo con Gus era más por el perro que por él. El animal tenía diez años y llevaba una vida muy sedentaria. Con él trabajando seis días a la semana, y a veces incluso siete, el perro no conseguía hacer mucho ejercicio en el cercado vallado del jardín.

Kilpatrick pensó en lo que Dan le había dicho. Blair iba a salir en libertad, y lo buscaría. Eso no lo sorprendía, como tampoco la información sobre los hermanos Harris. Una guerra entre clanes por un territorio era lo único que le faltaba, con el joven Cullen en medio. Recordaba bien al padre, un hombre de ojos fríos, hosco y poco dispuesto a colaborar. Increíble que pudiera haber engendrado a una mujer tan cálida y dulce como Rebecca. Incluso más increíble era el abandono. Rourke sacudió la cabeza. Fuera como fuera, a la joven no le esperaba un camino de rosas, y menos con un hermano como el que tenía. Tiró de la correa de Gus y juntos regresaron a casa.

Era más de medianoche del domingo y Clay Cullen todavía no había regresado. Estaba hablando con los Harris de dinero, mucho dinero, encantado con todo lo que iba a sacar.

—Es fácil –le dijo Son con indiferencia–. Lo único que tienes que hacer es regalar un poco a los chavales con más pasta. Cuando lo prueben, les gustará y pagarán lo que sea. Es así de fácil.

—Sí, ¿pero cómo encuentro a los chavales adecuados? A los que tienen dinero, y a los que no hablarán —preguntó Clay.

—Tienes un hermano más pequeño en el colegio. Pregúntale a él. Incluso podemos darle una parte si lo hace bien –dijo Son, sonriendo.

A Clay no le gustó el comentario, pero no dijo nada. Pensar en tanto dinero fácil lo mareaba. Desde que se hizo amigo de los Harris, su prima Francine había empezado a hacerle caso. Francine, con la melena larga y negra y los sensuales ojos azules, podía elegir entre muchos pretendientes. Pero a Clay le gustaba mucho, y estaba dispuesto a hacer cualquier cosa para atraer su atención. Además, las drogas no eran tan malas, se dijo. Y la gente las conseguiría de otro si no se las proporcionaba él. Lo peor eran los remordimientos...

—Mañana le preguntaré a Mack –prometió Clay.

Son entrecerró los ojos.

—Sólo una cosa más. Procura que no se entere tu hermana. Trabaja con abogados, y el fiscal del distrito está en el mismo edificio.

—Becky no se enterará –le aseguró Clay.

—Bien. Hasta mañana.

Clay bajó del coche. Aquella noche no había esnifado nada para que Becky no sospechara. No le costaría mucho, pensó. Su hermana le quería, y eso la hacía vulnerable.

A la mañana siguiente, mientras Becky estaba en su dormitorio vistiéndose para ir a trabajar, Clay arrinconó a Mack.

–¿Quieres ganarte un dinerillo? –preguntó al niño con expresión calculadora.

–¿Cómo? –preguntó Mack.

–¿Alguno de tus amigos se droga? –preguntó Clay.

Mack frunció el ceño y titubeó antes de responder.

–Pues no –dijo por fin, sorprendido por la pregunta.

–Oh –Clay estuvo a punto de continuar, pero oyó los pasos de Becky en las escaleras–. Seguiremos hablando en otro momento. No le digas nada a Becky.

Becky entró en el salón y se encontró a Mack tenso y silencioso y a Clay nervioso, moviéndose de un lado a otro. Llevaba un vestido de punto azul y unos zapatos de tacón negro. No tenía mucha ropa y la repetía con frecuencia, pero en el trabajo nadie lo mencionaba. Eran amables, y ella iba siempre arreglada, aunque no disponía del mismo presupuesto para ropa que Maggie y Tess.

Terminó de preparar la comida de Mack y el niño salió corriendo hacia la parada del autobús escolar. Becky frunció el ceño al ver que Clay no se iba con su hermano.

–¿Cómo vas a ir al instituto? –le preguntó.

–Francine viene a buscarme –dijo él–. Tiene un Corvette. Nuevecito. Mola un montón.

Becky lo miró con suspicacia.

–Espero que no sigas viéndote con los Harris.

–Claro que no –respondió él, inocentemente. Era más fácil mentir que discutir, y además su hermana nunca se enteraba de sus mentiras.

Ella se relajó ligeramente, a pesar de que no acababa de confiar plenamente en él.

–¿Y las sesiones de apoyo?

–No las necesito –respondió él, furioso.

–Puedes pensar lo que quieras, pero Kilpatrick dijo que tienes que asistir –dijo ella, con firmeza.

Clay se movió incómodo.

—De acuerdo —dijo, irritado—. Mañana tengo una cita con el psicólogo. Iré.

—Bien. Bien, Clay —dijo ella, y suspiró.

—Pero no me des órdenes, Becky. Soy un hombre, no un niño a quien puedes decir lo que tiene que hacer.

Sin darle tiempo a responder, Clay salió por la puerta justo cuando se acercaba el Corvette de Francine. Se montó en él y el vehículo se alejó a toda velocidad.

Unos días más tarde, Becky llamó al director del instituto para comprobar la asistencia de su hermano. Estaba yendo a todas las clases, y también a las sesiones de terapia, aunque Becky no sabía que ignoraba por completo los consejos del psicólogo. Hacía tres semanas desde su detención y daba la impresión de estar portándose bien. Gracias a Dios. Después ayudó a su abuelo y fue a trabajar, sin poder evitar pensar en Kilpatrick.

Últimamente no había vuelto a encontrarse con él. Pensó que quizá había vuelto al edificio de los juzgados, hasta que lo vio un momento de espaldas cuando iba a comer. Se movía de forma curiosa, pensó ella, con pasos ligeros y elegantes. Le encantaba mirarlo.

Kilpatrick, ajeno al escrutinio femenino, se montó en su Mercedes azul y salió del aparcamiento en dirección al taller que el padre de los Harris, de nombre C.T., utilizaba como tapadera para sus operaciones de narcotráfico. Todo el mundo lo sabía. El problema era demostrarlo.

Harris tenía sesenta años, profundas entradas en las sienes y una prominente barriga. Iba siempre sin afeitar, y tenía unas profundas ojeras bajo los ojos que parecían salir de una nariz enorme que estaba siempre roja. Miró con ojos furiosos a Kilpatrick cuando éste, más joven y alto, se bajó de su coche aparcado junto a la acera.

—El pez gordo en persona —dijo Harris, con una desagradable sonrisa—. ¿Busca a alguien, fiscal?

—No lo encontraría —dijo Kilpatrick. Se detuvo delante

del hombre y encendió un puro con movimientos lentos y pausados–. Encargué a mi detective comprobar algunos rumores que no me han gustado nada. Y lo que descubrió me gustó aún menos. Así que he pensado venir para comprobarlo personalmente.

–¿Qué clase de rumores?

–Que Morrely y tú os estáis preparando para un enfrentamiento territorial, y que estás intentando hacerte con los chavales del colegio de enseñanza primaria.

–¿Quién, yo? Habladurías, eso son habladurías –dijo Harris, con falsa indignación–. Yo no paso a críos.

–No, tú no tienes que hacerlo. Lo hacen tus hijos –dijo Kilpatrick, y echó una bocanada de humo directamente a la cara del hombre–. Por eso he venido a decirte una cosa. Estoy vigilando el colegio, y a ti también. Si pillo a algún crío con unos gramos de cocaína o de crack, os crucificaré, a ti y a tus hijos. Cueste lo que cueste, lo haré. Quería darte el mensaje personalmente.

–Gracias por la advertencia, pero se equivoca de hombre. Yo no trafico con drogas. Tengo un taller. Lo mío son los coches –Harris miró el Mercedes de Kilpatrick–. Buen coche. Me gustan las marcas extranjeras. Podría arreglarle el suyo si quiere.

–No necesita arreglo. Pero no lo olvidaré –dijo Kilpatrick, burlón.

–Pásese por aquí cuando quiera.

–Puedes estar seguro de ello –Kilpatrick asintió secamente con la cabeza y se montó de nuevo en su coche.

Harris lo siguió con ojos furiosos.

Más tarde, Harris habló con sus dos hijos.

–Kilpatrick me tiene muy mosqueado –dijo–. No podemos permitirnos ningún desliz. ¿Estáis seguros de que ese Clay Cullen es de fiar?

–¡Ya lo creo que sí! –dijo Son con una perezosa sonrisa. Era más alto que su padre, de cabellos oscuros y ojos azules, y bastante más atractivo que su hermano menor, regordete y con las mejillas coloradas.

—Si el fiscal se acerca mucho, nos desharemos de él —continuó el padre—. ¿Os parece mal?

—Claro que no —dijo Son—. Por eso dejamos que lo pillaran con los bolsillos llenos de crack. Aunque no lo detuvieron, no se olvidarán de él. La próxima vez le podemos poner una soga al cuello si hace falta.

—No pueden usar sus antecedentes contra él en un tribunal de menores —les recordó el hermano más joven.

—Escuchad —dijo el hombre a sus hijos—. Si Kilpatrick vuelve a detenerlo, lo juzgará como a un adulto. Estad seguros de eso. Vosotros procurad tenerlo bien metido en el bolsillo. Entretanto —añadió pensativo—, tengo que quitármelo de encima. Puede que merezca la pena buscar un asesino a sueldo antes de que nos hinque el diente.

—Seguro que Mike el del Hayloft conoce a alguien —dijo Son a su padre.

—Bien, pregúntale. Esta noche —añadió—. El mandato de Kilpatrick termina este año; tendrá que presentarse a la reelección. No me extrañaría que quisiera usarnos como ejemplo para ganar votos.

—Cullen dice que no se volverá a presentar —dijo Son.

—Es lo que dice todo el mundo —respondió el padre, furioso—. Pero yo no me lo trago. ¿Qué tal va la operación en la escuela?

—La tengo en el bolsillo —le aseguró Son—. Cullen se está ocupando de eso. Tiene un hermano de diez años que va a ese colegio.

—¿Y crees que el hermano querrá seguirle el juego?

Son levantó la vista.

—Tengo una idea para obligarle. Vamos a llevar a Cullen con nosotros a hacer una compra, para que lo vea bien el proveedor. Después, será totalmente mío.

—Buen trabajo —dijo el hombre mayor, sonriendo—. Vosotros dos podríais jurar que él es el cerebro de la operación y Kilpatrick se lo tragaría. Adelante, seguid con el plan.

—Claro, papá.

Una tarde al volver del trabajo, Becky se dio cuenta de que Clay hablaba a Mack con mucha vehemencia. Mack respondió algo explosivo y se largó. Entonces Clay la vio y bajó los ojos.

¿Qué significaría todo aquello? Seguramente otra discusión. Últimamente, los dos hermanos no parecían llevarse demasiado bien. Becky puso una lavadora y preparó la cena. Entretanto, soñó despierta con el fiscal del distrito y deseó ser guapa, elegante y rica.

—Tengo que ir a la biblioteca, Becky —le gritó Clay al salir por la puerta principal.

—¿Está abierta a estas ho...? —empezó, pero el portazo primero de la puerta y después de un coche dejaron la frase en el aire.

Corrió a la ventana. «Los Harris», pensó furiosa. Le había dicho que se alejara de ellos. El señor Brady también se lo advirtió, pero ¿cómo podía evitar que saliera a menos que lo atara? Tampoco podía decírselo al abuelo. El anciano había pasado un mal día y se había acostado pronto. ¡Cómo le gustaría tener a alguien con quien hablar!

Mack estaba haciendo sus deberes de matemáticas en la mesa de la cocina sin protestar, en silencio y nervioso.

—¿Necesitas que te ayude con algo? —le preguntó Becky, deteniéndose a su lado.

El niño alzó los ojos y volvió a bajarlos, demasiado deprisa.

—No. Clay me ha pedido que haga una cosa y le he dicho que no —giró nervioso el lápiz entre los dedos—.

Becky, si sabes que va a pasar algo malo y no se lo dices a nadie, ¿eres también culpable?

−¿Algo malo como qué?

−Oh, no estaba pensando en nada en concreto −repuso el niño, evasivo.

Becky titubeó.

−Bueno, si sabes que se está haciendo algo malo, deberías decirlo. A mí no me gustan los chivatos, pero si es algo peligroso hay que decirlo.

−Sí, tienes razón −dijo Mack, y volvió a concentrarse en sus deberes, sin revelar nada más.

Clay fue con los hermanos Harris a recoger una entrega de crack. En las últimas tres semanas, se había convertido en un experto en encontrar clientes para los hermanos Harris. Sabía qué chicos tenían problemas en casa, a cuáles les costaba hacer los deberes, y cuáles estaban descontentos por uno u otro motivo. Ya había hecho un par de ventas, y los beneficios eran increíbles, incluso con una pequeña comisión. Por primera vez, tenía dinero en el bolsillo y Francine no se separaba de él. Se había comprado algunas cosas nuevas, como pantalones y camisetas de marca, aunque tenía mucho cuidado y las dejaba en el armario del colegio para que Becky no lo supiera. Ahora quería un coche. Lo difícil sería ocultárselo a Becky. Seguramente tendría que dejarlo en casa de los Harris. Sí, ésa era una buena decisión. O en la de Francine.

Todavía estaba enfadado con Mack. Le había pedido que le ayudara a encontrar clientes en el colegio de primaria, pero su hermano se había puesto furioso y le había dicho que no haría una cosa así. Incluso amenazó con decírselo a Becky, pero Clay lo amenazó a su vez. Sabía cosas de Mack, como las revistas de chicas que tenía en su armario, o la pequeña pero afilada navaja que había conseguido en el colegio, de la que Becky no sabía nada. Clay estaba bastante seguro de que su hermano no se chivaría, pero al verlo irse tan enfadado le asaltó la duda.

Estaban en el lugar de recogida, un pequeño restaurante de carretera desierto, con los dos proveedores en un todoterreno. A Clay le pareció que los hermanos Harris se comportaban de modo extraño, por cómo miraban a un lado y a otro. Además, también habían dejado el motor del coche en marcha y Clay temió que les estuvieran vigilando.

—Ve tú con el dinero —le dijo Son a Clay, dándole unas palmaditas en la espalda—. No te preocupes. Siempre tenemos cuidado, por si aparece la pasma, pero esta noche está todo despejado. Acércate a ellos y entrégales el dinero.

Clay titubeó. Hasta ahora, sólo habían sido pequeñas cantidades de cocaína. Pero lo de ese día lo ponía en el club de compradores y camellos, y si lo detenían la condena podía ser de varios años. Por un momento le entró miedo, intentando imaginar cómo afectaría eso a Becky y a su abuelo, pero inmediatamente se controló y levantó la bolsa de deporte en la que iba el dinero. No lo detendrían, se aseguró. Los hermanos Harris sabían cómo moverse. Todo saldría bien. Y el proveedor tampoco tendría muchas ganas de delatarlo, porque Clay le devolvería el favor.

Cuando llegó a la altura del hombre vestido de negro con una gabardina, de pie junto a un Mercedes de alta gama, Clay se movía con gran seguridad en sí mismo. No dijo nada al proveedor. Le entregó la bolsa, que el otro abrió para comprobar, y a él le dieron una bolsa de cocaína. En la televisión los camellos siempre probaban la mercancía, pero por lo visto en la vida real la calidad estaba asegurada. A los Harris no parecía preocuparlos en absoluto. Clay se hizo con la mercancía, hizo un movimiento de cabeza al proveedor, y regresó a donde Son y su hermano le estaban esperando, con el corazón a mil y la respiración casi imposible. El hecho de superar el miedo y hacer algo peligroso le había dado un increíble subidón de adrenalina, y cuando llegó al coche le brillaban los ojos.

—Bien —Son sonrió. Sujetó a Clay por los hombros y lo sacudió—. Bien hecho. Ahora eres uno de los nuestros.

—¿En serio? —preguntó Clay.

—Claro. Eres un camello, igual que nosotros. Y si no cooperas, Bubba y yo juraremos que eres el cerebro de la operación y que tú preparaste este trato.

—El proveedor sabe que no es así —protestó Clay.

Son se echó a reír.

—No es un proveedor —dijo, mirándose las uñas—. Es uno de los matones de mi padre. ¿Por qué te crees que no hemos comprobado la mercancía antes de entregar el dinero?

—Pero si es uno de los hombres de tu padre... —empezó a decir Clay.

—Hay una unidad de vigilancia al otro lado de la calle —le dijo Son, con toda tranquilidad—. Te han visto. No te han detenido porque no tenían tiempo para pedir refuerzos. Pero te han grabado, probablemente con sonido, y sólo necesitan el testimonio de un testigo ocular para tener una prueba sólida contra ti. Has comprado cocaína, mucha cocaína. Al hombre de mi padre no le importará ir a la cárcel a cambio de dinero. Siempre podemos dárselo más adelante. Pero tú no tendrás la misma consideración, por supuesto.

Clay se tensó.

—Creía que confiabais en mí.

—Es un seguro, tío, nada personal —le aseguró Son—. Queremos que tu hermanito busque clientes en su colegio. Si coopera, no irás a la cárcel.

—Mack me dijo que no. Ya me ha dicho que no —Clay estaba empezando a ponerse histérico.

—Pues más vale que le hagas cambiar de opinión, ¿no te parece? –le sugirió Son–. Porque si no vas a acabar entre rejas una temporada.

Y así de fácil fue como se hicieron con él. Clay no tenía manera de saber que la llamada unidad de vigilancia eran amigos de los Harris, no policías. O que a Francine la habían convencido para que fuera amable con él y así seguir teniéndolo trabajando para ellos. Sí, tenían al pobre Clay bien pillado, y él ni siquiera lo sabía. Todavía.

5

Becky estaba haciendo fotocopias para Maggie a la vez que pasaba a máquina un informe que Nettie, una de las asistentes legales, necesitaba con urgencia, y la doble labor la estaba sacando de quicio. Llevaba unos días de locura. Clay estaba más beligerante que nunca, todo el día callado, de mal humor y abiertamente antagonista. Mack también estaba callado, evitando a su hermano y negándose a contarle nada. El abuelo estaba muy nervioso, y Becky también. Iba a trabajar deseando poder ponerse al volante de su coche, pisar el acelerador y no volver la vista atrás.

—¿No puedes ir más deprisa, Becky? —le preguntó Nettie—. Tengo que estar en los juzgados a la una, y con el tráfico de mediodía tardaré por lo menos cuarenta y cinco minutos en llegar. Así no voy a poder ni comer.

—Lo intento —le aseguró Becky, tecleando más deprisa todavía.

—Yo haré las fotocopias, tranquila —dijo Maggie—. Relájate, querida. Tienes tiempo.

Becky sintió ganas de llorar ante la amabilidad de su amiga; Maggie era encantadora. Apretó los dientes y se concentró en el informe, terminándolo con tiempo de sobra para que Nettie llegara al juzgado.

—Gracias —le dijo Nettie desde la puerta, y sonrió—. Te debo una invitación a comer.

Becky asintió e hizo una pausa para respirar.

—Tienes un aspecto horrible —le dijo Maggie al volver de la fotocopiadora—. ¿Qué ocurre? ¿Quieres hablar?

—No serviría de nada —respondió Becky, con una suave sonrisa—. Pero gracias de todos modos. Y gracias por las fotocopias.

Maggie alzó las copias.

—De nada. Y procura no hacer muchas cosas a la vez —le recomendó, en tono serio—. Eres la más nueva y eso te pone en una situación difícil. No tengas miedo a decir no si crees que no podrás hacerlo. Vivirás mucho más.

—Mira quién fue a hablar —le riñó suavemente Becky—. ¿No eres tú la que siempre se ofrece voluntaria para los proyectos de caridad del bufete?

Maggie se encogió de hombros.

—Vale, no sigo mi propio consejo —echó una ojeada al reloj—. Son casi las doce. Ve a comer. Yo lo haré en el segundo turno. Necesitas un descanso —añadió, con una mirada preocupada—. Y arréglate primero un poco, querida. No tienes muy buena cara.

Becky hizo una mueca de resignación y se fue. Bajó a la cafetería de la esquina, donde se encontró haciendo la cola junto al fiscal del distrito, el mismísimo Kilpatrick.

—Hola, letrado —dijo ella, tratando de hablar con una indiferencia que no sentía.

De cerca, el hombre era pura dinamita, especialmente con aquel traje gris que marcaba aún más los hombros anchos y la tez oscura.

—Hola —dijo él, mirándola con cierto interés—. ¿Dónde se ha estado escondiendo? El ascensor empieza a aburrirme.

Becky levantó la mirada con las cejas arqueadas.

—¿No me diga? ¿Por qué no prueba por las escaleras, a ver si puede sacar a los oficinistas de sus escondites?

Kilpatrick se echó a reír. En ese momento no estaba fumando, pero Becky estaba segura de que llevaba un puro en el bolsillo.

–Ya he sacado al mío de su escondite –confesó él–. Esta mañana he pillado el cubo de la basura en llamas. ¿No ha oído la alarma de incendios?

Becky la había oído, pero Maggie salió a comprobar que no era más que una falsa alarma.

–Hablaba en broma –dijo ella, sin saber cómo responder.

–No pasa nada. Estaba en el teléfono sin prestar mucha atención al cenicero. Un error que no volveré a cometer –añadió–. Mi secretaria ha llamado al jefe de bomberos para que me echara un buen sermón sobre el peligro de los incendios –apretó los labios y sus ojos brillaron–. ¿No será familia suya, por casualidad?

Becky se echó a reír.

–No lo creo, pero es el tipo de secretaria que me gusta.

Kilpatrick sacudió la cabeza.

–Con mujeres como usted un hombre nunca está a salvo –dijo él, y echó un vistazo primero a la cola que tenían delante con resignación y después al reloj de pulsera–. Cuando he venido me quedaban dos horas, pero tenía que pasar mis notas a máquina y recoger otro informe antes de salir a comer –sacudió la cabeza–. Tener el despacho tan lejos de los juzgados está empezando a resultar un serio inconveniente.

–Piense en todo el ejercicio que consigue, corriendo de un lado para otro todo el día –dijo ella.

–Estaría bien si tuviera que perder peso –dijo él, y recorrió el esbelto cuerpo femenino con los ojos–. Usted ha adelgazado. ¿Cómo está su hermano? –preguntó, serio de nuevo.

Cuando la miraba así se ponía nerviosa. Rebecca se preguntó si tendría visión microscópica, porque desde luego parecía estar viendo bajo su piel.

—Está bien.

—Espero que mantenga las manos limpias —dijo él—. Todos los Harris están hasta el cuello. Mezclarse con ellos puede meterlo en un lío del que ni usted será capaz de sacarlo.

Becky alzó los ojos.

—¿Lo mandaría a la cárcel?

—Si infringe la ley desde luego —repuso él—. Soy un funcionario público. Los contribuyentes esperan que me gane el sueldo que me pagan. Alguien ha debido de decirle lo que pienso de los camellos.

—Mi hermano no es un camello, señor Kilpatrick —le aseguró ella con vehemencia—. Es un buen chico. Pero se ha mezclado con malas compañías.

—Eso es lo único que hace falta. Las cárceles están llenas de buenos chicos que jugaron con fuego demasiadas veces. ¿Recuerda que le dije que se estaba preparando algo importante? ¿Quizá un golpe? No lo olvide. Procure que su hermano no salga por las noches.

—¿Cómo? —dijo ella abriendo las manos con un gesto que ponía de manifiesto su incapacidad para dar órdenes a su hermano—. Es más grande que yo, y ya no puedo hablar con él —se cubrió los ojos con la mano—. Señor Kilpatrick, estoy agotada de sostener el mundo —dijo, en voz baja.

Él la tomó del brazo.

—Vamos.

La sacó de la cola y la llevó hacia la puerta.

—¡Mi comida! —protestó ella.

—Olvídelo, comeremos en un Crystal.

Becky nunca se había montado en un Mercedes. Tenía asientos de cuero de verdad y un comodísimo reposacabezas. El salpicadero tenía paneles de madera, que probablemente era madera auténtica, y el interior estaba lujosamente tapizado.

—Parece sorprendida —murmuró él, al ponerlo en marcha.

—El motor ronronea, ¿verdad? —dijo ella, abrochándose el cinturón de seguridad—. ¿Y supongo que los asientos son de cuero de verdad? ¿Es automático?

—Sí, sí, y sí —respondió él con una sonrisa a las tres preguntas—. ¿Qué coche tiene usted?

—Un tanque Sherman de la Segunda Guerra Mundial —dijo ella—, o al menos ésa es la impresión que tienes por las mañanas cuando vas a arrancarlo. No tiene que llevarme a comer —añadió, volviéndose a mirarlo—. Llegará tarde por mi culpa.

—No se preocupe. Tengo tiempo. ¿Pasa droga su hermano?

—¡No!

Él la miró a la vez que deslizaba el coche entre el tráfico con movimientos precisos.

—Está bien. Procure que siga así. Estoy detrás de la familia Harris, y los detendré antes de dejar la fiscalía, pase lo que pase. Vender drogas en la calle es una cosa, pero en un colegio de primaria, le aseguro que en mi condado no.

—¡No puede hablar en serio! —exclamó ella—. Quizá en algún colegio del centro, pero no en el de Curry Station.

—Hemos encontrado crack en la taquilla de un alumno —dijo él—. Tiene diez años y ya pasa —la miró con el ceño fruncido—. ¡Cielos, no puede ser tan ingenua! —exclamó él—. ¿No sabe que en Georgia cada año encerramos a cientos de alumnos por pasar drogas, o que uno de cada cuatro niños tiene padres adictos?

—No lo sabía —confesó ella, y apoyó la cabeza en la ventanilla—. ¿Qué ha sido de los niños que iban al colegio, jugaban con ranas, hacían concursos de ortografía y saltaban a la comba?

—Era otra generación, señorita Cullen. La actual juega con armas y los únicos saltos que dan es de beber cerveza que no sé cómo consiguen. Siguen yendo al colegio, por supuesto, donde aprenden cosas en la escuela primaria de las que yo no me enteré hasta el instituto. Aprendizaje acelerado –explicó él–. Queremos que nuestros hijos sean adultos tan pronto para no tener que preocuparnos de los traumas infantiles. Estamos produciendo adultos en miniatura, y los niños que pasan las tardes solos en casa son los primeros de la clase.

–Las madres tienen que trabajar –empezó ella.

–Cierto. La mitad de las madres trabajan mientras sus hijos están solos o terminan divididos entre familias divorciadas –encendió un puro sin preguntarle si le molestaba. Sabía que la respuesta era afirmativa–. Las mujeres no tendrán la igualdad hasta que los hombres puedan quedarse embarazados.

Becky sonrió.

–Tendrían un parto terrible, me imagino.

Él se rió.

–No lo dudo, y con mi suerte, seguro que el mío vendría de nalgas –sacudió la cabeza–. Llevo un día horrible. Esta semana he acusado a dos delincuentes juveniles como adultos y eso me pone enfermo. Quiero que haya más padres que se ocupen de sus hijos. Es mi tema favorito.

–Usted no tiene hijos, supongo –preguntó ella, tímidamente.

Rourke aparcó el coche en el aparcamiento de Crystal, un establecimiento de comida rápida.

–No. Soy anticuado. Para mí los niños tienen que venir después del matrimonio –abrió la puerta y salió. Después rodeó el coche y abrió la de ella–. ¿Qué le apetece, una hamburguesa o chile con carne?

–Chile –respondió ella al instante–. Con tabasco.

–Usted es una de ésas, ¿verdad?

–¿Una de ésas qué? –preguntó ella.

Rourke deslizó las manos para envolverle las suyas, y Becky contuvo la respiración. El hombre se detuvo en la puerta y la miró de nuevo, viendo la sorpresa reflejada en el suave rostro femenino y en los ojos castaños con destellos dorados. Parecía tan sorprendida como él por el contacto que le provocó un calambre que le recorrió todo el cuerpo, tensándolo con un inesperado placer.

—Manos suaves —comentó él—, y dedos callosos. ¿Qué hace en casa?

—Lavar, cocinar, limpiar, cuidar del huerto —dijo ella—. Son manos trabajadoras.

Él las alzó y las giró en las suyas, estudiando los dedos expertos y elegantes de uñas cortas y sin limar. Eran manos trabajadoras, sí, pero también alargadas y esbeltas. Impulsivamente, se inclinó hacia adelante y le acarició los nudillos con los labios.

—¡Señor Kilpatrick! —exclamó ella, sonrojándose.

Él levantó la cabeza y la miró divertido.

—Es mi lado irlandés. El lado cherokee, por supuesto, la tendría a lomos de un caballo y fuera del país al anochecer.

—¿Tenían caballos?

—Sí, algún día se lo contaré.

Cuando Kilpatrick entrelazó los dedos con los suyos y la hizo entrar en el establecimiento, Becky se sintió como si caminara en sueños.

Pidieron la comida, buscaron una mesa libre y se sentaron a comer, Becky el chile con carne mientras él daba cuenta de dos hamburguesas con queso y dos raciones de patatas fritas.

—¡Qué hambre tengo! —exclamó él—. Últimamente no tengo tiempo ni para comer. Trabajo casi todos los fines de semana, y también por las noches. Incluso sueño con los juicios.

—Creía que tenía ayudantes para eso.

—Estamos desbordados —dijo él—, a pesar de las declaraciones de culpabilidad y los tratos. Tengo gente en la cárcel que no debería estar, pero tienen que esperar la fecha de juicio. No hay suficientes juzgados, ni jueces, ni cárceles.

—¿Ni fiscales?

Él le sonrió.

—Ni fiscales —dijo él. Los ojos negros recorrieron despacio el rostro femenino y subieron de nuevo a los ojos. La sonrisa se desvaneció y la mirada se hizo más íntima—. No quiero tener una relación contigo, Rebecca Cullen.

Costaba un poco acostumbrarse a la franqueza de aquel hombre. Becky tragó saliva.

—¿No quiere?

—Todavía eres virgen, ¿verdad?

Becky se puso roja como un tomate.

—Y ni siquiera lo he tenido que adivinar —dijo él, y terminó su batido de chocolate—. Escucha, yo no seduzco a jóvenes vírgenes. Mi tío Sanderson quería que fuera un caballero, no un indio piel roja, y me enseñó modales exquisitos. Gracias a él, incluso tengo remordimientos de conciencia.

Becky se movió incómoda en su silla, sin saber si hablaba en serio o le estaba tomando el pelo.

—No me acuesto con desconocidos —empezó ella.

—Yo no soy un desconocido —dijo él—. Aunque de vez en cuando prendo fuego a mi despacho o le piso el rabo a mi perro, no soy un hombre tan raro.

Ella sonrió. Una sucesión de dulces estremecimientos la recorrieron de arriba abajo mientras lo miraba y apreciaba la belleza del rostro de pómulos altos y marcados y la fuerza y la elegancia de su cuerpo. Era un hombre muy sensual, que le estaba robando el corazón y ella no podía hacer nada para impedirlo.

—No soy una mujer liberada —dijo ella—. Soy muy tradicional. A pesar de mi padre, he tenido una educación muy estricta, y en la iglesia. Supongo que eso le parecerá arcaico...

—Mi tío Sanderson era diácono de la iglesia baptista —la interrumpió él—. A mí me bautizaron a los diez años y asistí a clases de catequesis hasta que terminé el instituto. Usted no es el único bicho arcaico que existe.

—Sí, pero usted es un hombre.

—Eso espero —suspiró él—. Si no, me he gastado una fortuna en ropa que no me puedo poner.

Ella se echó a reír, encantada.

—¿Es éste el verdadero usted? Porque no puede ser el mismo hombre huraño y serio que conocí en el ascensor.

—Tenía muchas razones para estar serio. Me habían trasladado desde mi cómoda oficina del centro a un rascacielos en las afueras de la ciudad, me quitaron mi cafetería favorita, y me inundaron de trabajo. Por supuesto que estaba serio. Y además, estaba aquella joven irritante que no paraba de insultarme.

—Usted empezó —le recordó ella.

—Me limitaba a defenderme.

Becky recorrió el borde de la taza de café con el dedo.

—Yo también. Seguro que en los juicios muchos le temen.

—Eso dicen de mí, sí —dijo él. Recogió los restos de la comida—. Tenemos que irnos. Sólo tengo media hora para llegar al juzgado.

—¡Lo siento! —exclamó ella, poniéndose en pie como impulsada por un resorte—. No me había dado cuenta de la hora.

—Yo tampoco —confesó él.

Se hizo a un lado para dejarla pasar primero y salieron del establecimiento.

Aunque la temperatura había aumentado ligeramente, seguía siendo un día frío, y Becky se cerró la chaqueta.

Kilpatrick vio que estaba desgastada y tendría al menos tres o cuatro años. El vestido tampoco era nuevo, y los zapatos de tacón negros estaban a punto de pasar a mejor vida. Le preocupaba ver lo poco que tenía, pero a pesar de todo era una mujer alegre y animada, excepto cuando se mencionaba la situación de su hermano. Él había conocido a mujeres con dinero que se pasaban el tiempo despotricando contra todo, pero Becky, que no tenía prácticamente nada, siempre mostraba un gran amor a la vida y a la gente.

—Ahora está más animada —comentó él de regreso al edificio de oficinas.

—Todo el mundo tiene problemas —respondió ella—. Yo normalmente llevo los míos bastante bien. No son peores que los de cualquiera —añadió con una sonrisa—. En general, disfruto de la vida, señor Kilpatrick.

—Tutéame, por favor, y llámame Rourke —dijo él. Le sonrió—. Es irlandés.

—¡No! —dijo ella, fingiendo sorpresa.

—¿Cómo esperabas que me llamara? ¿George «Roca Montañosa», Henry «Mejillas de Mármol», o algo parecido?

Becky se cubrió la cara con las manos.

—Oh, Dios —gimió.

—En realidad, mi madre se llamaba Irene Tally —explicó él—. Su padre era irlandés y su madre cherokee, por lo que yo soy un cuarto, no medio cherokee. Aunque da igual —añadió—. Estoy muy orgulloso de mis ancestros.

—Mack no para de insistirle a mi abuelo para que diga que tiene sangre india —dijo Becky—. Este semestre están estudiando a los indios cherokees, y está loco por aprender a utilizar la cerbatana que usaban para cazar. ¿Sabías que los cherokees eran la única tribu del sureste que cazaban con cerbatana?

—Sí, lo sabía. Soy cherokee —le recordó.

—Sólo una cuarta parte, tú lo has dicho, y esa cuarta parte podría no saberlo.

Rourke se echó a reír.

—Dile a Mack que los cherokees no untaban los dardos con curare. Ese veneno sólo lo conocían los indios sudamericanos.

—Se lo diré —Becky miró al bolso que llevaba en el regazo—. Le caerías bien.

—¿Tú crees?

Rourke tenía unas ganas enormes de invitarla a salir, de conocer a su familia. Además, eso le permitiría conocer mejor la relación de Clay con los hermanos Harris, pero no quería herir a Becky y sabía que lo haría. Era mejor dejarlo pasar de momento.

—Ya estamos aquí.

Becky tuvo que reprimir una protesta. Después de todo, Kilpatrick la había invitado a comer y debía sentirse agradecida por las migajas, y no resentida por no ser invitada al banquete. Por eso, aunque quería llorar, le sonrió.

—Gracias por la comida —dijo, cuando estaban los dos de pie junto al coche.

—Ha sido un placer —dijo él. Alzó la mano y recorrió con el pulgar el labio inferior femenino, con movimientos lentos y sensuales—. Si no estuviéramos en un lugar público, señorita Cullen —dijo, dejando que sus ojos se deslizaran hasta su boca—, te tomaría los labios con los míos y te besaría hasta que se te doblaran las rodillas.

Becky contuvo el aliento. Aquellos ojos la estaban hipnotizando y tuvo que hacer un esfuerzo para no arrojarse a sus pies y suplicarle que lo hiciera.

—¿Siempre te afectan así las hamburguesas con queso? —susurró ella, tratando de recuperar su orgullo.

Él soltó una carcajada y dejó caer la mano.

—Maldita seas, mujer —gruñó él.

Becky estaba orgullosa de sí misma. Había logrado recuperar el equilibrio sin ofender demasiado su orgullo. Incluso lo hizo reír, y se preguntó si era tan fácil como parecía.

—Vergüenza debería darte, maldecir a una mujer en público, señor fiscal del distrito —dijo ella, con severidad. Y sonrió—. Gracias por la comida, y por el hombro. Normalmente no me deprimo, pero últimamente las cosas en casa se han puesto más difíciles.

—No tienes que explicarme nada —dijo él, sintiendo la necesidad de protegerla, una sensación a la que no estaba acostumbrado.

—Será mejor que entre —dijo ella, tras un minuto.

—Sí.

Se quedaron mirándose a los ojos, y el tiempo pareció detenerse. Rourke vibraba con la necesidad de pegarla contra su cuerpo y besarla. Se preguntó si ella sentiría la misma necesidad.

—Bueno, ya nos veremos.

Él asintió.

Becky logró que sus pies se pusieran en movimiento, pero no estaba segura de que tocaran el suelo. Tampoco sabía que un par de ojos curiosos la habían visto salir con Kilpatrick y regresar de nuevo con él.

—Tu hermana se ha hecho muy amiga del fiscal, Cullen —dijo aquella noche Son Harris a Clay—. Ha comido con él. No podemos permitir que la situación continúe así. Podría llegar a nosotros.

—¡No seas tonto! —dijo Clay nervioso—. A Becky no le interesa Kilpatrick. Seguro que no.

—Su investigador y él están cada vez más cerca. Quizá tengamos que librarnos de él —dijo Son, clavando los ojos en Clay, que lo miraba con desconcierto—. Tenemos una entrega muy importante dentro de unas semanas. No podemos permitirnos complicaciones.

—¿No crees que matar al fiscal causaría complicaciones? —se rió Clay, porque a Son le encantaba exagerar.

—No si le echan la culpa a otro.

Clay se encogió de hombros.

—Conmigo no cuentes. No sé disparar.

Son lo miró serio.

—Estábamos pensando en algo menos peligroso. Como

el coche –dijo, sonriendo al ver la dudosa expresión de Clay–. A ti se te dan muy bien las ciencias, ¿verdad? Y el año pasado hiciste un trabajo sobre explosivos. A ningún investigador le costaría mucho obtener esa información, te lo aseguro. Así que sé buen chico –añadió dándole unas palmaditas en el brazo–, y cúrrate a tu hermanito. O tendremos que ponerle una bomba al fiscal del distrito y echarte la culpa a ti.

–Mack no cambiará de opinión –dijo Clay.

Son ya estaba colocado. Seguro que no hablaba en serio. Sus palabras tenían que ser una broma. No, se dijo, era sólo una forma de hablar. Tenían miedo de que Becky dijera algo a Kilpatrick y sólo pretendían asustarlo. Cielos, no podían hablar en serio.

–Más vale que Mack cambie de opinión –insistió Son en un tono de voz falsamente suave y claramente amenazador. Miró a Clay con las pupilas dilatadas–. ¿Me has oído, Clay? Más vale que cambie. Queremos hacernos con el colegio, y lo tendremos. Así que ponte a currártelo ya.

Cuando Becky volvió a casa iba flotando en una nube, pensando únicamente en Kilpatrick, y no en sus problemas. Mientras preparaba la cena y su abuelo veía las noticias, tardó un rato en darse cuenta de que ninguno de sus dos hermanos estaba en casa.

Un poco más tarde, Mack entró en la cocina con la cara pálida, pero no le dijo nada. Murmuró algo de no tener hambre, pero no miró a Becky a los ojos.

Ella lo siguió a su dormitorio, secándose las manos húmedas en un trapo.

–Mack, ¿ocurre algo?

Él la miró y fue a decir algo, pero miró detrás de ella y bruscamente cerró la boca.

–No ocurre nada, ¿verdad, Mack? –dijo Clay y sonrió–. ¿Qué hay para cenar?

–¿Vas a cenar aquí? –preguntó Becky.

Él se encogió de hombros.

–No tengo nada mejor que hacer. Al menos hoy. He pensado echar una partida de damas con el abuelo.

Becky sonrió aliviada.

–Eso le gustará.

–¿Qué tal el día? —preguntó Clay mientras volvían a la cocina, donde ella comprobó unos panecillos que tenía en el horno.

–Muy bien –dijo ella–. El señor Kilpatrick me ha invitado a comer.

–Vaya, así que el fiscal y tú hacéis buenas migas –preguntó Clay, entrecerrando los ojos.

–No tiene nada que ver contigo –dijo ella con firmeza–. Es un hombre agradable. Sólo hemos comido.

–¿Kilpatrick agradable? –Clay se rió amargamente–. Ya lo creo que sí. Primero intentó encerrar a papá, y ahora me quiere encerrar a mí. Pero es agradable, claro.

Becky se puso roja de ira.

–No tiene nada que ver contigo –repitió–. Por el amor de Dios, tengo derecho a disfrutar un poco. Me paso el día limpiando, cocinando, y trabajando para todos. ¿No tengo derecho a ir a comer con un hombre de vez en cuando? Tengo veinticuatro años, Clay. Y apenas he tenido una cita en mi vida...

–Lo siento –dijo él, y hablaba en serio–. De verdad que lo siento. Sé que trabajas mucho por nosotros –añadió en voz baja.

Le dio la espalda y se alejó unos pasos, sintiéndose pequeño y avergonzado. Había muchas cosas que no le podía decir a su hermana, se dijo. Quería llevar dinero a casa para ayudar, pero sabía que no podía enseñárselo a Becky porque enseguida sospecharía su procedencia.

¿Cómo había podido meterse en aquel lío?

Son Harris lo tenía en sus manos. Clay tampoco quería ir a la cárcel. Suspiró y se asomó por la ventana. Quizá pudiera convencer a otro niño, alguien con menos escrúpulos que su hermano pequeño.

Clay miró a Becky. A ella le gustaba el fiscal del distrito, a él no. Pero pensar que los hermanos Harris habían hablado de asesinarlo...

¡Dios, qué desastre! Mientras ella continuaba con la cena, Clay fue al salón. Siempre podía llamar a Kilpatrick y avisarlo. Pero ¿y si era una broma? A Son le encantaba hacer bromas pesadas, y esa vez no estaba seguro de que no lo fuera. Después de todo, ¿dónde encontraría Son Harris a un asesino a sueldo? No, había sido una broma. Se estaba poniendo histérico por nada. Entonces se relajó, porque sin un matón, Son no podía hacer nada. No era más que una broma pesada, y él se la había tragado. ¡Seguro que se estaban riendo de él!

—¿Echamos una partida de damas después de cenar, abuelo? —preguntó al hombre mayor forzando una sonrisa.

Becky terminó con la cena y después se acostó, decidida a no reparar en el evidente abatimiento de Mack, la falsa alegría de Clay y la falta de entusiasmo del abuelo por la vida. Ya era hora de tener una vida propia, incluso si tenía que endurecer el corazón para conseguirlo. No podía sacrificarse eternamente. Cerró los ojos y vio la cara de Rourke Kilpatrick. Hasta ese momento nunca había querido a alguien lo suficiente para plantarse ante los suyos. Pero ahora eso estaba cambiando.

A veces, Kilpatrick se preguntaba por qué seguía teniendo a Gus. El enorme pastor alemán saltó al interior del Mercedes, pero en lugar de acomodarse detrás volvió a saltar a la acera. Rourke tardó cinco minutos en meter al enorme animal en el coche, y ya iba con bastante retraso. Quería dejarlo en la perrera para unos cursos de obediencia y, a ese paso, tendría suerte si llegaba a su despacho antes de la hora de comer.

Gus ladró, inquieto, como si sintiera algo extraño. Kilpatrick no vio a nadie cerca del coche.

Buscó un puro con la mano, pero no encontró la cajetilla. Con un suspiro de frustración, salió del coche y fue a buscarla. Cerró la puerta y dejó al perro en el interior. En el momento en que llegó a la puerta principal, la bomba estalló, convirtiendo el elegante Mercedes en un amasijo de hierros y cuero carbonizado.

Becky se dio cuenta de que había ocurrido algo por el repentino ajetreo en la oficina. Vio un continuo ir y venir de policías y detectives de paisano, y el sonido de las sirenas era casi constante.

—¿Sabes qué ha pasado? —preguntó a Maggie mientras trataba de ver la calle desde la ventana.

Era la hora de comer, y todos los abogados estaban fuera, junto con los asistentes legales. Maggie y Becky eran las únicas que quedaban en la oficina, ya que las otras secretarias y la recepcionista habían salido a comer.

—No —dijo Maggie acercándose a ella—. Pero algo ha pasado. Ésos son los artificieros —frunció el ceño—. ¿Qué estarán haciendo aquí?

En ese momento, Bob Malcolm entró en el bufete con pasos acelerados y expresión preocupada e inquieta.

—¿Han estado aquí? —preguntó.

—¿Quién? —preguntó Maggie.

—La unidad de artificieros. Están yendo por todo el edificio. Cielos, ¿no os habéis enterado? Han intentado matar al fiscal del distrito esta mañana. Le han puesto una bomba en el coche.

Becky se apoyó de espaldas en la pared, pálida. ¡Rourke!

—¿Ha muerto? —preguntó, y dejó de respirar mientras esperaba la respuesta.

—No —respondió Malcolm, mirándola con curiosidad—. Aunque su perro sí —fue hacia su despacho—. Tengo que hacer un par de llamadas. Tranquilas, no creo que tengamos que preocuparnos por nada aquí en el edificio. Aunque es mejor tomar precauciones.

—Sí, claro—dijo Maggie. Cuando se cerró la puerta de su despacho, rodeó a Becky con un brazo—. Vaya, vaya. Así que así es como están las cosas.

—No lo conozco muy bien —protestó Becky—. Pero ha sido amable con mi hermano, y lo... lo he visto varias veces por el edificio.

—Entiendo —Maggie la abrazó y la apartó—. Es indestructible, no lo dudes —le aseguró con una sonrisa—. Ve a arreglarte un poco.

—Sí. Claro.

Becky fue al cuarto de baño y se quedó allí mientras la unidad de artificieros registraba el bufete. No encontraron nada. Cuando terminaron ya era la hora de comer, pero Becky se quedó en el despacho con la excusa de terminar una carta. En cuanto Maggie desapareció, Becky subió a la planta superior y fue directamente al despacho de Kilpatrick.

Éste estaba hablando con un grupo de hombres, pero al verla, pálida y con los ojos desmesuradamente abiertos y preocupados, se despidió de ellos y sin decir una palabra, la tomó del brazo, la llevó a su despacho particular y cerró la puerta.

Ella no pensó ni se detuvo a considerar las consecuencias. Se metió en sus brazos y se pegó a él, estremeciéndose, sin decir nada, deslizando las manos bajo su chaqueta, con los ojos muy cerrados y respirando la exquisita fragancia de la colonia masculina en el silencio que chisporroteaba a su alrededor.

Kilpatrick, a quien nunca le faltaban las palabras, enmudeció durante un largo rato. La llegada precipitada de Becky y el pánico de sus ojos le llegaron a lo más hondo, y sus brazos se contrajeron.

—Estoy bien —le aseguró él por fin cuando recuperó el habla.

—Eso me han dicho, pero tenía que verlo con mis propios ojos. Acabo de enterarme —se apretó más contra él—. Siento lo del perro.

Él respiró profundamente.

—Yo también. Era un pesado, pero lo echaré mucho de menos —apretó las mandíbulas y bajó la cabeza hacia ella. La abrazó y pegó los labios a la garganta femenina—. ¿Por qué has venido?

—He pensado que... necesitarías a alguien —susurró ella—. Sé que parece una impertinencia, y siento haber entrado así...

—No tienes que disculparte —la interrumpió él con voz grave y pausada. Alzó la cabeza y la miró a los ojos—. Cielos, hace años que nadie se preocupa por mí –frunció el ceño y le retiró la melena de la cara–. No estoy seguro de que me guste.

–¿Por qué? –preguntó ella.

–Soy una persona solitaria –dijo él con absoluta franqueza–. No quiero ataduras.

Ella sonrió con tristeza.

–Ni yo puedo tenerlas. Mi familia es toda la responsabilidad que puedo asumir. Pero siento lo de tu perro y me alegro de que no hayas resultado herido.

–Los malditos puros que tanto detestas me han salvado –murmuró él–. He vuelto a buscarlos cuando ha estallado la bomba. Por lo visto el mecánico que lo hizo no era muy experto. Había un cable suelto en el temporizador.

–Oh. ¿No estaba conectado a la puerta o al acelerador?

Él la miró.

–No sabes absolutamente nada de explosivos plásticos ni temporizadores electrónicos, ¿verdad?

–Bueno, como nunca he querido cargarme a nadie, no me he preocupado de aprender –respondió ella, más relajada ahora que había comprobado que estaba bien.

–Respondona –dijo él.

Los ojos castaños casi negros cayeron de repente en su boca. Sin pensarlo, se inclinó hacia ella y la besó con fuerza. Unos segundos más tarde se separó de ella, mucho antes de que Becky tuviera tiempo de saborear su calor y la apartó con manos firmes y fuertes.

–Vete. Estoy hasta el cuello con los investigadores y los agentes federales.

–¡Agentes federales!

–Para delitos de terrorismo y crimen organizado –respondió él–. Esto ha sido un delito federal. Algún día te lo explicaré.

–Me voy. Espero no haberte avergonzado –empezó ella, más tímida ahora que se había recuperado del susto inicial.

—En absoluto. Mi secretaria está acostumbrada a que aparezcan de repente rubias histéricas y se me echen encima —dijo él, y se rió. Era la primera muestra de humor desde el terror y la angustia de la mañana. Seguía estando triste, pero le sonrió—. Vuelve al trabajo, señorita Cullen. No estoy hecho a prueba de bomba, pero alguien allá arriba me quiere.

—Yo diría lo mismo —dijo ella. Se acercó a la puerta y desde allí se despidió—. Adiós.

—Gracias —murmuró él, y le dio la espalda.

Rourke estaba profundamente conmovido por la visita. Le había emocionado intensamente saber que a ella le importaba si vivía o moría. Hacía mucho tiempo que nadie se preocupaba por él así. De hecho, nunca una mujer. Fue algo que le hizo pensar.

Todavía seguía pensando en ello cuando entró Dan Berry y cerró la puerta tras él.

—¿Ésa que ha salido no era la hermana de Clay Cullen? —preguntó a Kilpatrick—. ¿Ha venido a ver si lo había conseguido?

Kilpatrick se quedó inmóvil.

—Explícame eso —ordenó con voz tajante.

—Clay Cullen es un mago de la electrónica —dijo Berry—. El año pasado ganó un concurso de ciencias con un explosivo con temporizador. Supongo que los hermanos Harris le han echado una mano. Estamos seguros de que estaban todos implicados, pero no podemos demostrarlo.

Kilpatrick encendió un puro y se apoyó contra la mesa, deprimido y frustrado. ¿Por eso había ido Becky tan deprisa a verlo? ¿Le habría contado Clay sus planes? ¿Sabía algo?

—¿Qué habéis descubierto?

—Era un temporizador muy rudimentario. Si lo hubiera hecho alguien más experto, estarías muerto. Tal y como estaba preparado, no tenía que haber explotado.

Kilpatrick soltó una bocanada de humo.

–Sigue trabajando con la policía y comprueba si pueden localizar los explosivos. Quiero tener a Cullen bien vigilado.

–¿Un micrófono?

Kilpatrick maldijo para sus adentros.

–No podemos pedirlo. Maldita sea, sólo tenemos sospechas, pero no pruebas. Sin ninguna prueba que respalde nuestras intuiciones, no conseguiremos una orden judicial ni nada. Ni para Cullen ni para los Harris.

–¿Entonces qué hacemos?

–Dejar que se ocupen los federales –dijo Kilpatrick a su pesar.

–¿Con todo el trabajo que tienen? Seguro. Seguro que están encantados de perder el tiempo con un par de camellos aficionados en Atlanta.

Kilpatrick lo miró furioso.

–Ya se me ocurrirá algo.

Berry se encogió de hombros.

–Una lástima que no te guste nada esa chica, la hermana de Cullen. Sería una excelente fuente de información, sobre todo si tú le gustas a ella –miró al hombre con ojos expresivos–. Era sólo una idea.

–Sigue trabajando –dijo Kilpatrick, tajante, sin mirar al otro hombre.

Había estado pensando lo mismo, pero era una estrategia que no tenía nada de limpia y honrada. Toda su vida había seguido un estricto código de honor y eso iba totalmente en contra. ¿Tenía derecho a intentar sacar información a Becky que terminara con su hermano en la cárcel? Volvió hacia su mesa con una exclamación de asco.

Becky, ignorante de la conversación que estaba teniendo Kilpatrick con su detective, volvió aquella tarde a casa aterrada. Ahora estaba muy preocupada. Si alguien había querido matarlo una vez, probablemente volverían a intentarlo.

El abuelo y sus dos hermanos se dieron cuenta de su callada actitud durante la cena.

—¿Qué ocurre? —preguntó Clay.

—Esta mañana han puesto una bomba en el coche del señor Kilpatrick —dijo Becky, sin pensar.

Clay se puso blanco como la pared. Se levantó, balbuceó una disculpa sobre un supuesto dolor de estómago y se fue. Mack siguió allí, con los ojos muy abiertos.

—Entiendo que sus enemigos puedan querer quitarle de en medio —dijo el abuelo—. Pero es una forma muy cobarde de matar a un hombre. Y matar a su perro, todavía peor.

—Sí —dijo Becky. Miró hacia el salón, por donde se había ido Clay—. Clay no tiene muy buena cara. ¿Se encuentra bien?

—Claro que sí —se apresuró a responder Mack—. Pero iré a preguntárselo, ¿vale?

—Mack, no te has comido las espinacas...

—¡Luego! —gritó el chaval.

—¡Cobarde! —gritó ella, a su espalda.

El abuelo miró a su nieta.

—Ojalá pudiera mantener a Clay lejos de los Harris —dijo.

—Yo también, pero ¿cómo? ¿Atándolo al porche? —Becky dejó la servilleta y apoyó la cara en las manos.

—¿Te estás ablandando con Kilpatrick? —preguntó de repente el abuelo, mirándola con ojos astutos—. Parecías muy afectada por lo que le ha pasado.

Becky alzó la cabeza. Aquello fue la gota que colmó el vaso.

—Tengo todo el derecho a que me guste —le dijo sin dejarse amedrentar—. Si me gusta el señor Kilpatrick, es asunto mío y de nadie más.

El abuelo carraspeó y desvió la mirada.

—¿Me pasas un poco más de maíz? Está muy bueno.

Becky empezó a sentir remordimientos por responder al abuelo de aquella manera. Pero cada vez le resultaba más difícil hacer tantos sacrificios por ellos y que ellos lo ignoraran. Y por una vez en su vida, le importaba bien poco que sus decisiones molestaran a los demás.

A la mañana siguiente, Clay estaba todavía en la cama cuando Becky asomó la cabeza en su habitación para recordarle que se levantara. Mack ya estaba en la mesa de la cocina comiendo tortitas, pero Clay murmuró que le dolía el estómago y que no se levantaría.

—¿Quieres que te lleve al médico? —preguntó ella.
—No, estoy bien. El abuelo está aquí.

Becky suspiró pero prefirió no discutir con él. Clay estaba muy callado desde que ella mencionó el atentado con bomba contra Kilpatrick y ella no entendía por qué, a menos que su hermano hubiera deseado algo terrible contra él.

—Entonces cuídate —le dijo, y cerró la puerta.

Después volvió a la cocina, deseando saber más sobre adolescentes.

—Estás muy guapa —dijo Mack de repente.

Becky alzó las cejas. Llevaba una falda de cuadros roja, una blusa blanca y una chaqueta negra, y el pelo recogido como siempre en un moño.

—¿Yo?

El niño sonrió.

—Tú.

Becky se inclinó y le dio un beso en la mejilla.

—Tú te llevarás a las niñas de calle dentro de cuatro años —le aseguró ella.

—A los monstruos de calle —la corrigió él—. Odio a las chicas.

Becky apretó los labios.

—Te lo recordaré dentro de cuatro años. Ahí está el autobús —dijo, señalando hacia la ventana—. Date prisa.

—¿Y Clay? ¿Se encuentra bien? —preguntó el niño desde la puerta.

—Le duele el estómago, pero se pondrá bien.

Mack titubeó un momento, pero se encogió de hombros y salió.

En el trabajo, Becky no podía dejar de pensar en la extraña actitud de sus dos hermanos.

—¿Algún problema? —le preguntó Maggie mientras recogían las mesas antes de salir a comer.

—Últimamente todo se hace una montaña —dijo Becky con un suspiro—. Mi hermano está en casa con dolor de estómago. Tiene diecisiete años y ya se ha metido en líos con la policía. No sé qué estoy haciendo mal. Es tan difícil.

—Todos los chicos son difíciles, en mayor o menor grado —le aseguró la mujer—. Yo he tenido dos, aunque supongo que eran de los empollones —añadió con una sonrisa—. Ya sabes, estaban en el club de ajedrez, la banda de música, el grupo de teatro, ese tipo de chicos. Gracias a Dios nunca se les ocurrió salirse del buen camino.

—Dale las gracias a Dios, sí. Mi hermano Mack es como tus hijos, pero debo decir que Clay compensa con creces su buen comportamiento.

—Hoy no ha habido tanto jaleo —observó Maggie—. Es agradable no tener por aquí a las brigadas de artificieros.

Becky asintió y miró de soslayo la bolsa de papel marrón que había llevado consigo. Dentro había una tarta de limón que había preparado para Kilpatrick. Todavía no sabía si acabaría reuniendo el valor necesario para dársela, pero había pensado que le vendría bien después del disgusto del día anterior y la muerte de su perro.

–Puedes irte si quieres –le dijo Maggie–. Son las doce menos diez, pero yo voy a terminar de hacer algunas cosas. He quedado para comer un poco más tarde con las hermanas de mi ex marido –explicó–. Es increíble lo bien que sigo llevándome con su familia después de tanto tiempo. Una lástima que no me llevara tan bien con él.

–Estaré de vuelta a la una –le prometió Becky, agradecida por poder salir antes. Quizá así pudiera dejarle la tarta a la secretaria de Kilpatrick sin decir de quién era.

–Claro –dijo Maggie, y le sonrió.

Había visto la bolsa de papel, pero no dijo nada.

Becky estaba segura de que tenía una pinta horrible. Se recogió dos mechones de pelo en el moño y se arregló la falda intentando tapar la carrera que llevaba en la media. Se detuvo delante de la puerta del despacho de Kilpatrick, y casi se dio media vuelta y salió huyendo. Después se dio cuenta de que su aspecto era la última de sus preocupaciones, así que abrió la puerta y entró.

La secretaria levantó la cabeza y sonrió.

–Hola. ¿Puedo ayudarla en algo?

–Sí –respondió Becky y se acercó al escritorio, donde dejó la bolsa marrón–. He traído un poco de tarta de limón –dijo–. Para él.

En la oficina trabajaban un detective, un asistente legal, y tres ayudantes del fiscal, pero la secretaria supo a quién se refería.

–Lo agradecerá –le aseguró la mujer–. Le encanta la tarta. Ha sido un detalle de su parte.

–Sentí mucho lo de su perro –murmuró Becky–. Yo también tenía un perro. El año pasado lo atropelló el cartero. Será mejor que me vaya.

–Él querrá darle las gracias...

—No hace falta. No hace falta —dijo Becky, retrocediendo hacia la puerta—. Que tenga un buen... ¡oh!

Tropezó de espaldas con un cuerpo alto y fuerte. Un par de manos grandes y firmes la sujetaron y una voz grave rió detrás de ella.

—¿Qué has hecho? —preguntó él—. ¿Robar un banco? ¿Atracar una tienda? ¿O has venido a declararte culpable?

—Sí, señor —dijo la secretaria—. Creo que quiere sobornarle. Con tarta de limón.

—Buena idea, señora Delancy —respondió él—. Me temo que voy a tener que tomarla bajo mi custodia, señorita Cullen. Hablaremos de los términos en la cafetería más próxima.

—Pero... —empezó Becky, pero no le sirvió de nada.

Kilpatrick ya la llevaba hacia la puerta.

—Estaré de vuelta a la una —dijo a su secretaria.

—Sí, señor.

Kilpatrick llevaba un abrigo color crema con pantalones claros de tela y parecía mucho más alto que de costumbre.

—Todo un detalle hacerme una tarta. ¿Es un soborno o crees que no como lo suficiente? —le preguntó él deteniéndose delante del ascensor y pulsando el botón de llamada.

—Pensé que te gustaban los dulces —respondió ella—. Supongo que eres mejor cocinero que yo.

Seguía estando tensa, pero verlo fue como montarse de nuevo en una montaña rusa.

—¿Porque vivo solo? —dijo él, y sacudió la cabeza—. No sé ni hervir un vaso de agua. Compro comida preparada y la caliento. Algún día tendré que contratar otra ama de llaves si no quiero envenenarme antes.

Becky lo estudiaba en silencio mientras esperaban la llegada del ascensor. De repente pensó que era increíble haberse salvado de un atentado y seguir tan normal y tranquilo.

—¿Estuviste en el ejército? —preguntó.
—En los marines —respondió él—. ¿Se nota?
Becky sonrió.
—No pierdes fácilmente la calma —dijo ella.
Kilpatrick se metió el puro en la boca y la miró.
—Tú tampoco. Viviendo con dos hermanos, seguro que has tenido un buen entrenamiento de combate.
—Viviendo con dos hermanos a veces tienes la sensación de que lo necesitas —dijo ella—. Sobre todo con Clay.
Kilpatrick tuvo que morderse la lengua para no preguntar. Desvió los ojos hacia el ascensor cuando éste llegó. El ascensor iba lleno de oficinistas en su hora de comer y Kilpatrick hizo sitio para los dos. Becky sintió el brazo masculino en su cuerpo, rodeándola y pegándola a él de espaldas contra su pecho. Becky lo sentía respirando contra ella y sintió que le flaqueaban las rodillas. Afortunadamente, el ascensor bajó directamente hasta la planta baja y fue un alivio salir a la calle.
—¿Te apetece ir a la cafetería? —preguntó él—. Si quieres podemos ir a otro sitio.
—Pero no tienes coche.
Él se detuvo y la miró a los ojos.
—Mi coche quedó siniestro total, pero gracias a Dios tenía las cuotas del seguro al día y me darán otro. De momento tengo un coche oficial. No es tan grande como el mío, pero es cómodo y funciona.
Becky bajó los ojos y tragó saliva.
—Me alegro de que fumes puros, Rourke.
Él alisó con la mano la manga desgastada de la blusa blanca.
—Yo también —dijo él, vacilante. De repente sus dedos se cerraron y sujetaron el brazo femenino con intensidad. Se inclinó hacia ella, tan cerca que Becky sintió el calor y el poder de su cuerpo de la cabeza a los pies—. Di mi nombre —dijo él, con voz ronca.

—Rourke —dijo ella, en un susurro sin aliento. Alzó los ojos y lo miró a la cara—. Rourke —repitió, intensamente.

La mirada masculina cayó sobre su boca y la mandíbula se tensó. Sin soltarla, Rourke tiró de ella hacia la cola que se estaba formando en la puerta de la cafetería.

—No puedo entender cómo te has librado de ser violada en el vestíbulo.

Becky abrió los ojos desmesuradamente. No estaba segura de haberlo oído bien.

—No lo entiendes, ¿verdad? —murmuró él, llevándose el puro a los labios—. Tienes los ojos más seductores que he visto en mi vida. Totalmente sensuales. Que me miran con una expresión que me hace desear... —sacudió la cabeza—. Olvídalo. Parece que hoy tenemos pescado, hígado, y pollo asado —murmuró mirando por encima de su cabeza para cambiar de conversación.

Su cuerpo se estaba tensando con una sensación absolutamente erótica y se sentía de lo más incómodo.

—Detesto el hígado —murmuró ella.

—Yo también.

Becky hizo una mueca al ver las volutas de humo del puro en el aire.

—¿No sabes que hay una ordenanza municipal que prohíbe fumar aquí? —le preguntó ella.

—Claro, soy abogado —le recordó él—. Nos enseñan esas cosas en la Facultad.

—No eres sólo abogado, eres el fiscal del distrito —respondió ella.

—Estoy dando ejemplo —explicó él—. Si hay gente que todavía no sabe qué es fumar, cuando me vean lo sabrán —añadió, y metiéndose el puro entre los dientes sonrió.

—¡Eres imposible!

Cuando llegaron a las puertas de la cafetería él apagó el puro. A pesar de las protestas de Becky, él la invitó a comer.

—Por favor, no deberías... —protestó ella, sentándose a una mesa para dos junto a la ventana.

—Calla y come —dijo él, agarrando su tenedor—. No tengo tiempo para discutir contigo.

—Yo detesto discutir —murmuró ella entre bocados de pescado.

—¿Sí?

—Ya discuto bastante en casa —explicó ella, con una triste sonrisa.

—Hay formas legales de obligar a tu padre a ocuparse de sus responsabilidades —sugirió él.

—En este momento mi padre es la última complicación que necesito —dijo ella con un suspiro—. No te imaginas lo que es, que aparezca de repente y exija que le ayudemos a salir de cualquier embrollo. Es lo que he hecho toda mi vida, hasta hace dos años. Y desde que se fue a Alabama, ha sido como vivir en otro mundo. Espero que se quede allí y no vuelva nunca —dijo ella con un estremecimiento—. Con lo que tengo es más que suficiente.

—No deberías ocuparte tú sola —dijo él y dejó el tenedor—. Escucha, hay agencias sociales...

Becky le tocó la mano que descansaba sobre la mesa.

—Gracias, pero mi abuelo es demasiado orgulloso para aceptar ningún tipo de ayuda. Mis hermanos y mi abuelo prefieren vivir en la calle antes que ir a vivir a ningún otro sitio. La granja es todo lo que tenemos, y tengo que mantenerla lo mejor que pueda. Sé que tus intenciones son buenas, pero sólo hay una forma de hacerlo, y ya lo estoy haciendo.

—En otras palabras —dijo él bruscamente—. Que estás atrapada.

Becky se puso pálida. Desvió la mirada, pero él volvió la mano hacia arriba y le sujetó la suya.

—No te gusta esa palabra, ¿verdad? —dijo él, mirándola a los ojos—. Pero es la verdad. Eres tan prisionera como cualquiera de los delincuentes que mando a la cárcel.

—Prisionera de mi propio orgullo, de mi sentido del deber, del honor y de la lealtad. Mi abuelo me enseñó que ésos son los pilares de cualquier educación decente.

—Y tiene razón —dijo Rourke—. Pero no se pueden sustituir por los remordimientos.

—Yo no me quedo por remordimientos.

—¿No? —dijo él, sin soltarle la mano, acariciándola arriba y abajo con los dedos con una intimidad que la hizo temblar. Rourke alzó los ojos y la miró—. ¿Alguna vez has tenido un romance?

—Incluso si creyera en esas cosas, no tengo tiempo —empezó ella, sonrojándose.

—Eres guapa. Podrías tener un marido y una familia si lo quisieras.

—No quiero —empezó ella.

Rourke dibujó círculos con el pulgar en la palma de su mano con movimientos sensuales.

—¿No quieres qué? —preguntó él, bajando la voz y dejando que sus ojos acariciaran los labios femeninos hasta que ella sintió que se ahogaba bajo su mirada—. ¿Nunca has tenido un amante, Becky?

—No.

Rourke sintió el temblor de la mano femenina y su cuerpo se tensó con un repentino y potente deseo. Becky era delgada, pero sus senos se erguían altos y firmes y la cintura se estrechaba exquisitamente justo antes de redondearse sobre las caderas y las largas piernas. Mientras seguía con los ojos el suave subir y bajar del pecho femenino, Rourke pensó que bajo la ropa tendría un cuerpo exquisito.

—Rourke —gimió ella, sonrojándose.

Rourke se obligó a mirarla a los ojos.

—¿Qué?

Becky tiró de la mano y él la soltó. Pinchó un trozo de pescado con el tenedor y casi se le cayó al llevárselo a los labios.

Kilpatrick la observaba con satisfacción. Ella también era tan vulnerable como él. Era guapa e inocente, y ganarse su confianza sería tan sencillo como ganarse la confianza de un niño.

En parte detestaba la idea de utilizarla para detener a su hermano y a través de él a los hermanos Harris. Pero por otra parte, ella lo excitaba y usó esa parte como excusa para convencerse de que estaba ayudándola a liberarse de su sofocante forma de vida.

—Podríamos volver a repetir esto mañana —dijo él, apoyándose en el respaldo de la silla—. No me gusta comer solo.

Becky estuvo a punto de ponerse a dar saltos de alegría. Un hombre como Kilpatrick deseando su compañía. No se cuestionó sus motivos ni sus intenciones. Le bastaba con su interés.

—Me gustaría comer contigo —balbuceó ella tímidamente. Y titubeando, añadió—: ¿Estás seguro?

—¿Por qué no iba a estarlo? —dijo él, mirándola—. A veces hablas como si fuera imposible que un hombre pueda sentirse atraído por ti.

—Bueno, no soy precisamente guapa —dijo ella con una leve sonrisa.

—Tienes un pelo y unos ojos preciosos —le aseguró él, midiendo sus palabras para no asustarla—. Un cuerpo sensual y encantador, y me gusta tu sentido del humor. Me gusta estar contigo —dijo él—. Y además me encanta la tarta de limón.

—Oh, entiendo —se rió ella ahora, relajando la tensión—. Ahora te vas a dejar sobornar.

Él asintió.

—Exactamente. No se me puede comprar con dinero, pero la comida es otra cuestión. Un hombre hambriento y una buena cocinera es una pareja que cualquier jurado puede entender.

—¿Lo dices por si te enveneno sin querer? —preguntó ella, divertida.

—Por supuesto.

—Esta noche me desharé de todo el cianuro que tengo —prometió Becky solemnemente llevándose una mano al corazón—. Sólo lo tengo para dárselo a los viajantes que vienen vendiendo aspiradoras.

—Buena chica. Cómete el postre.

Becky así lo hizo, pero sin enterarse de lo que se estaba metiendo en la boca. Estaba demasiado ocupada mirando a Kilpatrick.

La joven pasó el resto del día flotando por la oficina, con la cabeza en las nubes. Maggie se dio cuenta de su estado e hizo algún comentario jocoso en broma, pero a Becky no le importó.

Al volver a casa, tuvo mucho cuidado de no mencionar el nombre de Kilpatrick. Sólo traería problemas, y ahora ya sabía lo que la familia pensaba de él. Clay y su abuelo lo detestaban. El único aliado que podría tener era Mack, pero no sería suficiente.

Dio de comer a las gallinas y recogió los huevos sin apenas pensar en lo que hacía. El fuerte rugido de un motor la hizo volverse justo a tiempo para ver a Clay descender de un lujoso y carísimo coche deportivo, riendo mientras se despedía del conductor. Pero no era ninguno de los hermanos Harris. Era una chica. Y a Clay ya no le dolía el estómago. Lo miró furiosa.

Clay caminaba hacia la casa con pasos ligeros cuando vio a su hermana. El joven vaciló un momento y después se acercó a ella. Llevaba pantalones y camiseta de marca.

—Así que dolor de estómago, ¿eh? —preguntó ella, con voz helada—. ¿Y de dónde diablos has sacado esa ropa?

—¿Qué ropa? —dijo él.

Su cabeza todavía estaba en Francine y en la pasión que empezaba a haber entre ellos, sobre todo ahora que él tenía ropa de marca y un poco de dinero en el bolsillo. Sin embargo, acababa de estropearlo todo al dejar que su hermana lo sorprendiera vestido con las prendas nuevas.

—Ropa de marca —dijo ella, con desesperación—. ¡Oh, Clay!

—Lo he comprado con mi dinero —dijo él, pensando deprisa—. He encontrado trabajo por las noches en una tienda en Atlanta. Ahí es donde he estado. Quería darte una sorpresa.

Becky lo miró con clara incredulidad. A Clay no le gustaba trabajar, y mucho menos toda la noche.

—¿No me digas? ¿Y dónde estás trabajando exactamente?

A Clay no se le ocurrió una respuesta convincente. Estaba bastante seguro de que Mack no había dicho nada, pero él había encontrado otro contacto en el colegio. Ahora los hermanos Harris tenían una buena operación en marcha y Clay no quería permitirse el lujo de sentir remordimientos. Después de todo, si los chavales no conseguían la droga por él la conseguirían por otra persona. Y él tampoco la estaba vendiendo directamente, se limitaba a entregársela a los camellos del colegio. Por eso no podía meterse en líos.

—¿Qué más da? —preguntó, beligerante—. Ahora que puedo comprarme ropa buena, tengo una chica.

Becky se tensó.

—Escucha, las chicas que se fijan antes en las etiquetas de la ropa que en lo que eres de verdad no te convienen.

—No digas chorradas —le respondió él, con la cara roja—. Las chicas se fijan en esas cosas. Antes Francine no me daba ni los buenos días, pero ahora es ella la que me invita a salir.

—¿La chica del deportivo?

—Sí, pero no es asunto tuyo —respondió él.

—¿Ah, no? ¿Quién te sacó de la cárcel? —dijo ella, furiosa–. Mientras vivas aquí, todo lo que haces es asunto mío. Y quiero saber más sobre ese trabajo tuyo.

–Maldita sea, se acabó. Voy a recoger mis cosas y me largo.

–Vale –dijo ella, volcando el cuenco de comida en el suelo–. Hazlo. Le diré a Kilpatrick que no has cumplido el trato de permanecer bajo mi custodia y que puedes volver a la cárcel.

Clay contuvo el aliento. Aquella Becky no era la que él conocía.

–Estoy harta de ti –dijo ella, temblando de rabia contenida–. Os he dado a los tres todo mi tiempo y todo mi esfuerzo desde siempre. ¿Y qué he sacado a cambio? ¡Un hermano que deja el instituto, que está entrando y saliendo de la cárcel, otro que cree que los deberes los hacen los duendes, y un abuelo que quiere decirme con quién puedo o no puedo salir! ¡Por no mencionar a un padre que no tiene ningún sentido del honor ni de la responsabilidad!

–¡Becky! –exclamó Clay.

–Pues os podéis ir todos al infierno. Tus amigos narcotraficantes y tú podéis terminar en la cárcel y arreglároslas solos también para salir.

Las lágrimas le bajaban por las mejillas en un reguero interminable. Clay se sentía culpable y furioso a la vez. No sabía qué decir.

Dejó escapar una maldición y salió hacia la casa.

–¿Dónde te crees que vas? –quiso saber ella.

–¿Tú dónde crees? –le gritó él desafiante sin detenerse.

Becky tiró el cuenco contra el suelo, temblando de rabia. ¡Si pudiera echar las manos al aire y descargar todas sus responsabilidades en otra persona! Pero la vida no era tan sencilla. Sabía que no debían haber acusado a su hermano de narcotráfico, pero Clay no tenía que haber dejado el instituto para pasearse por ahí con chicas en lujosos coches descapotables y vestido de diseño cuando ella apenas podía permitirse comprar ropa de segunda mano para el resto de la familia.

Recogió el cuenco del suelo que, sorprendentemente, no se había roto. Aunque tampoco le hubiera importado mucho. En su estado de ánimo, lo único que deseaba era tener a alguien que pudiera ofrecerle ayuda y consejo sobre cómo evitar que su hermano se metiera en un problema de graves consecuencias.

«Pero hay alguien», se dijo, deteniéndose en seco.

Kilpatrick. La había invitado a comer, era amable y atento, y parecía sentir algo por ella.

Se animó al pensar en pedirle consejo, aunque se prometió no ponerse demasiado pesada. Kilpatrick había tratado con jóvenes problemáticos antes, y seguramente no le importaría decirle lo que pensaba. Si a Clay no le gustaba, peor para él. Era hora de ser menos indulgente con él y obligarle a tomar más responsabilidades.

Cuando puso la cena en la mesa, Clay había desaparecido sin decir una palabra. Becky no lo mencionó. Mack y el abuelo tampoco parecían tener muchas ganas de hablar de él, así que no tocaron el tema. A la hora de acostarse, Clay todavía no había vuelto y Becky se quedó despierta, preguntándose en qué se había equivocado con él. Lo único positivo era que últimamente parecía no tomar drogas. Quizá eso era una buena señal.

8

Kilpatrick recogió a Becky en el bufete para ir a comer, lo que provocó muchas miradas de sorpresa entre sus compañeros de trabajo. Él sonrió al ver la expresión ligeramente cohibida de la joven a la vez que sus ojos recorrían el cuerpo esbelto cubierto por un vestido estampado ceñido a la cintura y la melena suelta. Estaba más joven y guapa que nunca, y el rubor de las mejillas le daba un nuevo resplandor.

–¿No es tan sencillo como pensaste? –preguntó él, mirando hacia atrás, hacia una de las secretarias que estaba mirándolos descaradamente–. No tengo pareja estable –añadió–, y por tanto cuando empiezo a invitar a una mujer a comer, la gente se da cuenta.

–Oh.

Becky no sabía qué decir. Desde que lo conoció se preguntaba si Kilpatrick tenía pareja, o quizá una amante, pero le había dado miedo preguntarlo, por si la respuesta era afirmativa.

Todavía estaba pensando en eso cuando se sentaron en la cafetería con sus bandejas.

–¿Qué tal te va todo? –preguntó él, pinchando la ensalada.

—Bien —mintió ella, y sonrió, tratando de hacer un esfuerzo para no desahogarse con él y comentarle lo de Clay.

Mencionarlo podía darle la sensación de que ella tenía segundas intenciones con él; que salía con él por su hermano. Y no quería permitir que aquello sucediera, al menos en una fase tan frágil de su relación.

—¿Y tú? —preguntó ella—. ¿Ya sabes quién intentó matarte?

—Todavía no —dijo él, tras buscar en sus ojos durante un minuto—. Pero lo sabré —se llevó el tenedor a la boca.

Becky pensó en lo cerca que había estado de morir y se estremeció. Rourke vio el ligero movimiento y lo malinterpretó, pensando en la posible implicación de su hermano y en si ella sabía algo. Quizá si se ganaba su confianza, algún día se lo diría.

—La tarta de limón estaba deliciosa —dijo él, y sonrió—. Pensé que me duraría al menos una semana, pero la terminé anoche.

—¿Toda?

—Bueno, lo que quedaba de ella —corrigió él—. A mi secretaria y mi investigador también les gustó. De hecho, creo que la señora Delancy utilizó un trozo para atraer a su marido a una situación comprometedora.

—¡Qué escándalo! —dijo ella, sonriendo.

—Era un trozo especialmente exquisito —dijo él, terminando la ensalada.

—Me alegro de que les gustara —dijo ella, pinchando la ensalada—. ¿Crees que ahora estás seguro? —preguntó, mirándolo con expresión angustiada—. ¿No volverán a intentarlo?

—No lo creo —respondió él, mirándola a los ojos—. Ha salido en todos los periódicos y televisiones locales, e incluso en los teletipos de las agencias de prensa nacionales. A los asesinos a sueldo no les gusta tanta publicidad. No volverán a intentarlo al menos hasta que la gente se olvide de lo ocurrido.

—Espero que para entonces ya los hayas detenido.

—¿Estás preocupada por mí, Becky? —preguntó él, con una perezosa sonrisa.

—Sí —respondió ella con sinceridad, las mejillas un poco pálidas—. ¿Miras al menos los bajos del coche?

—Cuando me acuerdo —murmuró él, secamente—. Deja de mirarme así. No soy un kamikaze.

—Perseguir a algunos narcotraficantes desde luego lo parece —insistió ella—. En el *National Geographic* había un artículo sobre un importante narcotraficante que mató a todos los que intentaron detener su operación. Tenía billones de dólares. ¿Cómo se lucha contra alguien con todo ese dinero y todo ese poder?

—Lo mejor es tratar de atajar los motivos por los que la gente se droga —dijo él—. Hay demanda porque a veces la vida es muy dura y la gente quiere escapar. El crack es barato, quince gramos cuestan unos cincuenta dólares, comparado con los ciento cincuenta dólares que se pagan por treinta gramos de cocaína en la calle. Es más caro que beber, pero está de moda. La marihuana es muy barata, y evita las náuseas de la cerveza y el vino —entrecerró los ojos—. ¿Cómo ayudas a un chaval a vivir con un padre alcohólico que pega a su madre, o a un niño que sufre abusos sexuales? ¿Cómo pones comida en la mesa de una familia de cinco personas que se mantiene con el sueldo de la madre que trabaja en una fábrica? ¿Cómo sacas a un vagabundo de la calle? Estamos hablando de desesperación, Becky. De gente que no puede soportar la realidad y que necesita una salida. Hay gente que lee, otros ven películas, otros la televisión. Muchos se refugian en la bebida o en la droga. La presión de la vida actual es muy fuerte para algunos segmentos de la sociedad. Cuando la presión es excesiva, estallan. Entonces es cuando caen en mi regazo.

—Por drogarse.

—Por hacer lo necesario para pagarse las drogas —la corrigió él—. Hasta el hombre más honrado tiene que robar para mantener un hábito de cien dólares al día.

—¡Cien dólares al día! —exclamó ella horrorizada.

—Eso no es mucho —continuó él—. Para algunos pueden llegar a ser mil dólares al día.

Becky sintió náuseas. Sabía que Clay había tomado cocaína porque se lo había dicho, y se preguntó si la estaba vendiendo para poder comprarse la ropa de marca que llevaba.

—¿Los camellos ganan mucho dinero, los camellos pequeños, quiero decir?

—Si te fijas en los hermanos Harris, el Corvette que conduce Son puede darte una idea del dinero que ganan.

—Lo he visto —dijo ella, cansada—. La cocaína es muy adictiva, ¿verdad?

Rourke apretó los labios.

—¿Sabes cómo se porta un alcohólico?

—Más o menos —mintió ella, porque había visto a Clay borracho un par de veces—. Se ríen por nada, tienen los ojos rojos y apenas pueden hablar. ¿Se puede curar?

—Si se pilla a tiempo, sí, aunque la tasa de éxito no es muy tranquilizadora. No es fácil vencer una adicción, como tampoco lo es reconocer que se tiene —explicó él, sujetando la taza de café—. Lo mejor es no empezar.

—Sí —dijo ella—. ¿Los niños también se hacen adictos, como los mayores?

—Algunos nacen con el síndrome de abstinencia —dijo él—. ¿Es un mundo terrible, no crees, cuando los padres no pueden cuidar de sus propios hijos?

—Es mucho peor cuando venden droga a niños de primaria. Mack me dijo que habían registrado las taquillas del colegio y que encontraron crack.

Rourke la miró con dureza.

—Hay una especie de guerra entre los camellos de marihuana y los de crack, que son mucho más duros —explicó él bajando el tono de voz.

—Oh, cielos.

Becky estaba arañando la servilleta con las uñas, prácticamente haciéndola trizas. Rourke le puso la mano encima para tranquilizarla.

—Hablemos de algo más alegre —propuso él.

Becky forzó una sonrisa.

—Por mí encantada.

—Este pobre ternero murió de viejo antes de llegar aquí —dijo él, clavando el tenedor en la carne—. ¿Lo ves? No se mueve. Casi prefiero comerme el postre.

Becky sacudió la cabeza y se echó a reír.

Durante la semana siguiente, comió con él todos los días. Nunca había sido tan feliz. El único inconveniente era tener que ocultarlo a su familia.

Entretanto, Clay se iba todas las noches a su supuesto trabajo y pasaba los fines de semana en compañía de Francine, la belleza morena del coche deportivo. Clay nunca la invitaba a entrar en casa. Seguramente se avergonzaba del suelo agrietado de linóleo y la pobre pintura de las paredes, pensó Rebecca. Pero la joven iba a recogerlo para ir a trabajar y después lo llevaba a casa. Así al menos Clay no quería un coche que hiciera juego con su ropa de marca. Le había preguntado dónde trabajaba, pero Clay sólo le dijo que en una tienda del centro, y ella no quiso insistir, porque si mentía casi prefería no saberlo. Era más fácil creer que se había reformado y que su interés en Francine lo había ayudado a volver al buen camino. Pero una adolescente al volante de un lujoso Corvette nuevo le preocupaba, más aún desde que se enteró por casualidad de que los padres de Francine eran simples trabajadores.

Últimamente Mack también estaba bastante obediente. Estudiaba matemáticas y hacía los deberes sin tener que decírselo, pero evitaba siempre a su hermano. Rebecca se dio cuenta de eso, y de otras sutiles diferencias. Estaba preocupada, pero no sabía qué hacer. Además, ahora tampoco podía confiar en Kilpatrick, porque si mencionaba la compañía o la ropa de Clay el fiscal sospecharía de sus actividades.

Dado que tampoco podía hablar con Clay, fingió que todo iba bien. Empezaba a sentirse viva por primera vez y no quería estropear su felicidad.

Kilpatrick empezaba a observarla con una mirada que a ella le resultaba deliciosamente excitante. Los ojos oscuros se detenían cada vez más en sus senos y en sus labios, e incluso el timbre de su voz parecía cambiar. Incluso Maggie se había dado cuenta.

—Cuando habla contigo parece que está ronroneando —le mencionó una mañana, sonriendo maliciosamente a su compañera—. Cuando ha llamado para quedar contigo en el aparcamiento, le ha cambiado la voz en cuanto te has puesto al teléfono. Oh, le gustas. Le gustas mucho. Imagina, nuestra tímida jovencita que nunca sale con nadie en brazos del guapísimo fiscal del distrito.

—Basta, por favor —pidió Becky riendo—. Sólo estamos comiendo juntos. Además, le hice una tarta.

—Todo el mundo sabe que le hiciste una tarta —la informó Maggie—. Los que no se enteraron por él, se enteraron por su secretaria. Lo que me extraña es que no haya venido ningún periodista a hacerte una entrevista sobre tus habilidades culinarias.

—¿Quieres dejarlo de una vez? —le suplicó Becky.

—No cambies ese disco de sitio —le advirtió Maggie—. Y si yo fuera tú, esta tarde me quedaría en la ciudad a hacer unas compras. Tengo la sensación de que pronto vas a necesitar un buen vestido de noche.

Becky frunció el ceño y se echó el pelo hacia atrás. Ahora lo llevaba siempre suelto, porque a Kilpatrick le gustaba así. Dedicaba más tiempo a maquillarse y a arreglarse, y desde luego debía de haberle impresionado, porque últimamente lo sorprendía mirándola en silencio muchas veces.

—¿Un vestido de noche?

—A Kilpatrick lo están agasajando desde todos los lados, para que vuelva a presentarse a las elecciones a fiscal —le explicó Maggie—. Estoy segura de que serán cenas espléndidas.

—No soy bastante sofisticada para ese tipo de cosas.

—No tienes que ser sofisticada, hija. Sólo tienes que ser tú misma —le aseguró Maggie—. No te das aires. Por eso caes bien a la gente. Siempre eres tú misma. No te preocupes, estarás perfecta.

—¿De verdad lo crees?

—Sin ninguna duda. Ahora ve a empolvarte la nariz y a comer. No queremos enfadar al fiscal del distrito, con todos los juicios que nos esperan el mes que viene —añadió con una maliciosa sonrisa.

Impulsivamente, Becky abrazó a Maggie antes de salir corriendo.

Kilpatrick estaba apoyado en un coche negro, con las piernas cruzadas, silbando suavemente. Llevaba unos pantalones de tela grises y una gabardina clara con una alegre corbata roja. Becky suspiró al verlo.

Él la miró sonriendo. Los ojos oscuros recorrieron la figura femenina enfundada en un traje blanco y una blusa rosa, con medidas oscuras y zapatos blancos de tacón alto. Con la melena dorada larga y suelta sobre los hombros y la cara radiante de felicidad, estaba preciosa.

Kilpatrick le silbó, y se rió cuando ella se sonrojó.

—¿Dónde vamos? —preguntó Becky.

—Es una sorpresa. Sube.

Le abrió la puerta y después rodeó el coche para sentarse detrás del volante. Cuando metió la mano en el contacto, se detuvo al ver la expresión de su cara.

—Lo he comprobado —susurró él, inclinándose hacia ella—. Los cables, los bajos, todo. Tranquila.

Becky se tapó la cara con las manos.

—Soy una tonta.

—No, sólo eres humana. Y si mi secretaria no estuviera con la mitad del cuerpo fuera de la ventana mirándonos, te besaría hasta hacerte perder la cabeza —añadió, con una pícara sonrisa.

A Becky se le encendieron las mejillas, y recordó el único beso que le había dado y cuánto lo deseaba otra vez.

—Tu secretaria me cae bien —dijo ella, para cambiar de conversación.

Kilpatrick se echó a reír, sin dejarse engañar.

—A mí también. Vámonos.

Arrancó el coche y apretó el acelerador.

Esa vez la llevó a una crepería. A Becky le encantó la carta. Era el lugar más elegante en el que había estado en su vida. En lo referente a restaurantes, apenas conocía la cafetería que había junto al trabajo y los distintos restaurantes de comida rápida de la zona.

—¿No has estado nunca en una crepería? —preguntó él extrañado.

—No —dijo ella, con una tímida sonrisa—. Mi presupuesto no da para lugares como éste, y si lo diera, tendría que llevar a toda la familia, y sería bastante caro. Mack puede comerse lo tuyo y lo mío de una sentada y después pedir postre.

—¿Mack?

—Mi hermano pequeño —explicó ella—. Sólo tiene diez años.

—¿Se parece a ti? —preguntó él.

—Oh, sí —respondió ella, sonriendo—. Le encanta ayudarme en el huerto. Últimamente es el único que me echa una mano. El abuelo no puede, y Clay... tiene un trabajo.

Él alzó una ceja.

—Me alegro por él.

—También tiene novia, pero no he tenido la oportunidad de conocerla —añadió nerviosa—. Nunca la invita a entrar.

—Quizá no sea la clase de novia que quiere invitar a casa —dijo él—. Becky, a su edad, el sexo es algo nuevo y excitante, y a los chicos no les gusta que los mayores sepan qué hacen. No debe sorprenderte que no quiera invitarla a entrar en casa.

Becky suspiró aliviada. Quizá Clay no quería que su hermana supiera que se acostaba con una chica. Su hermano sabía que ella en eso era bastante anticuada y que iba a la iglesia. Por eso no quería que conociera a Francine.

—Oh, sí, y yo que creía que se avergonzaba de nosotros.

—¿Avergonzarse? ¿Por qué?

Becky titubeó un momento y bajó los ojos.

—Rourke, somos gente de campo. La casa se cae de vieja, y dentro no hay nada bonito ni elegante. Si Clay quiere impresionar a su chica, quizá no quiera que sepa cómo vivimos.

—Estoy seguro de que cualquier casa donde vivas tú estará limpia y reluciente como una patena —dijo él tras un minuto, mirándola con ternura—. Y no imagino a nadie avergonzado de estar contigo.

Becky se sonrojó y después sonrió.

—Gracias.

—Lo digo en serio.

Se la quedó mirando durante un largo momento, y después se rindió por fin a la tentación que no podía continuar posponiendo.

—Me gustaría invitarte a cenar el sábado. ¿Es un buen día?

Becky se quedó inmóvil mirándolo.

—¿Qué?

—Quiero invitarte a salir. A cenar y al cine, o a bailar, si prefieres —explicó él—. Si no tienes miedo —añadió—. Podrían volver a intentar acabar conmigo. Lo entenderé si prefieres esperar hasta que pase todo esto.

—¡No! —lo interrumpió ella, casi sin respiración—. Oh, no, no... no tengo miedo. En absoluto. ¡Será un placer!

Rourke tomó la taza y bebió un largo trago de café solo.

—A tu familia no les hará ninguna gracia.

—Que piensen lo que quieran —dijo ella—. Tengo derecho a salir de vez en cuando.

—Me halaga que estés dispuesta a hacer eso por mí —dijo él, con un especial brillo en los ojos.

Becky se sonrojó.

—¿A qué hora?

—A las seis —murmuró él—. Ponte algo sexy.

—No tengo nada sexy —confesó ella—. Pero el sábado lo tendré —le aseguró, con una pícara sonrisa.

—Así me gusta —dijo él, y terminó el café—. ¿Te apetece un postre?

El resto de la semana pasó como un suspiro. Becky se quedó en el centro y fue de compras con Maggie, en busca del vestido perfecto para la cena. Lo encontraron en una pequeña boutique, con un cincuenta por ciento de descuento, y a Becky le costaba creer que era la propietaria de un vestido de fiesta tan elegante.

Era un traje largo negro, de tirantes con un corpiño ceñido muy escotado y una amplia falda de crep. Era el vestido más atrevido que había visto en su vida.

—Tengo los zapatos perfectos a juego —le dijo Maggie—. Tú y yo calzamos el mismo pie, así que no hace falta que te compres un par nuevo cuando yo tengo uno prácticamente nuevo que te puedo prestar.

—¿Seguro que no te importa?

—También tengo un bolso de vestir que te quedará perfecto —continuó—. ¿Tienes joyas?

—Una cruz de oro que me dejó mi madre—dijo Becky.

—Perfecto —dijo Maggie—. El toque ideal para recordar a Kilpatrick que debe respetarte.

—¡Qué mala eres! —se rió Becky, ruborizándose.

—En absoluto. Los hombres toman todo lo que les des, por muy buenas personas que sean. No te dejes seducir a la luz de la luna.

—No —prometió Becky, sin mucha convicción.

Tenía el presentimiento de que si Kilpatrick le pedía algo, no podría negarse.

Maggie pasó por su casa a recoger un par de zapatos de tacón de aguja de terciopelo negro y un bolso negro de vestir con pedrería para Becky. Vivía en un espacioso apartamento en el centro de Atlanta, desde el que se tenía una magnífica panorámica de la ciudad.

—Me encanta la vista —dijo Becky—, pero no tu mascota —añadió señalando la pitón que Maggie tenía en un terrario.

—Tranquila, no muerde —le aseguró la mujer sonriendo—. Deberías ver la vista por la noche. Es mágica. Necesitas tener tu propio apartamento, Becky. Tu propia vida.

—¿Qué puedo hacer? —preguntó Becky—. Mi abuelo no puede con los chicos solo. Si me voy, no habrá nadie que pueda echarle una mano. No tenemos dinero para una enfermera o alguien que le ayude. Son mi familia y los quiero.

—El amor puede levantar prisiones, no lo olvides —dijo Maggie—. Lo sé muy bien. Algún día te lo contaré —añadió con expresión ensombrecida.

Becky sintió un fuerte afecto por ella.

—¿Por qué eres tan amable conmigo? —le preguntó.

—Es fácil ser amable con gente como tú, querida. No tengo muchos amigos. Soy demasiado independiente y me gusta hacer las cosas a mi manera. Pero tú eres especial. Me caes bien.

—Y tú a mí —dijo Becky—. Y no lo digo porque me hayas dejado los zapatos y el bolso.

—Me alegra saberlo —dijo Maggie, riendo—. Bien, más vale que te lleve a tu coche. Pero espero que vengas el sábado por la tarde para ir de compras conmigo. Te enseñaré dónde encontrar las mejores gangas de la ciudad.

—Será un placer —respondió Becky.

Maggie la dejó en el aparcamiento y Becky volvió a casa nerviosa. Le quedaba poco más de un día para decir a su familia que iba a salir con Kilpatrick. Quizá para entonces se habría armado de valor.

Preparó la cena, pero sólo el abuelo y Mack estaban en casa.

—¿Y Clay? ¿Está trabajando?

El abuelo alzó una ceja. Mack se encogió de hombros.

—¿No ha venido todavía a casa? —preguntó Becky.

—Ha venido con su novia, a buscar algo. Ha dicho que vendría tarde, si venía —explicó Mack—. Esa chica no me gusta. Llevaba uno de esos pantalones vaqueros tan estrechos y una camiseta transparente, y lo ha mirado todo con desprecio.

—Por lo que tengo entendido, su familia tampoco tiene dinero.

—Ni falta que le hace —dijo el abuelo—. Es sobrina de Harris.

Becky sintió que le flaqueaban las rodillas.

—¿En serio?

El abuelo asintió y continuó cortando la carne.

—Clay se va a meter en un buen lío si no tiene cuidado. ¿Por qué no hablas con él, Becky? A ver si te hace caso.

—Ya lo he intentado —dijo ella—. Pero se pone furioso y hecho una fiera. Ya no puedo hacer más de lo que he hecho. No puedo protegerlo eternamente.

—Es tu hermano —gruñó el abuelo—. Se lo debes.

—Por lo visto estoy en deuda con todo el mundo —respondió ella, irritada—. No puedo estar siempre detrás de él.

—Si sigue por el camino que va, terminará muy mal. ¿Por qué no le preparas una fiesta e invitas a algunos vecinos?

—Ya lo hicimos una vez, ¿no te acuerdas? Y se fue a la mitad.

—Podemos volver a intentarlo. ¿Por qué no hablas con él mañana por la noche?

—Mañana por la noche no estaré aquí —dijo ella, despacio.

—¿Qué? —el abuelo la miró con incredulidad.

—Tengo una cita.

—¿Una cita? ¿Tú? ¡Qué alucine! —exclamó Mack, entusiasmado—. ¿Con quién?

El abuelo la miraba furioso.

—Yo sé con quién. Con ese maldito Kilpatrick, ¿verdad? —exigió saber.

—Becky, con él no, por favor. Después de lo que le ha hecho a Clay —le suplicó Mack.

—A Clay no le ha hecho nada —le recordó a su hermano menor—. Fue él quien lo puso en libertad, en lugar de presentar cargos.

—No tenía pruebas. No se hubiera atrevido a juzgarlo —le espetó el abuelo—. Escucha, hija. No vas a salir con ningún abogado...

—Mañana por la noche saldré con el señor Kilpatrick —le dijo al abuelo interrumpiéndolo con firmeza, aunque el corazón le latía con fuerza inusitada y le temblaban las manos de los nervios.

Era la primera vez que Becky desafiaba a su abuelo.

—Chaquetera —murmuró Mack.

—Tú cállate —dijo Becky—. No tengo que darte cuentas, ni a ti ni a nadie. Kilpatrick me gusta —añadió, mirando a su abuelo—. Tengo derecho a tener una cita cada cinco años. Incluso tú tienes que reconocerlo.

El abuelo titubeó al darse cuenta de que necesitaba otra estrategia para alejarla del fiscal del distrito.

—Escucha, cielo, tienes que pensarlo bien. Sé que necesitas salir de vez en cuando, olvidarte de la casa y del trabajo, pero ese hombre... es posible que te utilice para espiar a Clay.

No era la primera vez que el abuelo insinuaba esa posibilidad, pero esa vez Becky estaba preparada.

—Esta semana he comido con él todos los días. Ni una sola vez ha mencionado a Clay.

El abuelo estaba furioso, pero trató de camuflarlo. Fue a hablar otra vez, pero Becky se levantó y empezó a recoger los platos.

—Vale, como quieras —gruñó—. No puedo detenerte. Pero recuerda mis palabras, te arrepentirás.

—No, no me arrepentiré —le aseguró ella.

Llevó los platos a la cocina, con las mejillas encendidas de ira.

«Dios, espero que no», se dijo para sus adentros.

Clay llegó cuando estaba terminando en la cocina.

—Son más de las doce —le dijo ella—. ¿Has estado trabajando?

—Sí —le espetó él.

Aunque no era precisamente el tipo de trabajo que Becky pensaba, no era mentira, se dijo.

—¿Dónde exactamente?

—¿Para qué lo quieres saber, para controlarme? —dijo él, arqueando las cejas—. Mientras trabaje y vaya al instituto, no es asunto tuyo.

Becky apretó la mandíbula.

—Legalmente soy responsable de ti, así que sí que es asunto mío —dijo ella con voz helada—. No me gusta que te pongas tan arrogante y, por lo que he oído de tu novia, tampoco me gusta su actitud.

—Por mí puedes pensar lo que te dé la gana de ella, o de mí —le aseguró Clay—. Estoy harto de que intentes controlar mi vida. ¿Por qué no te buscas un hombre y te olvidas de mí?

—Ya lo he hecho —dijo ella, furiosa—. Mañana por la noche he quedado con el señor Kilpatrick.

Clay palideció.

—No puedes... —empezó, pensando en cómo iba a explicárselo a sus amigos—. Becky, no puedes salir con él.

—Claro que puedo —respondió ella—. Ya estoy harta de ser la madre y cuidadora de todos. También quiero divertirme un poco.

—¡Kilpatrick es mi peor enemigo! —gritó Clay.

—No el mío —respondió ella—. Y si no te gusta, lo siento. He intentado por activa y por pasiva hacerte ver con qué clase de gente te relacionas, pero no me haces caso. ¿Por qué te lo iba a hacer yo? ¿A tus amigos no les gusta que salga con el fiscal del distrito? ¿Es eso? —preguntó—. Pues lo siento. No podrás impedirlo.

Clay estaba perplejo. Su hermana no parecía la misma. Estaba... distinta.

—Te arrepentirás —la amenazó, retrocediendo—. ¿Me has oído, Becky? ¡Te arrepentirás!

—Eso dice todo el mundo —murmuró ella cuando él se metió en su habitación y cerró la puerta de un portazo—. Si pensara que mi futuro eran cincuenta años más de esto me tiraba a las ruedas de un camión.

La vida se estaba complicando demasiado. A pesar de la atracción que sentía por Kilpatrick y el deseo de estar con él, el hecho de salir con él empeoraría considerablemente la situación con su familia. Pero como les había dicho, tenía derecho a divertirse un poco, aunque tuviera que ganárselo con uñas y dientes. Y lo haría, se prometió. Lo haría.

Al día siguiente Becky no vio a Clay en todo el día, y aunque ni el abuelo ni Mack estuvieron especialmente amables con ella, todo parecía indicar que no intentarían sabotear su cita con Kilpatrick.

Se puso el vestido negro y se recogió el pelo en un elegante moño. Afortunadamente, pensó, Kilpatrick no vería lo que había debajo del vestido. La combinación tenía unos cuantos años, y era blanca, no negra. Además tenía manchas que no se iban ni con lejía, y la ropa interior, aunque limpia, era normal y corriente, de algodón y sin encajes ni adornos. Gracias a Dios no tendría que quitarse nada. No quería sufrir la vergüenza de que viera lo pobre que era.

El vestido había sido un dispendio del que estuvo a punto de arrepentirse hasta que llegó Kilpatrick a recogerla y al verla abrió los ojos con admiración y silbó suavemente.

—¿Voy bien así? —preguntó ella, sin aliento.

—Vas perfecta —murmuró él y sonrió.

Rourke llevaba un esmoquin y la camisa blanca parecía incluso más blanca en contraste con su piel morena.

—Pasa —balbuceó ella, tan avergonzada por los muebles

destartalados y la alfombra deshilachada como por la furiosa mirada de Clay, que acababa de aparecer hacía sólo unos minutos y tenía cara de desear matar a Kilpatrick allí mismo.

Ni siquiera se molestó en saludar. Giró sobre los talones y salió.

A Kilpatrick no pareció molestarlo. Ni tampoco pareció prestar atención a la casa. Estrechó primero la mano del abuelo y después la de Mack con absoluta tranquilidad.

—La traeré de vuelta a las doce —le aseguró al abuelo.

El abuelo dejó que su nieta le diera un beso en la mejilla.

—Que te diviertas —le dijo tenso.

—Lo haré, gracias.

Becky le guiñó un ojo a Mack, que esbozó una reticente sonrisa y continuó mirando la televisión.

Kilpatrick cerró la puerta tras ellos. Becky sentía ganas de llorar. Sabía que la reacción de Mack y el abuelo estaba mediatizada por Clay, a quien querían mostrar su apoyo.

—Tranquila, no esperaba banderas ni fuegos artificiales —dijo él, mientras la ayudaba a sentarse en el coche—. ¿Te gusta? —preguntó, refiriéndose al coche.

Era un coche nuevo. No un Mercedes sino un Thunderbird coupé blanco con el interior tapizado en rojo.

—Me encanta —respondió ella. Él rodeó el coche para sentarse en su asiento—. De todos modos siento lo de mi familia —añadió ella, cuando el coche se alejaba de la casa.

—No tienes que disculparte —dijo él. La miró y sonrió—. ¿El vestido es nuevo? ¿Lo has hecho por mí?

Ella se echó a reír.

—Sí, lo he comprado para hoy, pero espero que no se te suba mucho a la cabeza.

—Cariño, un hombre con mi físico, con mi encanto y mi modestia tiene muchas cosas que se le pueden subir a la cabeza —la informó con una pícara sonrisa.

Becky se sintió flotando; todo aquello era como en un sueño.

—Oh, eres tan distinto a lo que creía —dijo ella, pensando en voz alta—. Siempre pareces tan estricto e inabordable.

—Ésa es mi imagen pública —la informó él—. Tengo que mantener a los votantes convencidos de que estoy a un paso del enemigo público número uno. Un buen fiscal del distrito tiene que parecer peor que Scarface. Aunque no me apetece nada la idea de un tercer mandato en el puesto.

—¿Cómo llegaste a ser fiscal del distrito? —preguntó ella interesada.

—Me cansé de ver que las víctimas sufrían mucho más que los delincuentes —dijo él—. En el mundo hay muchas cosas que van mal.

—Ya me he dado cuenta —dijo ella, apoyando la cabeza en el reposacabezas y volviéndose a mirarlo—. Pareces cansado.

—Estoy cansado —dijo él—. Anoche la pasé casi entera en urgencias.

—¿Por qué?

Rourke se puso serio.

—Viendo cómo moría un niño de diez años de una sobredosis —dijo él con brutal sinceridad.

—¿De diez?

—De diez —repitió él, mascullando la palabra, con la expresión endurecida—. Estudiaba quinto en el colegio de primaria de Curry Station. Tomó una sobredosis de crack. Por lo visto sus padres tienen dinero y le daban una buena paga. No sacaba buenas notas, y los demás niños se metían con él. Es increíble cómo los chavales pueden encontrar las debilidades de otros y atacarlos.

—Mi hermano pequeño va a ese colegio —dijo ella, perpleja—. Y está en quinto.

—Se enterará el lunes —dijo Kilpatrick furioso—. La prensa se nos echará encima, y adivina a quién pillará justo en medio.

—¿A ti y a la policía?

Kilpatrick asintió.

—Sólo era un niño. Sus padres están destrozados y les prometí que encontraría a los culpables aunque sea lo último que haga. Lo dije en serio —añadió con frialdad—. Los encontraré y cuando lo haga los encerraré para siempre.

Becky apretó las manos en el regazo, negándose a pensar que Clay podía estar implicado en ello. Cerró los ojos.

—Diez años.

Kilpatrick encendió un puro y bajó la ventanilla unos centímetros.

—Mack no toma drogas ¿verdad? —le preguntó.

Becky negó con la cabeza.

—No, es mucho más sensato, y se parece mucho más a mí. Yo nunca he tomado nada. De hecho, sólo me he tomado una cerveza una vez y no me gustó nada —sonrió—. Soy una sosa. Supongo que me viene de vivir en un sitio tan apartado, casi sin contacto con el mundo moderno.

—No te pierdes mucho —le aseguró él, metiéndose por una bocacalle a la derecha—. Por lo que veo todos los días, el mundo moderno va directamente al infierno.

—Debes de pensar que hay esperanza, o lo habrías dejado hace tiempo.

—Puede que lo haga —la informó él—. Los poderes políticos insisten en que me presente una tercera vez, pero estoy harto. Persigo a delincuentes para que luego los jueces y los jurados los dejen en libertad. Al primer narcotraficante que acusé lo condenaron a cadena perpetua y salió a los tres años.

—¿Siempre funciona así?

—Todo depende de los contactos que tengan —dijo él—. Si trabajan para un tipo importante que lo considera valioso y lo quiere en la calle, el dinero puede abrir muchas puertas. La corrupción está mucho más extendida de lo que parece. Estoy cansado de la política, de los tratos, y de las cárceles y los juzgados a rebosar.

—Dicen que los juicios llevan mucho retraso.

—Es cierto. Yo tengo una media de varios cientos de casos al mes, de los que sólo veinte o treinta llegan a juicio. No es broma —dijo él, al ver su expresión—. En los demás se llega a un trato o se retiran los cargos por falta de pruebas. No sabes lo frustrante que es intentar trabajar con tan poco personal. Y cuando por fin consigues llevar un caso a juicio, el sesenta por ciento de las veces tienes problemas con los abogados o con los testigos, por lo que hay que volver a suspender el juicio. Tengo un caso de un hombre cuyo juicio se ha retrasado en tres ocasiones y él sigue en la cárcel a la espera de que se celebre la vista —hizo un gesto malhumorado con la mano con la que sujetaba el puro—. Lo peor de todo es tener que encerrar a alguien que comete un primer delito con los delincuentes más experimentados. Así consigue una formación práctica que no se compra con dinero. Por no hablar de que a algunos los utilizan como si fueran mujeres —dijo mirándola—. Lo sabías, ¿no?

—Sí, el agente de menores lo mencionó cuando recogí a Clay.

—Supongo que quería asustarlo. Espero que haya funcionado. No es ninguna mentira.

—A veces Clay es imposible —murmuró ella, apretando con fuerza el bolso de Maggie—. No se asusta fácilmente.

—Yo a su edad tampoco —respondió él—. Es una pena que tu padre no haya ejercido de padre, Becky. Lo que ese chico necesita es un hombre que le sirva de modelo.

—Y el abuelo ya no es el hombre que era —dijo ella—. Lleva enfermo desde hace más de un año, y yo apenas puedo con un chico que es más grande que yo. No puedo ponérmelo sobre las rodillas y darle unos azotes.

Rourke se rió al imaginarlo y apretó el acelerador del potente coche cuando el semáforo se puso en verde.

—Me lo imagino. Pero a su edad, unos azotes no es la respuesta. ¿No puedes razonar con él?

—No desde que va con sus nuevos amigos. Ahora no tengo ninguna influencia sobre él. Ni siquiera va a las sesiones de terapia —se miró las manos—. Al menos tiene un trabajo. O eso dice.

—Me alegro por él —dijo Rourke, aspirando una bocanada de humo—. Espero que le vaya bien.

Pero Rourke prefirió no insistir. Pensó en la posibilidad de que el trabajo de Clay sólo fuera una excusa para explicar sus actividades nocturnas y decidió comprobarlo.

Becky apoyó la cabeza en el reposacabezas y lo miró, sonriendo.

—Me alegro de que me hayas invitado.

—Yo también. Y todavía no me has dicho qué quieres hacer después —le recordó él—. ¿Ir al cine o a bailar?

—Me da igual —dijo ella, sacudiendo la cabeza.

Y lo decía en serio. Estar con él era más que suficiente.

—En ese caso iremos a bailar —dijo él—. Una película la puedo ver solo, pero bailar solo es muy comprometido. Todo el mundo te mira, y te hace trizas la reputación.

—Estás loco —dijo ella, riendo.

—Por supuesto —la informó él, entrando en el aparcamiento de uno de los mejores restaurantes de Atlanta—. Nadie en su sano juicio haría mi trabajo —aparcó el coche y apagó el motor. Después se volvió a mirarla con interés—. Me gusta ese vestido —observó—. Pero el pelo te quedaría mejor si lo llevaras suelto.

—No —protestó ella—. He tardado más de media hora en ponérmelo así.

—Se tarda mucho menos en soltarlo —murmuró él, con una voz que casi la hizo sentir los dedos masculinos entre los mechones.

—Pero...

Rourke recorrió los labios femeninos con el dedo, haciendo estragos en su corazón y su maquillaje.

—Me gusta el pelo largo —murmuró.

Becky suspiró y con una sonrisa de resignación empezó a quitarse las horquillas que sujetaban el moño.

—Así está mejor —dijo él cuando ella terminó de pasarse el cepillo por los largos mechones que ahora bailaban suavemente sobre sus hombros desnudos. Los dedos masculinos, oscuros y esbeltos, lo alisaron con delicadeza—. Huele a flores silvestres.

—¿Sí? —susurró ella.

Teniéndolo tan cerca era difícil respirar. Rourke la miraba como si pudiera ver dentro de su alma.

Becky tenía algo que no había conocido en ninguna mujer, una simpatía exagerada, una forma de sentir el dolor de la gente que la rodeaba. Tenía fuerza y vitalidad, pero no era eso lo que le atraía de ella. Era su ternura y su calor, su capacidad para abrir los brazos al mundo entero. El amor siempre había escaseado en la vida de Kilpatrick. Excepto con su tío, nunca había tenido una relación cercana con nadie. La única relación sentimental con una mujer lo escarmentó durante mucho tiempo, pero Becky estaba abriéndole las puertas del corazón. Kilpatrick frunció el ceño, nervioso al pensar en ser vulnerable otra vez.

—¿Ocurre algo? —preguntó ella, sin entender la expresión de su cara.

Él buceó en silencio en los ojos castaños, hasta que por fin esbozó una sonrisa y retiró la mano de la melena rubia y sedosa.

—Sólo estaba pensando —dijo sin dar más explicación—. Será mejor que entremos.

Le abrió la puerta del coche y juntos entraron en el restaurante, un lugar tan elegante que para cada comensal había al menos una docena de cubiertos. Becky apretó los labios nerviosa y cruzó mentalmente los dedos para no poner al fiscal del distrito en ridículo.

La carta, para más inri, estaba en francés. Becky se sonrojó, y Kilpatrick, al verla, tuvo ganas de abofetearse. Su intención era ofrecerle una noche especial, no hacerla sentirse fuera de lugar.

Le quitó la carta de las manos frías y nerviosas con una sonrisa.

—¿Qué prefieres, pescado, pollo o ternera?

—Pollo —respondió ella al instante, porque normalmente era el plato más barato.

Rourke se echó hacia adelante y la miró fijamente a los ojos.

—He dicho que qué prefieres.

Becky se sonrojó ligeramente y bajó los ojos.

—Ternera.

—Está bien.

Rourke hizo una indicación al camarero, que se acercó inmediatamente, y pidió en lo que a Becky le sonó un francés impecable.

—¿Hablas francés?

Él asintió.

—Francés, latín, y un poco de cherokee —dijo él—. Es un don, supongo que como saber hacer una deliciosa tarta de limón.

Ella le sonrió.

—Gracias.

—Lo creas o no, no te he traído aquí para que te sientas incómoda —dijo él—. Algo te preocupa, además de la carta —preguntó bruscamente—. ¿Qué es?

Era incapaz de engañarlo. Además, para qué, pensó ella. Ya había visto su casa y podía imaginarse la clase de educación que había recibido.

—Todos estos cubiertos —confesó ella—. En casa tenemos cuchara, tenedor y cuchillo, y sólo sé dónde se colocan porque nos lo enseñaron en la clase de economía del hogar en el instituto.

Rourke soltó una risita.

—Bien, intentaré enseñarte —dijo él.

Y así lo hizo, divirtiéndola con los distintos usos de los tenedores de ensalada y postre, y la colocación de cucharas hasta que llegó el camarero con la comida.

Becky se fijó en él para saber qué cubierto utilizar. Cuando llegaron al postre, una exquisita tarta de nueces de pacana con helado de vainilla, Becky se sentía una experta en las artes gastronómicas.

—¿Qué hemos comido? —preguntó en un susurro después del postre y mientras disfrutaba de una segunda taza de café.

—*Boeuf bourbonnaise* —la informó él. Se inclinó hacia adelante y bajó la voz—. No es más que un estofado de ternera francés.

Becky se echó a reír.

—¿No me digas?

—En serio. Lo hacen con las mismas especias que nosotros ponemos en las empanadas y lo toman con un buen vino tinto. Nada más.

—Tendré que sacar mis libros de cocina y prepararlo para la familia —dijo ella—. Seguro que el abuelo le da el suyo al perro.

—¿Tienes perro? —preguntó él.

Becky recordó al pastor alemán muerto en el atentado y sintió lástima por él.

—Teníamos, pero el cartero lo atropelló el año pasado. Siento lo de Gus. Supongo que lo echas de menos.

Rourke asintió con gesto pensativo, mientras movía la taza sobre el plato.

—La casa está muy silenciosa sin él. Ya no tengo que sacar a nadie de paseo.

—Rourke, ¿por qué no te compras otro perro? —sugirió

ella–. En Atlanta hay un montón de tiendas de animales. Seguro que puedes encontrar la raza que más te guste.

Él la miró a los ojos.

–¿Qué raza te gusta a ti?

–Me encantan los collies, pero tengo entendido que aquí en el sur hace demasiado calor para ellos. Y como tienen el pelo largo te lo ponen todo perdido.

Rourke se echó hacia atrás en la silla.

–A mí me gustan los basset.

–A mí también –se rió ella.

–Tendrás que venir conmigo cuando vaya a buscarlo –dijo él–. A fin de cuentas, ha sido idea tuya.

–Iré encantada –dijo ella, feliz.

–A lo mejor el fin de semana que viene. Esta semana tengo mucho trabajo, pero encontraremos el momento.

Becky se preguntó qué diría Rourke si le dijera que se estaba enamorando de él. Probablemente sonreiría y creería que hablaba en broma, pero era la verdad.

–Vamos a ese club nuevo que han abierto en el centro de Atlanta –murmuró él, mirando la hora. Después alzó una ceja–. Una vez me dijiste que te gusta la ópera.

–Oh, sí.

–El mes que viene ponen *Turandot* en el Fox. Podemos ir.

–¿A una ópera en directo? –dijo ella, incrédula.

–Sí, y puedes ponerte ese vestido, la verdad –añadió él, con una mirada significativa–. Estás arrebatadora.

Becky sonrió.

–No es cierto, pero gracias de todos modos.

–Vamos.

Rourke se levantó y la observó con curiosidad mientras esperaba para pagar. A Becky el restaurante le resultaba fascinante, y a él ella le parecía lo mismo, y quería enseñarle un mundo de lujos y cultura aunque sólo fuera unas pocas semanas. Le gustaba estar con ella. La soledad empezaba a pasar factura. Le gustaba tener a alguien con quien salir, y no había mejor compañía que la de Becky.

Sólo un pensamiento desagradable amenazó con estropear la velada. Él se había convertido en blanco de asesinos, y todavía no habían descubierto a los responsables del atentado; si la veían con él, Becky también podría correr peligro.

La llevó al centro de Atlanta, a una discoteca recientemente inaugurada, y Becky se encontró en otro mundo. Ésa era la Atlanta que no había visto nunca, la ciudad de noche, la vida nocturna de luces y sonrisas donde los desconocidos rápidamente se convertían en amigos.

—Es precioso —dijo ella, sentados a una mesa cerca de la pista—, aunque no creo que pueda hacer eso.

Señaló a unas cuantas parejas que se contorsionaban al frenético ritmo de la música.

—Yo tampoco —murmuró él con sequedad.

—¿No ponen música lenta? —preguntó ella.

Justo cuando lo dijo, la música calló y una melodía suave de blues empezó a sonar. Kilpatrick se puso en pie y le tendió la mano. Becky la tomó y lo siguió hasta la pista de baile.

Él era mucho más alto que ella, pero sus cuerpos encajaban como si hubieran estado diseñados especialmente el uno para el otro. Rourke colocó la mano femenina sobre su pecho y la mantuvo allí, sujetándola suavemente con la suya. Con la otra mano le rodeó la cintura y la pegó completamente a él, de tal manera que el cuerpo femenino descansaba contra el suyo mientras bailaba, con la mejilla apoyada en su pecho.

En sus brazos, Becky se sentía en el paraíso. Su cuerpo era suave y cálido, y despedía una suave fragancia a flores silvestres. Rourke la miró, tan vulnerable y confiada en sus brazos, y pensó que nunca se había sentido tan satisfecho. Pero esa plácida sensación dio paso rápidamente a otra más intensa y apasionada que despertó en él el deseo de bajar la cabeza y tomarle la boca con los labios.

Becky no era consciente del fuerte deseo masculino, pero estaba sintiendo el suyo propio. El cuerpo masculino era fuerte y firme, y provocaba en ella una sucesión de sensuales sensaciones aceleradas. Él olía a colonia y a jabón, dos olores masculinos que la afectaban como una droga. Hacía años que no bailaba con nadie, y desde luego nunca con nadie como Kilpatrick. Él la llevaba por la pista de baile como un bailarín consumado, como si bailar formara tan parte de su vida como respirar. Probablemente así era. Kilpatrick sabía mucho de mujeres, y en aquel club parecía sentirse como en su casa. Aquello significaba que probablemente había llevado a otras mujeres a lugares similares, y había bailado con ellas así; con la diferencia de que al final él no había llevado a la mujer directamente a casa. Al imaginarlo con otras mujeres, se tensó ligeramente en sus brazos.

—¿Qué ocurre? —preguntó él con los labios pegados a su frente, la voz grave, lenta y perezosa.

—Nada —susurró ella.

Con la mano que la sujetaba por la espalda la pegó más a él.

—Dímelo, Becky.

Becky suspiró suavemente y levantó la cabeza. No se había dado cuenta de que el rostro masculino estaba tan cerca. En la penumbra, parecía más moreno y más duro que nunca, y la diferencia de edad más marcada.

—¿Por qué me has invitado a salir? —susurró ella.

Él no sonrió. Le sostuvo la mirada en silencio y casi dejó de moverse.

—¿No se te ocurre nada? —preguntó él, en voz muy baja.

Los labios femeninos se entreabrieron y dejaron escapar un suspiro.

—¿Por la tarta de limón? —se aventuró.

Rourke deslizó la mano por la espalda femenina hacia arriba y la hundió bajo su melena, sujetándole la cara hacia él.

—Por esto —jadeó él.

Becky no podía creer lo que estaba pasando. Abrió desmesuradamente los ojos cuando los labios masculinos cerraron los suyos una, dos veces, en una lenta exploración que era pura seducción.

Los dedos masculinos se cerraron con más fuerza y ella suspiró, separando los labios. Con un gemido grave en la garganta, Rourke empezó a moverse de nuevo al ritmo de la música. No la tocó con la boca; se mantuvo a unos milímetros de sus labios mientras continuaban bailando lentamente.

Tímidamente, Becky lo miró a los ojos.

—Es excitante, ¿verdad? —susurró él mientras movía los dedos entre la melena femenina, acariciando y despertando apasionadas reacciones en su cuerpo—. Estamos delante de la mitad de Atlanta y te estoy haciendo el amor en una pista de baile.

—No... no —logró balbucear ella.

—¿No?

Rourke sonrió. Era una sonrisa diferente a todas las anteriores, una sonrisa amenazadora y seductora a la vez. Le apoyó la cabeza en el hombro y ejecutó un giro que metió una de sus piernas entre las esbeltas piernas femeninas, en un contacto que la hizo soltar un gemido en voz alta, y que él aspiró nada más salir de su boca. Becky apenas escuchaba la música. Rourke lo hizo otra vez, y esa vez usó su cuerpo como instrumento de la más exquisita tortura. Becky se colgó de su brazo cuando notó que las rodillas no la sostenían.

—¿Te vas a desvanecer en mis brazos, Becky? —susurró él, deslizando la mejilla contra la suya y hablándole con los labios casi pegados al lóbulo de la oreja—. Si este baile te afecta, imagínate cómo será más tarde en el porche de tu casa cuando te bese. Te prometo que no seré tan delicado.

Becky se estremeció. Él se echó a reír suavemente y se detuvo cuando terminó la canción. Abrumada por las sensaciones que se habían apoderado de ella, apenas podía mirarlo mientras volvían a su mesa. Para ella la sensualidad era una novedad, y lo mismo el deseo, pero eso era sin duda lo que recorrió su cuerpo ante la velada amenaza de las palabras masculinas.

—Mírame, cobarde —dijo él más tarde, cuando tomaban un par de piñas coladas.

Becky levantó los ojos y una ráfaga de placer recorrió su cuerpo al encontrar la mirada masculina en ella.

—Dime que no deseas mi boca, Becky —murmuró él, bajando los ojos a sus labios entreabiertos.

—Si no paras me voy a derretir aquí mismo —dijo ella en un ronco susurro—. Vergüenza debería darte.

—Bendita inocencia —murmuró él—. Eres un buen cambio, Rebecca Cullen. Al menos esta vez sé con qué clase de mujer trato —añadió, casi como si hablara consigo mismo.

Ella lo miró con curiosidad.

—¿Qué quieres decir?

Él terminó la bebida y miró la copa.

—¿Sabías que estuve prometido una vez, hace años?

—Sí —dijo ella, que había oído algún comentario en la oficina.

Rourke levantó los ojos y la miró directamente a la cara.

—Era lesbiana.

Becky no sabía qué decir. Sabía qué era una lesbiana, pero no podía entender por qué se había prometido con una.

—¿Lo sabías? —preguntó por fin.

—Cielo santo, no —respondió él al instante—. Era preciosa, y sofisticada, y en mis círculos se consideraba un buen partido. Era de una familia de dinero, y yo estaba loco por ella —giró la copa vacía en la mano—. Me provocaba y me seducía hasta que yo estaba loco por acostarme con ella. Nos prometimos, y una noche me invitó a ir a su casa después de una cena a la que no me quedó más remedio que asistir.

Entrecerró los ojos, medio perdido en los recuerdos.

—Llegué con dos horas de retraso. Supongo que ella pensó que ya no iría, pero la puerta no estaba cerrada y pensé que me estaba esperando. Yo pensaba que aquella noche sería mía, que todos mis sueños se iban a hacer realidad. Abrí la puerta de su dormitorio y me llevé la sorpresa de mi vida —dejó el vaso en la mesa—. Estaba en la cama con una secretaria de su bufete, y la situación hablaba por sí sola. Me quité el anillo pero ella me suplicó que no la delatara —hizo una breve pausa antes de continuar—. Desde entonces no he confiado mucho en las mujeres. He tenido romances, pero no he dejado que nada me llegara al corazón. Fue una lección muy dura —concluyó con una triste sonrisa.

—Sí, me lo imagino. ¿Todavía... todavía la quieres? —preguntó ella.

Rourke sacudió la cabeza.

—Sería una pérdida de tiempo, ¿no crees? Las preferencias sexuales no cambian.

—Supongo que no.

Becky sentía su dolor, y al mirarlo vio la vulnerabilidad en su rostro.

—¿A eso te referías al decir que sabes qué clase de mujer soy?

Él asintió.

—Tu forma de reaccionar conmigo es reconfortante, Rebecca —musitó él, esbozando una sonrisa—. Al menos tus reacciones son normales en una mujer. Entonces yo no me di cuenta hasta después de roto el compromiso, pero ella siempre parecía tensa cuando bailábamos o cuando estábamos en una situación íntima. No creo que se hubiera acostado conmigo bajo ninguna circunstancia.

Becky se sonrojó. Aquél era un tipo de conversación franca que nunca había tenido con nadie.

—Ya.

—¿Te da vergüenza oírme hablar de eso? —dijo él con una risita—. Supongo que nunca habláis de estas cosas en casa.

—No —respondió ella esbozando una sonrisa—. Mi abuelo es muy tradicional. Sólo puedo hablar con Maggie de la oficina, pero no sobre estas cosas —añadió.

Rourke la estudió con franca curiosidad.

—¿Nunca has tenido citas con hombres?

Becky se encogió de hombros.

—¿Cuándo? —preguntó—. Siempre tenía un montón de cosas que hacer. Cocinar, limpiar, ayudar al abuelo con la granja. Y desde el año pasado, también cuidar de él. Y Clay... —bajó la vista y se interrumpió—. Eso sólo complicaría las cosas. Antes solía preguntarme si la vida era así de complicada para todo el mundo. Las chicas del instituto solían hablar de sus familias y de las cosas que hacían juntos, pero nadie parecía tener tanto trabajo en casa como yo. Supongo que me hice mayor muy joven.

—No tenía que haber sido así —dijo él, odiando a su padre por ponerla en aquella situación—. Cielos, es demasiado para una mujer tan joven como tú.

—No lo creas. Estoy acostumbrada, y los quiero —dijo ella—. ¿Cómo se puede abandonar a la gente que quieres?

—Yo no tengo manera de saberlo —respondió él. Su expresión se endureció—. No sé mucho del amor. Vivo solo. He vivido solo desde hace mucho tiempo.

—Pero ¿quién cuida de ti cuando te pones enfermo o te haces daño? —preguntó ella preocupada de repente.

Su interés le hizo apretar los dientes.

—Nadie —repuso él.

Ella le sonrió con dulzura.

—Si te pones enfermo yo te cuidaré.

—Becky —casi gimió él. Se echó el puño de la camisa hacia atrás y miró la hora. Aquella situación se le estaba yendo totalmente de las manos—. Será mejor que nos vayamos. He prometido tenerte en casa a medianoche.

Becky se levantó nerviosa. Había hablado demasiado. Tenía que haber anticipado su reacción. Quería disculparse, pero no sabía qué decir, por lo que no dijo nada.

Rourke pagó la cuenta y la llevó hasta el coche. La hizo entrar, pero estaba distraído, tratando de que las palabras femeninas no le afectaran tan intensamente como le estaban afectando. No quería su compasión ni su lástima, y por eso, en ese mismo momento, decidió no volver a invitarla.

La casa estaba a oscuras cuando aparcó delante del porche principal y la acompañó hasta la puerta.

—Lo siento —dijo ella rompiendo el silencio por primera vez desde que salieron del club—. No debía haber dicho nada.

Él suspiró y la miró, iluminada por la suave luz de la luna llena. Le enmarcó la cara con las manos.

—No importa —dijo él.

Se inclinó hacia ella y le rozó los labios con los suyos; el contacto recorrió su cuerpo como un rayo.

Separó un momento la boca, pero acarició de nuevo los labios suaves con cierta rudeza, mordisqueándolos. Le ardía todo el cuerpo. Hacía mucho tiempo que no tenía una mujer entre sus brazos. La oyó gemir y deslizó las manos hacia atrás, retirándole el pelo y sujetándole la cabeza. Becky olía a flores, a inocencia, y sabía a lo mismo. Lo volvía loco.

Con un jadeo, Becky dejó escapar un gemido mientras él le mordisqueaba el labio inferior con los dientes, y después la boca, aumentando gradualmente la presión y el contacto hasta que los dos compartieron la misma pasión. Ella susurró su nombre y se estiró hacia él, su cuerpo ardiendo con una pasión que la asustaba.

Rourke notó el momento en que ella se entregó a él y le rodeó el cuerpo con las manos, pegándola por completo a él. Entonces las caricias sensuales y juguetonas se convirtieron en un beso fiero e intenso. Rourke le separó los labios con la boca y la besó con una fuerza que la obligó a echar la cabeza hacia atrás.

A Becky nunca la habían besado así. Mientras él le daba lo que su boca había estado suplicando, ella temblaba de la cabeza a los pies. Sintió la posesión de los labios masculinos, el suave olor a tabaco en su aliento, todo ahogado bajo el desenfrenado fervor del beso. Gimió y se abrazó a él, respondiendo al beso con frenesí.

Rourke la sintió temblar y bruscamente se apartó, respirando entrecortadamente. Ella lo miraba perpleja, sin entender nada, y él tuvo remordimientos.

—Perdona —dijo él—. No debía haberlo hecho.

—No lo entiendo —susurró ella, agradeciendo las manos que la sujetaban por los brazos porque las rodillas apenas la sostenían.

—Becky, cuando un hombre besa así a una mujer quiere llevarla a la cama —dijo él despacio, deslizando las manos arriba y abajo por la suave piel de los brazos femeninos—. No debería haberte besado así. Supongo que ha pasado más tiempo de lo que creía.

—No importa —dijo ella.

Rourke la soltó despacio, observándola con una mezcla de emociones que tenía que controlar. Becky no era mujer para satisfacer sus deseos carnales. Ella necesitaba un hombre para casarse, no un soltero empedernido y desconfiado como él.

—Gracias por la invitación —dijo ella después de un minuto—. Lo he pasado muy bien.

—Yo también. Buenas noches —dijo él, más bruscamente e irritado.

Becky lo observó bajar los escalones del porche y tuvo el presentimiento de que Rourke no volvería. Había sobrepasado los límites de su frágil relación al hablar de sentimientos, y su instinto le decía que Rourke no quería a una mujer capaz de traspasar su blindaje emocional. No, no volvería.

Lo vio subir al coche y alejarse sin volverse a mirarla.

«Cenicienta», pensó ella. «El reloj da las doce y el hechizo muere. Menos mal que no me he convertido en una calabaza», se dijo. Y con un largo suspiro dio la vuelta y abrió la puerta.

La casa estaba en silencio. Por un momento pensó en Clay y quiso imaginar que estaba durmiendo, no por ahí con su novia o sus horribles amigos. Pero ella había tenido una noche maravillosa que recordaría siempre y la ayudaría a pasar los momentos difíciles del resto de su vida.

Se metió en la cama decidida a no llorar, pero lo hizo.

10

Kilpatrick apenas durmió en toda la noche. A veces los domingos intentaba ir a la iglesia, pero aquella mañana no era la más indicada. La noche anterior al llegar a casa se tomó dos whiskies escoceses con hielo y por la mañana tenía un impresionante dolor de cabeza.

Becky lo había mirado con tanta ternura en los ojos que no podía dejar de pensar en ella. Le había dicho que si se ponía enfermo ella lo cuidaría. Ni siquiera su tío, que lo quería, había sido un hombre cariñoso, y él no sabía cómo reaccionar ante una muestra de afecto y cariño. Nunca había tenido que aprender, pero ahora Becky lo estaba cambiando y él no podía permitírselo. Él no era el tipo de hombre más apropiado para una mujer tan inocente. La deseaba con todas sus fuerzas, pero no podía seducirla. Becky ya tenía demasiados problemas sin él.

Se preparó un café y se lo tomó mientras leía el periódico. Ahora que Gus había muerto la casa estaba muy silenciosa. Lo echaba terriblemente de menos. Quizá debería comprar un cachorro. Recordó el comentario de Becky sobre el basset y sonrió. Sí, le gustaría tener uno. Podía darse una vuelta por las tiendas de animales, se dijo. Pero no con ella, por supuesto. La sola idea lo deprimió, pero no podía permitir una relación más estrecha entre ellos. Ella era muy vulnerable, y no el tipo de mujer capaz de superar sin más un romance pasajero.

Dejó el periódico y abrió la cartera, que estaba hasta arriba de informes y documentos. Si iba a estar todo el día pensativo, más valía aprovechar el tiempo y trabajar, se dijo con firmeza.

Becky se arregló para ir a la iglesia tras una noche en blanco. Sin duda lo mejor fue que Kilpatrick se hubiera ido sin volverse a mirarla, se dijo. Ahora su vida sería mucho menos complicada. Aunque eso no la alegrara en absoluto.

Sabía que el abuelo no estaba en condiciones de ir a la iglesia, y Clay no iba nunca, pero a Mack le gustaba asistir a las clases de catequesis y era el único que solía estar vestido y preparado cuando ella salía por la puerta principal.

Dio unos golpecitos en la puerta de Clay y asomó la cabeza.

—Cuida del abuelo, si puedes —dijo con frialdad al ver que tenía cara de resaca.

No quiso preguntarle a qué hora había vuelto a casa.

Su hermano se incorporó en la cama sobre un codo y la miró furioso.

—Eres una chaquetera, Becky —la acusó con frialdad—. ¿Cómo has podido salir con ese hombre después de lo que me hizo?

—¿Lo que te hizo? —repitió ella, incrédula—. ¿Por qué no lo que te hiciste tú a ti mismo, metiéndote en líos, o eso no cuenta?

—¡Como lo traigas a casa otra vez te...! —amenazó él.

—¿Me qué? —preguntó ella desafiándolo—. Si no te gustan las condiciones, ya sabes dónde está la puerta. Pero no esperes que vaya a sacarte de la cárcel la próxima vez. Y si te vas, te aseguro que lo comunicaré a las autoridades.

Clay palideció. Parecía una amenaza seria y sintió náuseas. Los hermanos Harris lo tenían en sus manos, y además tampoco quería perder a Francine ni el dinero que estaba sacando, aunque desde luego no quería a Kilpatrick detrás de él.

—Becky... —empezó él.

—Un niño de diez años del colegio ha muerto de una sobredosis de cocaína —dijo ella, observándolo con detenimiento.

Clay dejó de respirar y hubo un destello de miedo en sus ojos. Becky sintió ganas de gritar.

—¿Sabes algo de eso?

—¿Cómo quieres que lo sepa? Ya te lo dije, no quiero ir a la cárcel.

Becky no se tranquilizó. No podía. Se lo quedó mirando un largo minuto y después salió, cerrando la puerta.

De repente Mack apareció a su lado, con las mejillas sonrosadas y los ojos muy abiertos y preocupados.

—Era Billy Dennis —dijo—. El chico que murió. Era amigo mío. Anoche me llamó John Gaines y me lo contó —el niño bajó los ojos—. Billy nunca se metió con nadie, era un chico solitario. No le caía bien a mucha gente, pero a mí sí. Era mi amigo.

—Oh, Mack —dijo ella.

Mack miró hacia la habitación de Clay y fue a decir algo, pero guardó silencio.

Becky no se despidió del abuelo, y Mack y ella fueron a la pequeña iglesia baptista a la que había asistido desde su infancia. A Becky le encantaba la pequeña iglesia rural, con su alta y espigada torre, pero lo que más le gustaba era la paz y la seguridad que sentía entre sus paredes. Su madre, su abuela y sus bisabuelos estaban enterrados en el cementerio de detrás de la iglesia. Uno de sus tíos había donado una importante cantidad de dinero para construir la iglesia, que tenía unos setenta años.

—Estás muy guapo —dijo Becky a Mack cuando bajaron del coche y caminaban hacia la puerta de la iglesia.

—Tú también.

Mack llevaba pantalones de vestir, el único par que tenía, con una de las dos camisas blancas y su única corbata. Llevaba zapatillas de deporte porque no tenían dinero para comprar zapatos de vestir.

Becky llevaba su único traje de chaqueta blanco, con un suéter de punto azul y zapatos blancos de tacón. Afortunadamente, a nadie le preocupaba la ropa que llevaran los demás, y nadie menospreciaba a los miembros menos pudientes de la congregación. Allí estaban los que corrieron a su casa cuando murió su madre, con bandejas llenas de comida y ofreciendo ayuda de forma totalmente desinteresada. Entre ellos Becky se sentía tan en casa como en el salón de su propia casa.

Mientras escuchaba el sermón, pensó en Clay. No sabía qué hacer. No podía hacer caso de sus amenazas, pero tampoco quería alejarlo de ellos y que terminara en la cárcel. Apretó los dientes. Si pudiera pedirle consejo a Kilpatrick... Lo había intentado, pero sin éxito. Ahora iba a tener que arreglárselas sola, como fuera.

El lunes por la mañana llegó enseguida, después de pasar el resto del domingo cocinando y preparando la ropa de todos para la semana, y viendo la televisión con Mack y el abuelo. A su regreso de la iglesia con Mack, Clay ya no estaba en casa, y no regresó hasta el domingo por la noche cuando todos se habían acostado.

—¿No vas a ir al instituto? —le preguntó Becky a la mañana siguiente, cuando estaba a punto de salir de la casa con Mack.

—Supongo que sí —dijo, un poco más apagado que de costumbre.

La muerte del niño lo había afectado profundamente. Jamás esperó una cosa así. Había preguntado a algunos chicos más mayores, y alguien era hermano de otro que conocía a Dennis. La venta en sí la había hecho Bubba, pero él no podía decir nada sin implicarse a sí mismo, y los hermanos Harris ya le habían amenazado con acusarle a él. Pero ahora Mack se negaba a dirigirle la palabra y lo miraba como si fuera un monstruo sin corazón. Becky también parecía pasar de él, y él se sentía cada vez más hundido y camino a un terrible y negro lugar.

La noche anterior Francine lo consoló, asegurándole que nadie se enteraría de su implicación. Pero eso no sirvió para tranquilizarlo. Y ahora tenía que ir al instituto porque si se quedaba en casa se volvería loco.

Becky también fue a trabajar bastante desanimada. El abuelo parecía un poco más cansado, y estaba preocupada por él. Desde el sábado no había dicho nada sobre Kilpatrick, lo que no era muy propio de él, y sólo podría significar que estaba demasiado enfermo para importarle.

—¿Qué tal fue? —preguntó Maggie cuando entró en la oficina.

—Fuimos a cenar y a bailar, y lo pasamos muy bien —mintió ella sonriendo. Le entregó una bolsa de papel con el bolso y los zapatos que le había prestado—. Muchas gracias por prestármelo. Estaba arrebatadora. Al menos eso fue lo que me dijo él.

—Me alegro de que lo pasaras bien. Tienes derecho a divertirte.

—Sí, aunque éste es más mi estilo —dijo ella, recogiéndose un mechón suelto en el moño y alisándose el vestido camisero de cuadros que llevaba—. Más normal. Oh, Maggie, ¿por qué es la vida tan complicada?

—Tendré que explicártelo más tarde —susurró Maggie, señalando con la cabeza hacia el despacho del jefe—. Está de un humor de perros. Tiene dos casos, uno de ellos contra tu amigo Kilpatrick, y no para de darle vueltas intentando buscar otra estrategia, pero estoy segura de que Kilpatrick lo ganará. Él también piensa lo mismo.

A Becky le dio un vuelco el corazón al oír el nombre de Kilpatrick, pero de nada serviría entusiasmarse demasiado. El paréntesis del sábado había terminado, y ella tenía que vivir en el mundo real del presente, no en un sueño del pasado. Se sentó detrás de la máquina de escribir y empezó a trabajar.

Kilpatrick volvió de los juzgados a última hora de la tarde. Se había ocupado de un caso de narcotráfico, mientras que sus colegas se ocupaban de uno de abuso de menores y otro de intento de asesinato. Estaba cansado y de mal humor, y no le hizo ninguna gracia encontrar a Dan Berry esperándolo.

Dejó la cartera junto a la mesa y se incorporó, estirándose para desentumecerse.

—¿Qué ocurre?

Berry se levantó y cerró la puerta.

—Es personal. Sobre la bomba.

Kilpatrick se sentó en el borde de la mesa y encendió un puro.

—Cuéntame.

—¿Te acuerdas que te comenté que Harvey Blair te amenazó con matarte y que ahora estaba en libertad?

Kilpatrick asintió.

—La policía ha seguido el rastro del temporizador hasta una tienda de electrónica. Da la casualidad de que el propietario era un buen amigo de Blair.

—Lo que no significa que éste preparara la bomba ni ordenara su colocación. Y casi todas las tiendas de electrónica venden lo mismo —sacudió la cabeza, y frunció el ceño—. No, sigo pensando que han sido el viejo Harris y sus hijos. Estoy seguro.

—¿No has olvidado lo que te dije sobre el talento del joven Cullen para la electrónica?

—No lo he olvidado. Pero no creo que sea tan estúpido.

Berry entrecerró los ojos.

—Oye, todos sabemos que estás saliendo con la hermana de ese chico...

—Lo que no tiene nada que ver con mis decisiones profesionales –lo interrumpió Kilpatrick, implacable–. No cerraré los ojos a lo que haga porque me vea de vez en cuando con su hermana. Si él tuvo algo que ver, lo acusaré, ¿de acuerdo?

—¡De acuerdo! –dijo Dan, haciendo un saludo militar–. Me has convencido, de verdad.

Kilpatrick lo miró con curiosidad.

—Y tampoco creo que sea Blair. Pero si te vas a sentir mejor, iré a hablar con él.

—¿Desarmado? –preguntó Berry.

Los ojos de Kilpatrick brillaron.

—No me matará en su casa a plena luz del día. Tiene más cerebro que eso –se levantó y miró la hora–. Iré ahora. No tengo que estar en el juzgado hasta mañana. ¿Has seguido investigando el caso Dennis?

Berry asintió.

—He hablado con algunos chicos del colegio que lo conocían, incluyendo un joven llamado Mack Cullen, que era uno de sus amigos.

Kilpatrick apretó la mandíbula.

Berry vio la reveladora reacción.

—No lo sabías, supongo. Pensé que esa mujer, Cullen, te lo habría mencionado.

Kilpatrick sacudió negativamente la cabeza.

—Pero me ocuparé de preguntárselo –dijo Kilpatrick, accediendo a algo que había jurado no hacer.

Se había prometido dejar a Becky en paz y no volver a verla, pero la había echado terriblemente de menos el resto del fin de semana. Había echado de menos su compañía, su sonrisa, el sonido de su voz. Aquella misma mañana había estado a punto de llamarla por teléfono, pero logró tener la suficiente fuerza de voluntad para no hacerlo. Ahora parecía tener una buena excusa, y eso lo animó.

–Por favor, mira debajo del coche antes de montarte –le aconsejó Berry–. No quiero que te vuelen por los aires antes de saber quién lo intentó la primera vez, ¿vale?

–Haré lo que pueda –le aseguró Kilpatrick, metiéndose el puro entre los labios y sonriendo–. En mil pedazos tendría una pinta horrible.

Berry fue a decir algo, pero Kilpatrick ya estaba saliendo del despacho en dirección a la oficina de Becky. Al diablo con los buenos principios, se dijo.

Abrió la puerta y entró. Allí encontró a Becky inclinada sobre la máquina de escribir. Las otras mujeres dejaron de trabajar y lo miraron.

Kilpatrick se apoyó en la mesa de Becky y esperó a que ella levantara la cabeza y lo mirara. Cuando lo hizo, fue primero con estupefacción y acto seguido radiante de felicidad.

–¿Te alegras de verme? Yo también me alegro de verte a ti –dijo él, sonriendo–. Estaré toda la semana muy ocupado, pero podemos cenar el viernes. ¿Comida china o griega? A mí me encanta una buena *musaka* con vino de resina, pero el cerdo agridulce tampoco me desagrada.

–Nunca he probado la comida griega, ni la china –confesó ella ruborizándose.

–Lo decidiremos sobre la marcha. No me puedo quedar. Tengo que interrogar a un hombre que amenazó con arrancarme las tripas y enrollarlas a un poste de teléfono.

Becky dio un grito ahogado.

–Tranquila –dijo él incorporándose–. No creo que fuera él. No sabe nada de electrónica, y tiene demasiadas ganas de estar en la calle como para complicar su futuro.

–¿Has mirado los bajos de tu...? –empezó ella otra vez.

–Berry y tú, los dos –murmuró Rourke–. Dime, ¿es

que creéis que no me gusta vivir? Claro que compruebo el coche, y la puerta, y el cuarto de baño, y hasta tengo un gato que me prueba la comida. ¿Satisfecha?

Becky se echó a reír, y vio a Maggie contener una risita.

—He llegado solo a los treinta y seis —dijo él—. Tranquila, llegaré a los cuarenta. ¿Te han dado mucho la vara en casa?

—Lo intentaron, pero le dije a Clay que si no le gustaba que se fuera a vivir a otro sitio y que se ocupara él mismo de su fianza. Ha estado todo el fin de semana muy callado, y Mack también ha estado cabizbajo. Conocía al chico que murió. Pobrecito, ha muerto sin motivo y demasiado pronto.

—Todos morimos demasiado pronto si es sin motivo —dijo él, estudiándole el rostro, viendo el dolor reflejado en sus facciones.

Y eso le preocupó. Empezaba a darse cuenta de que quería mucho más de Becky que su compasión.

—Tengo que irme —dijo bruscamente—. Ya nos veremos.

—Sí —dijo ella, con el corazón en los ojos.

Afortunadamente, él no volvió la cabeza para verlo.

Becky sonrió y después se echó a reír. Llevaba todo el fin de semana deprimida, pensando que él no volvería a llamarla.

—Vaya, vaya. Cenicienta, aquí mismo en mi oficina —se rió Maggie—. Creo que le gustas.

—Eso espero —dijo ella—. El tiempo lo dirá.

Los días siguientes pasaron deprisa a causa de la gran cantidad de trabajo que siempre originaban los juicios. Pero eso estaba bien, porque así Becky no pensaba continuamente en Kilpatrick.

En casa las cosas eran diferentes. Becky se pasaba la mayor parte del tiempo soñando despierta y pensando en lo luminoso y maravilloso que parecía ahora el mundo. El abuelo y Mack no dijeron nada cuando anunció que había quedado con Kilpatrick el viernes. Tampoco lo hizo Clay, aunque se le quedó la sangre helada. No sabía qué iba a pasar, pero tener al fiscal del distrito con su hermana le iba a traer muchos problemas. Cuando los hermanos Harris se enteraran, no quería imaginarse su reacción. Si las autoridades les daban problemas, del primero que sospecharían sería de él.

Kilpatrick estaba bastante seguro de que Harvey Blair no tenía ninguna intención de matarlo, y su convicción fue prácticamente total después de ver al ex convicto.

Blair, un hombre enorme de movimientos torpes, cabellos oscuros y ojos claros, ni siquiera mostró hostilidad al verlo en la puerta del apartamento del destartalado edificio donde vivía.

—No quiero problemas, Kilpatrick —dijo nada más verlo—. Leo los periódicos. Sé lo que le ha pasado. Pero yo no lo hice.

—Nunca lo pensé —respondió el fiscal—, pero por mi trabajo debo comprobar todas las pistas. ¿Cómo va todo?

El hombre se hizo a un lado y lo invitó a entrar. El apartamento estaba limpio y ordenado, pero no silencioso. En el suelo había una mujer delgada con tres niños jugando a las construcciones. Lo miraron y sonrieron tímidamente antes de continuar con su juego.

—Mi hija y mis nietos —dijo Blair con una resplandeciente sonrisa—. Me dejan que viva aquí. Mi yerno murió en un accidente laboral el año pasado, y ahora me ocupo de ellos. Es increíble, ¿no? Lo mucho que te cambian las responsabilidades —dijo con un pesado suspiro. Hundió las manos en los bolsillos—. Tengo trabajo de camionero para el ayuntamiento. Pagan bien y no les importa que haya estado en la cárcel. Incluso tengo seguro y jubilación —sonrió a Kilpatrick.

—Me alegro de que las cosas te vayan bien —dijo Kilpatrick—. De todos los casos que he llevado a juicio, ganar el tuyo fue el que más me dolió.

—Gracias, pero era culpable, incluso si al final me han indultado. El caso es que quiero que las cosas salgan bien y llevar una vida respetable. No voy a perder esta oportunidad.

—Eso espero —dijo Kilpatrick, tendiéndole la mano.

El otro hombre se la estrechó y tras despedirse, Kilpatrick salió del apartamento, convencido de que no era el responsable de su intento de asesinato. Sin embargo, eso todavía dejaba a Clay Cullen como sospechoso, y no podía decirle a Becky que cada vez había más pruebas que indicaban su implicación, incluso si era sólo como cómplice, tanto del atentado como de la muerte del pequeño Dennis.

El resto de la semana lo pasó interrogando a los distintos posibles jurados, repitiendo con todos ellos el mismo proceso y las mismas preguntas. ¿Tiene alguna relación con el acusado, con alguno de los testigos, o con alguno de los letrados? ¿Conoce el caso en cuestión? ¿Tiene familiares implicados? Una y otra vez las preguntas se repetían para cada uno de los cinco paneles de doce posibles jurados, y él estaba obligado a recordar el nombre de cada uno y tomar nota de cada detalle que pudiera perjudicarle ante el tribunal.

Pero era importante tener un jurado imparcial, y tan importante lo era también tener un juez imparcial. Tuvo la fortuna de tener como juez a Lawrence Kentner, un hombre mayor con un profundo conocimiento de las leyes y que gozaba de todo el respeto de la profesión y de Kilpatrick.

J. Lincoln Davis apareció en la sala durante uno de los descansos para presentar una moción de aplazamiento de uno de sus casos. Se detuvo junto a Kilpatrick, con cara de suficiencia.

—Supongo que ya sabes que voy a anunciar mi candidatura —le comunicó.

Kilpatrick sonrió.

—Lo sé. Buena suerte.

—Espero que seas un buen contrincante —murmuró Davis.

—Eh, Jasper, siempre lo soy, ¿no? —preguntó inocentemente.

—No me llames así —gruñó el otro hombre, mirando rápidamente a su alrededor para asegurarse de que nadie lo había oído—. Sabes que lo odio.

—A tu madre le encantaba. Vergüenza debería darte esconderlo detrás de una inicial.

—Espera a que nos enfrentemos en la tele en un debate —dijo Davis, sonriendo—. He encargado a mi gente que repase todos tus casos.

—Diles que se diviertan —le dijo Kilpatrick.

—Para querer la reelección te lo estás tomando con una tranquilidad insoportable.

Kilpatrick no buscaba la reelección, pero prefirió no estropear la diversión al letrado y no desmintió sus palabras. Sólo sonrió.

—Que tengas un buen día.

Davis hizo una mueca y se alejó con la cartera en la mano.

Kilpatrick se sintió ligeramente avergonzado por provocarlo. Davis era un buen hombre, y un excelente abogado, pero a veces podía ser un pesado y un presumido insufrible.

Recogió sus papeles y salió de la sala. Eran las cinco de la tarde. Todavía le quedaban dos horas de trabajo en su despacho, pero era viernes y había prometido a Becky llevarla a cenar. Sin embargo, no podía hacer nada. El trabajo era lo primero.

Antes de subir a su despacho pasó por el bufete de

Becky. Todo el mundo se preparaba para salir, pero Becky seguía escribiendo. Kilpatrick intercambió unas palabras con Bob Malcolm y después se sentó junto a Becky.

—Todavía me quedan dos horas como mínimo —dijo, irritado—. Ha sido una semana horrible.

—Y hoy no puedes salir —adivinó ella, sonriendo y tratando de disimular la decepción—. No importa, de verdad.

—Sí, sí que importa —repuso él con un suspiro de hartazgo—. Ve a casa y da de cenar a tu familia. Si quieres —continuó él tras un leve titubeo—, puedes volver y esperarme hasta que termine. Después podemos ir a cenar.

A Becky le dio un vuelco el corazón.

—Me encantará, sí. A menos que estés muy cansado...

—De todas maneras tengo que comer, Becky —dijo él—. No estoy tan cansado. Cierra las puertas cuando vuelvas. Yo te seguiré a casa después.

—Está bien. No tardaré.

Rourke se levantó y le sonrió.

—No permitas que te encierren en un armario.

—Para nada —murmuró ella muy seria.

Becky fue a casa dispuesta a pelearse con quien fuera. Ya les había dicho la noche anterior que iba a salir con Kilpatrick. Pero esa vez, el abuelo sufrió una de sus crisis y gimió y gruñó sin cesar durante un buen rato.

A Becky le entró miedo. Lo ayudó a acostarse y se sentó a su lado, sin saber qué hacer. Si llamaba al médico, éste iría, pero costaría un dinero que no quería malgastar si el abuelo estaba fingiendo.

Clay había salido hacía un rato y no sabía dónde estaba. Mack estaba viendo la televisión y todo apuntaba a que ella se iba a quedar sin su cena con Kilpatrick.

Becky estaba sentada junto a la cama del abuelo con la cara entre las manos. Cada vez que el anciano tenía una crisis, ella se ponía muy nerviosa. Le aterraba tener sobre los hombros toda la responsabilidad de una vida, y si tomar la decisión equivocada implicaba la muerte del anciano, no se lo perdonaría nunca. Por otro lado, no estaba segura de que no fuera una farsa más para mantenerla alejada de Kilpatrick.

–Estoy bien, hija –dijo el abuelo, haciendo una mueca al ver la expresión de su cara–. No me voy a morir.

–Lo sé. Es que... –encogió los hombros, cansada, y sonrió–. Nunca he tenido un pretendiente de verdad. Nunca se ha molestado nadie en mirarme y conocerme para invitarme a salir dos veces. Kilpatrick sabe que no soy moderna, y aun con todo le gusto –bajó los ojos–. Es agradable saber que quiere salir conmigo.

El abuelo suspiró irritado.

–Sólo conseguirás que te rompa el corazón –dijo tenso–. Puede que te esté utilizando para detener a Clay. Clay está metido en algo, Becky. Los dos lo sabemos, y casi podría jurar que tu amigo Kilpatrick también. Tú eres la mejor manera de tenerlo controlado.

—Ya me lo has dicho, pero si es así, ¿por qué no me pregunta nunca por él?

—Eso no lo sé —el abuelo se sentó en la cama y se pasó una mano por el pelo canoso—. Ya estoy mejor, de verdad. Puedes irte. Mack irá a buscar al médico si me hace falta. Es un buen chico.

—Sí, lo sé.

Becky titubeó, sin acabar de decidirse.

—Te he dicho que estoy bien —insistió el abuelo—. No me gusta que salgas con ese hombre, pero debo admitir que me gusta verte sonreír. Sólo asegúrate de que no te toma el pelo en ningún sentido —añadió con firmeza.

—Lo haré —dijo ella, con una resplandeciente sonrisa. Se inclinó hacia delante y lo besó—. Terminaré de preparar la cena antes de irme, y no volveré tarde.

—Eres una buena chica —dijo cuando ella ya estaba en la puerta—. Supongo que ha sido todo muy duro para ti.

—Alguien tiene que cuidaros —dijo ella—. No me importa. Os quiero —añadió, y sonrió.

—Nosotros también te queremos —dijo él, desviando la vista—. Incluso Clay, aunque todavía tiene que aprender qué es querer.

—Esperemos que no sea una lección demasiado dolorosa —comentó Becky, y salió cerrando la puerta.

Cuando terminó de preparar la cena se dio cuenta de que llevaba un retraso de una hora y de que sería difícil encontrar un sitio abierto para cenar, a menos que fuera una hamburguesa.

Sacó una vieja cesta de mimbre del armario y metió unas galletas con mantequilla, una ensalada de patatas, y el trozo de jamón asado que había quedado de la cena, junto con dos trozos de tarta de manzana y un termo de café.

Kilpatrick la estaba esperando y miró al reloj. Ya habían pasado más de dos horas.

—Lo siento —dijo ella al llegar, desde la puerta—. El

abuelo ha tenido una crisis y he tenido que quedarme con él hasta asegurarme de que estaba mejor.

—¿Y lo está?

—Está bien, sí, pero siento llegar tarde. ¿Ya creías que no vendría? —preguntó, balanceando la cesta de mimbre que llevaba a la espalda.

—No, sé que de no poder venir me habrías llamado.

—Me conoces bastante bien —dijo ella con una carcajada.

—No tanto como me gustaría. ¿Qué te apetece, chino o griego?

—¿Qué tal comida casera? —preguntó ella con una sonrisa, y sacó la cesta—. Me ha parecido que ya sería muy tarde para encontrar un restaurante abierto, y he pensado que te podía apetecer un poco de jamón asado, ensalada de patatas, y tarta de manzana.

—¡Eres un ángel! —exclamó él mientras ella dejaba la cesta sobre la mesa y la abría—. Hm, duele delicioso. Es todo un festín.

—Las sobras de la cena —le corrigió ella, sacando un par de platos, cubiertos, tazas y vasos.

Lo vio fruncir el ceño al ver la vajilla irrompible y se sonrojó. No podía reconocer que no tenía dinero para platos y cubiertos de plástico, aunque Kilpatrick ya se había dado cuenta. Con una sonrisa, hizo sitio en la mesa para la comida.

—Está todo delicioso —dijo cuando llegaron a la tarta de manzana—. Becky, eres toda una cocinera.

—Me gusta —confesó ella—. Me enseñó mi madre. Ella era fantástica.

—Su muerte tuvo que suponer un golpe muy duro —observó él, mirándola.

—Entonces me pareció el fin del mundo —dijo ella—. Mack sólo tenía dos años y Clay nueve. Mi padre nunca estaba en casa, iba y venía a su gusto. Fue el abuelo quien se ocupó de nosotros. Yo logré terminar el instituto. La señora Walter, una vecina, se quedaba con Mack. Entonces el abuelo todavía trabajaba en el ferrocarril –sonrió al recordar–. Era divertido cuidar de un niño. Mack y yo estamos muy unidos porque para él soy más una madre que una hermana. Pero Clay... siempre estaba metido en líos, incluso de adolescente. Y con el tiempo ha ido a peor. Odia la autoridad.

–Supongo que no le hace ninguna gracia que salgas conmigo –comentó él.

–Ninguna. Ni a mi abuelo tampoco. Mack es el único que parece pensar en mí –añadió mientras apuraba el café y la tarta.

–¿Eras muy chicote? –preguntó él imaginándola subiendo a los árboles y jugando al baloncesto.

Becky se echó a reír.

–Sí. Tener dos hermanos te predispone un poco –reconoció recordando otras épocas–. También sé recoger heno y conducir el tractor, aunque no me gusta –en ese momento recordó la siembra de primavera y dejó de reír–. Este año será más difícil, ahora el abuelo no puede ayudarnos. Siempre hemos tenido un huerto, pero este año no sé. Clay no ayuda nada, y Mack es todavía muy pequeño.

–¿Y tu padre no contribuye nada al mantenimiento de la familia?

Becky sacudió la cabeza.

–No tiene sentido de la responsabilidad. Siempre le ha gustado el dinero fácil.

Rourke jugó con la copa blanca que tenía en la mano.

–Lo recuerdo un poco. Se parecía mucho a Clay.

–Irrespetuoso, arrogante y nada dispuesto a colaborar –adivinó ella.

Rourke soltó una carcajada.

–Sí, más o menos.

–Así es mi padre –dijo ella, recogiendo los platos y las

tazas–. Me alegro de parecerme a mi madre. Ella era honrada hasta la médula. Mack también se parece a ella. Se puso furioso cuando murió su amigo Dennis.

–¿Qué tal se lleva con Clay? –preguntó Kilpatrick.

–Últimamente no se llevan –respondió ella, recogiendo los restos de comida y cerrando la cesta de mimbre–. Desde el fin de semana Mack ni siquiera le dirige la palabra. Y no quiere decirme por qué.

–Los hermanos siempre se pelean, al menos eso dicen –dijo él, tratando de quitar importancia a las palabras de Becky.

Era demasiado pronto para empezar a sondearla.

–¿Tú no tienes hermanos? –preguntó ella.

–No, siempre he sido un solitario. Supongo que siempre lo seré –Rourke se levantó, estirando los brazos y desperezándose.

La camisa blanca se quedó pegada al musculoso pecho masculino, y bajo ella se adivinaba el vello oscuro y rizado que le cubría el pecho. Unos rizos se asomaban por los botones abiertos del cuello, y Becky apartó la vista con timidez.

–La próxima vez saldremos a cenar –dijo él, sonriendo perezosamente.

Los ojos masculinos cayeron sobre la suave boca de Becky y se quedaron allí, como si recordara el beso compartido una semana antes.

–Puedes venir el domingo a comer a la granja –dijo ella, y se sonrojó al darse cuenta de las implicaciones de la invitación–. Si quieres, claro. Será como entrar en campo enemigo desarmado.

–Yo nunca voy desarmado –le aseguró él–. Será un placer. ¿A qué hora?

–¿Qué tal sobre la una?

–¿Te dará tiempo a cocinar después de la iglesia?

–Si no, siempre puedes sentarte conmigo en la cocina mientras lo preparo todo.

—Para protegerme del resto de la familia, supongo —musitó él—. Está bien. Si sobreviví a dos años en Vietnam, supongo que puedo sobrevivir una tarde con Clay y tu abuelo.

—¿Estuviste en Vietnam? —preguntó ella.

—Sí, pero nunca hablo de eso —añadió.

Becky sonrió.

—Entonces no te preguntaré. ¿Te gusta el pollo asado?

—Mucho.

Rourke se acercó despacio hacia ella, con pasos lentos que eran en sí una amenaza, teniendo en cuenta la sonrisa y el suave calor de sus ojos. La tomó por la cintura y la pegó a su cuerpo, y su sonrisa se fue desvaneciendo a medida que su mirada pasó de los ojos femeninos a la nariz pecosa y hasta los sensuales labios.

—La otra noche no te asusté, ¿verdad?

Becky no fingió no saber a qué se refería.

—No —respondió, sintiendo el aliento a café en la boca, casi saboreándolo en el repentino silencio del despacho.

Las manos esbeltas le acariciaron la espalda y la apretaron contra su pecho.

—Me prometí no volver a verte —dijo él, mirándola serio a los ojos—. Tú y yo pertenecemos a mundos diferentes, y no me refiero sólo a nivel económico.

—Pero has vuelto —susurró ella.

Él asintió, bajando la cabeza.

—Porque por muy imposible que sea —jadeó él contra su boca—, te deseo, Becky.

Becky contuvo el aliento a la vez que él abría la boca y le separaba hábilmente los labios. Cerró los ojos y rodeó con los brazos la espalda masculina. Era un hombre muy fuerte, y sentía los músculos y la fuerza del hombre contra ella mientras flotaba entre el cielo y la tierra y su cuerpo empezaba a tensarse con una dulce sensación que no había experimentado nunca.

Como si se hubiera dado cuenta, Rourke deslizó la mano hasta la base de la columna femenina y la apretó contra él, pegándola a sus caderas y haciéndola sentir por primera vez en su vida toda la realidad de la excitación física de un hombre.

Becky jadeó en la boca masculina. Él alzó la cabeza, y ahora su mirada era más oscura, más intensa. Becky intentó echarse hacia atrás, pero él incrementó la íntima presión contra ella, sin soltarla.

Rourke vio el rubor que cubrió las mejillas femeninas pero continuó sujetándola contra él hasta que la sintió temblar.

Entonces bajó la cabeza y jugó y acarició sus labios con la boca hasta que ella se relajó contra él y se entregó por completo. Dejó de luchar contra él y abrió la boca, en un estado de completo placer.

Cuando Rourke volvió a alzar la cara para mirarla, Becky apenas podía mantener los ojos abiertos. Lo miró encandilada, con los labios hinchados y los ojos entornados.

Las manos de Rourke habían descendido hasta las caderas mientras la besaba, y ahora, sin dejar de sostenerle la mirada, la movía contra él a la vez que estudiaba la expresión de total entrega de su rostro.

—Da gracias al cielo de que tengo conciencia —dijo él—, porque cuando se llega a este punto la mayoría de los hombres se inventan cualquier excusa para llegar hasta el final.

—¿Crees que te hubiera podido detener? —susurró ella.

—No habrías querido —le dijo él—. Pero ¿después qué? ¿Qué habría pasado después, Becky?

Becky entendió perfectamente a qué se refería. A los remordimientos. Al sentimiento de culpa. Al arrepentimiento. Y eso estaba segura de que vendría después, porque su código de honor particular no permitía las relaciones íntimas fuera del matrimonio. Para ella, el sexo, el amor y el matrimonio eran tres cosas unidas e indivisibles. Bajó los ojos y él la soltó, un poco a su pesar, y se alejó para encender un puro.

—¿Te habló tu madre de los riesgos de las relaciones con hombres? —preguntó por fin mirando por la ventana a las farolas de la calle.

—Entonces no salía con nadie, así que supongo que no vio la necesidad. El abuelo siempre me decía que fuera buena y en el colegio nos hablaron sobre los peligros de la promiscuidad —se encogió de hombros—. Pero aprendí más de las novelas rosas que de nadie de mi familia, y algunas eran muy educativas —añadió, con una sonrisa.

Él se volvió a mirarla, y rió divertido al ver la picardía en sus ojos.

—Pero aun con todo no quieres ser moderna y liberada.

Becky sacudió la cabeza.

—No cuando pienso con la cabeza —dijo ella, recorriendo con un dedo una de las flores del estampado del vestido—. No sé mucho de los hombres, pero sé lo que hay que saber para ser liberada.

—Te refieres a la prevención —dijo él.

—Sí.

—Yo tampoco querría engendrar un hijo, Becky —dijo él tras quedarse pensativo durante un minuto—. Estoy seguro de que sabes que un hombre puede evitarlo, igual que una mujer.

A Becky le ardían todas las células del cuerpo. Era un asunto muy íntimo y delicado para hablarlo en voz alta, y más con un hombre. Se sentó en una silla delante del escritorio.

—Dicen que nada es seguro al cien por cien. Y hay otras... cosas.

—Enfermedades.

Ella asintió.

—Eres tan cauta como yo —dijo él—. ¿Crees que a los hombres no nos preocupan esas cosas? Piénsalo. Yo no me acuesto con nadie.

Becky lo miró sorprendida. Había asumido que su experiencia se debía a sus muchas relaciones con mujeres.

—Antes sí —continuó él, acercándose al borde del escritorio y sentándose en él—. Pero con la edad te vuelves más prudente. El sexo sin sentimientos es tan satisfactorio como un pastel sin azúcar. Ahora tengo mucho cuidado, y no me acuesto con cualquiera.

—Quizá te gusto porque no tengo experiencia —se aventuró ella, mirándolo con ojos preocupados.

—Quizá me gustas porque eres tú —respondió él en tono serio y profundo, a la vez que dejaba que sus ojos resbalaran por el cuerpo femenino, desde la larga melena de color miel, pasando por los dulces ojos castaños y los labios tentadores hasta la curva de los senos y la cintura—. Creo que tú y yo terminaremos acostándonos juntos, Becky —continuó él—, pero al margen de eso seremos amigos. He estado solo mucho tiempo, y he llegado a una edad en que ya no me gusta. Al menos podemos salir juntos.

—Me encantará salir contigo —dijo ella, sonriéndole—, pero lo otro... —frunció el ceño preocupada—. Soy una cobarde. Si ocurriera algo, no podría abortar. Soy incapaz hasta de matar a una mosca.

Rourke le tomó la mano y la levantó de la silla, colocándola entre sus piernas, con sus ojos a nivel de los suyos.

—Yo tampoco creo en el aborto —dijo—. Creo en la prevención. Será mejor que lo vayamos tomando según venga, ¿vale?

—Vale.

La rodeó con un brazo y la atrajo hacia él. Le buscó los labios con la boca y la besó con ternura y delicadeza. Después la soltó, sonriendo, y se apartó.

—Será mejor que te siga a casa —dijo él—. Ha sido un día muy duro para los dos y necesitamos descansar.

—No tienes que venir hasta la granja —empezó ella.

—He dicho que te seguiré hasta casa —repitió él.

—No me extraña que seas tan buen fiscal —dijo ella levantando las manos—. Nunca te das por vencido.

—Cuenta con ello —respondió él, sin sonreír.

La siguió hasta la granja y no se fue hasta que la vio entrar en casa.

Becky se fue directamente a la cama. Por suerte, todos parecían estar ya acostados.

A la hora del desayuno anunció que había invitado a Rourke a comer el domingo. Clay no dijo nada; se limitó a encogerse de hombros. Aquella noche había quedado con Francine y sabía que tendría que dar alguna explicación a los Harris sobre Kilpatrick. Encontraría la forma de convencerlos de que así era mejor. A fin de cuentas, podría saber los planes del fiscal del distrito a través de Becky. Claro que sí. Seguro que a los Harris les encantaba.

—¿A comer? —masculló el abuelo y suspiró—. Bueno, supongo que puedo soportarlo, pero no esperes una conversación animada —añadió al ver la expresión de felicidad de Becky.

—Gracias, abuelo —dijo ella, resplandeciente.

—Yo le enseñaré mi tren eléctrico —exclamó Mack, que estaba orgulloso del juego de trenes eléctricos antiguos que le había regalado un amigo del abuelo hacía tres años.

—Estoy segura de que le encantará —respondió Becky—. No es una mala persona —explicó al abuelo y a Clay—. Cuando lo conoces es divertido y, a su manera, se preocupa por la gente.

—Tengo que irme —dijo Clay poniéndose en pie—. Voy a ayudar al padre de Francine con el coche.

—Pásalo bien —dijo Becky—. ¿Qué tal el trabajo?

Clay la miró. La expresión de sus ojos era de preocupación, y su rostro vulnerable.

—Bien —mintió. Miró a Mack, que puso una mueca de desprecio—. Hasta luego.

Becky miró a Mack, sin entender su reacción.

—¿Has discutido con Clay?

—Me pidió que hiciera una cosa por él y le dije que no —respondió Mack, tajante—. No es mi jefe —añadió a la defensiva—. ¿Quieres que vaya a ordeñar? He estado aprendiendo, y soy muy bueno, Becky. Pregúntaselo al abuelo.

—Sí, lo es —admitió el abuelo—. Le he enseñado. Pensé que así podría ayudarte un poco.

—Claro que sí —dijo Becky, y besó al abuelo en la mejilla—. Gracias.

—Me gusta verte tan contenta —añadió el anciano sonriendo—. Estás radiante.

—Ya lo creo —dijo Mack—. Debe de ser el amor —canturreó con una sonrisa llevándose las manos al corazón—. Oh, Romeo.

—Vete antes de que te tire los juegos que quedan a la cabeza —dijo ella—. Seguro que Shakespeare está revolviéndose en su tumba.

—De celos —aseguró el niño, sonriendo a la vez que se hacía con el cubo de ordeñar y salía por la puerta de atrás.

Becky sacudió la cabeza y se levantó a fregar los platos. El abuelo, sentado en su sillón, parecía más frágil que de costumbre.

—¿Estás preocupado?

—Por Clay —reconoció él—. Mack y él solían estar muy unidos, y ahora apenas se dirigen la palabra —levantó los ojos—. Está metido en algo, Becky. Tiene la misma expresión que tenía tu padre cada vez que hacía algo malo.

—A lo mejor decide que ya es suficiente y lo deja —dijo ella con esperanza, aunque sin creer sus propias palabras.

—Ahora que tiene a esa chica no lo hará —dijo el abuelo

sacudiendo la cabeza–. No sé por qué, pero estoy seguro de que está con él por los Harris. No sé qué se traen entre manos, pero tarde o temprano lo usarán de chivo expiatorio. Ahora él no se da cuenta, y cuando lo haga, puede que sea demasiado tarde.

–¿Qué podemos hacer? –preguntó Becky preocupada.

–No lo sé –respondió él, levantándose lentamente de la mesa–. Soy un anciano, me alegro de que no me quede mucho tiempo de vida. Este mundo ya no me gusta, Becky. Hay demasiado egoísmo y demasiadas cosas feas. Yo me crié en una época en la que la gente tenía principios como el honor y el orgullo, en la que la familia significaba algo. Entonces la gente trabajaba la tierra y dependía de Dios. Ahora trabajan con máquinas y dependen de sí mismos –se apoyó en la mesa y se encogió de hombros–. Las máquinas dejan de funcionar cuando se corta la luz, pero Dios está siempre ahí. Es algo que tienen que aprender solos –fue hacia la puerta–. Me voy a echar un rato.

–¿Te encuentras bien? –preguntó ella, preocupada.

El hombre se detuvo en el umbral de la puerta y le sonrió.

–Me recuperaré, a pesar de las pastillas que el médico y tú os empeñáis en darme. Aún no ha llegado mi hora.

–De eso estoy segura –dijo ella, sonriendo también.

–¿Cómo que el fiscal del distrito va a comer a tu casa? –preguntó Son furioso cuando se reunió con Clay y Francine en el garaje.

–Mi hermana le gusta –dijo Clay, tratando de hablar con indiferencia–. Es fantástico. Becky no para de hablar de él. El tío le dirá en qué está trabajando y ella me lo dirá a mí –miró a Son para ver cómo se tomaba la información–. Es como tener una fuente de información directa de la oficina del fiscal.

—¿No se te ha ocurrido que puede ser al revés, que el fiscal sepa lo que hacemos a través de tu hermana? —preguntó Bubba, con la cara más roja que de costumbre.

—Mi hermana no puede contarle nada —dijo Clay—. Está tan colgada por él que ya se le habría escapado.

—Escucha, Cullen, tienes suerte de que no te hayamos delatado por lo del coche del fiscal —dijo Son, en tono helado—. Tu hermano no ha querido colaborar. De no ser por ese amigo tuyo que nos dijo lo del colegio, podíamos haber perdido todo el territorio.

—Un niño murió de sobredosis —dijo Clay.

—Porque se pasó. La historia de siempre, no vengas a llorarnos ahora por eso —dijo Son, con inmenso desdén—. Si no tienes agallas para ensuciarte las manos, no nos sirves de nada. Y si decidimos entregarte, lo haremos con estilo, directamente al novio de tu hermana, para que no puedas ni respirar.

Francine apretó el brazo de Clay y se echó la larga melena negra hacia atrás.

—Dejadlo en paz. No es un chivato.

—No he dicho nada a nadie —accedió Clay—. Escuchad, me gusta tener dinero en el bolsillo y ropa decente que ponerme —dijo, con remordimientos de saber lo mucho que había trabajado Becky por todos.

—Entonces no muevas el barco y haz tu trabajo. Dentro de dos semanas hay algo gordo. Espero que nos ayudes a llevar la mercancía a los camellos pequeños.

—Claro, cumpliré con mi parte —dijo Clay, y sonrió, aunque no fue fácil.

Había descubierto que era más fácil infringir la ley que salir del embrollo en el que estaba metido; ahora se le habían cerrado todas las puertas. Rodeó a Francine con el brazo y volvió con ella al coche.

—Tranquilo —le dijo ella cuando él le abrió la puerta—. No te delatarán.

—¿Estás segura? —preguntó él—. Cielos, si me delatan por la bomba del coche de Kilpatrick, mi hermana nunca me lo perdonará. Nunca creerá que no fui yo. Yo no fui, Francine, tú sabes que yo no fui.

La joven miró a sus primos por encima del hombro. Al principio quiso ayudarlos, pero ahora salía con Clay por motivos totalmente diferentes. Clay la trataba como a una dama; le compraba cosas y siempre era muy atento con ella. Nunca nadie la había tratado con tanta consideración y amabilidad.

—Escucha, yo te ayudaré. No sé cómo, pero te ayudaré. Pero, Clay, no hagas ninguna estupidez, por favor —le pidió—. No le digas nada a tu hermana. Si llegan a sospechar algo, los dos te acusarán a ti y te encerrarán de por vida.

—Y se estarán acusando a ellos mismos también.

—No. Ellos escaparán a tiempo. Tienen dinero para comprar a gente, Clay, ¿es que no te das cuenta? Pueden comprar a la policía, a los concejales, a los jueces, no hay nadie a quien no puedan llegar. Pero tú no puedes. Tú irías a la cárcel. Por favor, Clay, ten mucho cuidado

Él sonrió.

—¿Preocupada por mí?

—Sí, idiota —dijo ella, furiosa—. Dios sabrá por qué, pero te quiero.

Lo besó con fuerza, se montó en el coche y arrancó sin darle tiempo a reaccionar.

Clay estaba en las nubes. Volvió al garaje a hablar con Son, pero apenas se enteró de la mitad de las indicaciones sobre la entrega de mercancía.

Cuando regresó a casa seguía recordando las palabras de Francine. Hacía días que no tomaba ningún tipo de drogas, sólo traficaba, porque desde que estaba con Francine no las necesitaba.

Allí encontró a Mack jugando con sus trenes. Se acercó a él, pero su hermano lo ignoró.

–Oye, ¿no puedes perdonarme? –le preguntó.

–Tú y los cerdos de tus amigos habéis matado a un amigo mío –le respondió Mack, mirándolo con ira.

–No fui yo –murmuró Clay, mirando hacia la puerta abierta del dormitorio para asegurarse de que no le oía nadie–. Escucha, me he metido en un buen lío. Dejé que me convencieran para hacer una compra, y ahora me amenazan con encerrarme para siempre. Yo no quería hacer daño a nadie. He ganado mucho dinero.

–El dinero no devolverá la vida a mi amigo –respondió Mack con una sorprendente madurez para sus diez años–. Y si Becky se entera de lo que estás haciendo, te echará de casa.

–Debería hacerlo, sí –dijo Clay.

Se sentía viejo. Un error le había conducido a tantos otros que ya no sabía si sería capaz de detenerlo. Metió las manos en los bolsillos.

–Mack, yo no vendí el crack en tu colegio. Tienes que creerme. Soy malo pero no tanto.

Mack tomó la locomotora y empezó a darle vueltas entre las manos. Sentía náuseas.

–Eres un camello. No te quiero en mi habitación.

Clay fue a decir algo, pero prefirió no hacerlo y se alejó en silencio. No recordaba haberse sentido nunca tan solo ni tan avergonzado de sí mismo.

12

Becky se movía con torpeza mientras preparaba la comida del domingo. Acababa de volver de la iglesia y todavía llevaba el vestido de punto gris que utilizaba para asistir a los servicios religiosos. Sospechaba que Rourke llegaría antes de tiempo, y no se equivocó. Cuando oyó su coche, corrió a abrir la puerta, pero Mack ya estaba allí, recibiéndolo con inesperada cortesía.

—Está en la cocina, señor Kilpatrick —empezó el niño.

—No, estoy aquí —dijo Becky, sonriendo a Rourke, increíblemente apuesto con unos pantalones tostados de tela, un polo amarillo y una moderna gabardina de cuadros en tonos también tostados.

—Vuelve a vigilar la comida, hija. Mack y yo haremos los honores al señor Kilpatrick —gritó el abuelo desde su sillón en el salón.

—Puedes venir a la cocina conmigo —sugirió Becky esbozando una tímida sonrisa, invitándolo a entrar.

—Tonterías. Se te quemaría la salsa —la riñó el abuelo—. Siéntese, señor Kilpatrick. No es a lo que está acostumbrado, pero no se caerá de la silla. Todavía.

Kilpatrick observó al anciano con los labios apretados.

—Veo que no se anda con chiquitas —dijo aceptando la

invitación a sentarse–. Bien. Yo tampoco. ¿Le dejan fumar o le ha dicho el médico que un puro puede matarlo?

El abuelo se quedó desconcertado y Becky se metió en la cocina sonriendo.

«Qué tonta», pensó. «Mira que preocuparme por la seguridad de Kilpatrick con el abuelo».

Preparó la comida lo más deprisa que pudo, escuchando las voces que de vez en cuando llegaban desde el salón, a veces más altas, a veces en un apagado susurro.

Cuando asomó la cabeza por la puerta para llamarlos a la mesa, el abuelo parecía irritado y Rourke fumaba tranquilamente un puro en silencio y sonriente, con las piernas estiradas hacia delante y los talones cruzados, y una expresión de profunda satisfacción. No hacía falta preguntar quién había ganado el primer asalto.

El abuelo bendijo la mesa. Clay no apareció; por lo visto había decidido que comer con el fiscal era más de lo que podía soportar. De todos modos, a Becky no le importó. Ya era bastante difícil sólo con el abuelo.

Los cuatro comieron en silencio, a excepción de unos cuantos cumplidos de Rourke sobre la comida. Después, el abuelo se disculpó y se encerró en su dormitorio. Mack fue a dar de comer a las gallinas y la dejó sola con Rourke en la cocina mientras ella fregaba los platos.

–Lo siento –dijo ella con un suspiro, inclinando la cabeza hacia delante sobre el fregadero–. Creía que se iban a portar mejor. Supongo que era mucho pedir.

–Tienen miedo de perderte –dijo él–. Supongo que no se lo puedes reprochar. Están acostumbrados a que hagas casi todo el trabajo.

–Pero incluso las señoras de la limpieza tienen días libres –respondió ella, mirándolo a los ojos.

Rourke se acercó a ella y la besó.

–Tú eres mucho más que una mujer de la limpieza. No

quieren que caigas en las garras de un hombre que sólo piensa en llevarte a la cama.

—¿Y es así? —preguntó ella, buceando en sus ojos.

«Esos ojos», pensó él. «Esos ojos sensuales y seductores» lo desarmaban por completo.

—Normalmente sólo pienso en leyes —murmuró él—, aunque el sexo también tiene su sitio. Pero ya te he dicho que te he preparado un plan diabólico.

Ella se echó a reír.

—Es cierto. Sinceridad por encima de todo.

—Así es. Pienso llevarte a mi escondite secreto y aprovecharme de ti.

—Qué emocionante. ¿En tu coche o en el mío?

—Se supone que tú te resistes a venir —dijo él—. Tú eres una chica de principios y yo soy un truhán.

—Oh, lo siento —Becky alzó la barbilla—. ¿En qué vehículo deseas secuestrarme, en el tuyo o en el mío? —se corrigió.

Él le dio en la cabeza con el trapo.

—Vuelve a trabajar, mujer desequilibrada.

—Ya me has puesto en mi sitio —se rió ella.

—En serio, jamás pensé que intentaras seducirme junto a un fregadero lleno de platos sucios.

—¿Hay algún sitio mejor?

—Por supuesto. Algún día te lo explicaré. Te has dejado un plato.

—Es verdad.

Durante unos minutos, ella continuó fregando mientras él secaba la vajilla.

—¿Ha sido mi abuelo muy duro contigo?

—Sí. No le hace ninguna gracia tenerme aquí. Aunque no se lo reprocho. Soy responsable de haber desestabilizado su vida en varias ocasiones, a pesar de que era inevitable.

—Sólo hacías tu trabajo. Yo no te lo reprocho —dijo ella.

Rourke le sonrió.

–Sí, pero a tu abuelo no le gusta besarme tanto como a ti, así que me lo reprocha más.

Becky se ruborizó y le dio un codazo.

–Eso no vale.

Él soltó una carcajada.

–¿Sabes que nunca me he reído con nadie como me río contigo? –dijo él–. Creía que había olvidado cómo. Ser fiscal es un trabajo duro. Y después de un tiempo es fácil perder el sentido del humor.

–Antes creía que no lo tenías –dijo ella.

–¿Porque te provocaba en el ascensor? –recordó él–. No sabes cómo disfrutaba. Llegó un momento que hacía lo imposible para encontrarme contigo. Era un cambio refrescante.

–¿De qué?

–De las mujeres que se me lanzaban desnudas por encima de la mesa –dijo él serio.

–¡Seguro! –exclamó ella incrédula.

–Fuiste un rayo de sol en mi vida, Becky –dijo él sin sonreír–. El día que me explicaste la situación familiar quería invitarte a salir, pero no quería complicaciones en mi vida.

–¿Y ahora las quieres?

Él se encogió de hombros.

–Tampoco, la verdad –la miró mientras secaba el último plato del montón–. Pero ya no tengo elección. Y supongo que tú tampoco. Estamos empezando a acostumbrarnos el uno al otro.

–¿Y eso es malo? –preguntó ella.

–Soy un objetivo –le recordó él–. ¿No se te ha ocurrido pensar que por estar conmigo puedes convertirte en objetivo también?

–No. De todos modos no me importa.

–También puede tener otro tipo de consecuencias –continuó él–. Los Harris podrían pensar que Clay me está pasando información a través de ti.

Becky contuvo el aliento. Aquella posibilidad no se le había ocurrido.

—Tranquila —dijo él—. Seguro que Clay puede convencerlos de lo contrario. Y además está la tensión que nuestra relación está creando en tu familia. Ni tu abuelo ni tus hermanos me aprecian, y eso hará que tu vida sea más difícil.

—Tengo derecho a salir cuando quiera, y se lo he dicho —dijo ella con firmeza—. Tú me has enseñado que la gente puede llegar a convertirte en su esclavo si les dejas. Yo he sido una esclava aquí porque he permitido que mi familia dependa totalmente de mí, y ahora estoy pagando las consecuencias. Hacerte sentir culpable por algo no es un arma agradable, pero la gente lo utiliza cuando todo lo demás falla.

—Tienes toda la razón —dijo él—. ¿Qué quieres hacer cuando terminemos aquí?

—Bueno, si nos sentamos delante de la tele, el abuelo volverá y protestará por todo lo que pongamos —Becky terminó el último plato—. Puedo enseñarte la granja. No hay mucho que ver, pero pertenece a la familia desde hace cien años.

Rourke sonrió.

—Será un placer. Me gusta pasear al aire libre, pero llevo mucho tiempo viviendo en la ciudad. Si no fuera una zona tranquila, me volvería loco. Doy de comer a los pájaros, y cuando tengo tiempo, cuido de los rosales.

—Ah, ésa es tu sangre irlandesa —bromeó ella—. El amor a la tierra y a las plantas. Mi bisabuela era una O´Hara del Condado de Cork.

—Mis dos abuelas eran irlandesas —dijo él.

—Una de ellas era cherokee, ¿no?

—Mi abuelo era irlandés. Se casó con una chica cherokee y tuvieron a mi madre. Pero tenía más aspecto de cherokee que de irlandesa. Yo apenas la recuerdo, y a mi padre tampoco. Mi tío Sanderson decía que estaban locos el uno por el otro, pero a mi padre no le iba eso del matrimonio –suspiró–. Ahora no me importa tanto ser hijo ilegítimo, pero cuando era un niño fue horrible. No me gustaría que eso le pasara a un hijo mío.

–A mí tampoco –respondió Becky–. Dame, colgaré el trapo. Podemos salir a dar un paseo.

–¿No quieres cambiarte antes? –preguntó él, mirando el vestido de punto que llevaba.

–¿Y dejarte a merced del abuelo?

–Tranquila, Becky, yo lo protegeré –se ofreció Mack desde la puerta–. ¿Le gustan los trenes eléctricos, señor Kilpatrick? Tengo un juego antiguo precioso que me regaló un amigo de mi abuelo.

–Me encantan los trenes –dijo Rourke, pensando en lo mucho que Mack se parecía a su hermana–. Gracias por sacrificarte por mí, jovencito.

Mack se echó a reír.

–No importa. Becky se ha sacrificado por mí muchas veces. Venga.

Becky los vio alejarse, contenta por la actitud de Mack. En su habitación se puso unos vaqueros y un suéter de punto amarillo que había visto mejores tiempos. Aunque ahora ya no le importaba. A Kilpatrick no parecía importarle la ropa que llevaba.

Mack puso en marcha los trenes que empezaron a deslizarse por las vías y Rourke se sentó en una silla junto a la mesa, observándolos.

–Cuando tenía tu edad me encantaban los trenes –le dijo al niño–, pero a mi tío no le gustaba nada que pudiera alejarme de los estudios, así que no me compraba muchos juguetes.

–¿No vivía con sus padres? –preguntó Mack, curioso.

Kilpatrick sacudió la cabeza.

–Murieron siendo yo muy niño. Mi tío fue el único familiar que tenía que quiso ocuparse de mí. O él o me quedaba en la reserva cherokee. No sé, a lo mejor habría sido más divertido vivir con la familia de mi madre.

—¿Es indio? —exclamó Mack con los ojos como platos.

—Cherokee por parte de mi madre —dijo él—. El resto es puro irlandés.

—Nosotros estamos estudiando a los cherokees en el colegio. Usaban cerbatanas para cazar, y Sequoya les dio su propio alfabeto y lenguaje escrito —se puso serio—. Fueron expulsados de Georgia en 1838, según nuestro profesor porque en sus tierras habría oro y los codiciosos hombres blancos lo querían.

—Simplificado pero cierto. El Tribunal Supremo dictó una sentencia a favor de permitir a los cherokees continuar en Georgia, pero el presidente Jackson hizo caso omiso y los obligó a marcharse de todos modos. El presidente del Tribunal Supremo, John Marshall, atacó públicamente al presidente por negarse a obedecer la ley.

—Y eso que al presidente Jackson le había salvado la vida un indio cherokee llamado Junalaska —añadió Mack, sorprendiendo a Kilpatrick con lo mucho que sabía del tema—. Menudo desagradecido, ¿eh?

—Eres muy listo, Mack —se rió Kilpatrick.

—No lo crea —dijo el niño echando los hombros hacia adelante y siguiendo con ojos ausentes el circular de los trenes—. Señor Kilpatrick, si sabe que alguien hace algo malo y no dice nada, ¿es tan culpable como el otro?

Rourke estudió al niño en silencio durante un largo momento antes de responder.

—Si alguien comete un delito y tú lo sabes, te conviertes en cómplice. Pero recuerda, a veces hay circunstancias atenuantes y un tribunal toma eso en consideración. Nada es únicamente blanco o negro.

—Billy Dennis era amigo mío —dijo el niño mirando preocupado al fiscal—. Yo no sabía que tomaba drogas. No parecía de ésos.

—No hay que ser de ninguna manera en especial —le respondió Rourke—. Cualquiera puede estar en un estado emocional que le hace vulnerable a muletas como las drogas o el alcohol.

—Seguro que usted no.

—No lo creas, yo también soy humano. Cuando murió mi tío Sanderson me pasé la mitad de la noche en un bar del centro bebiendo y emborrachándome hasta perder el control. Normalmente no bebo, pero sentía mucho afecto por el viejo zorro, y él era la única familia que tenía.

—¿Quiere decir que está solo en el mundo? ¿No tiene a nadie?

Rourke se puso en pie y hundió las manos en los bolsillos, observando ausente el paso del tren.

—Tenía un perro, hasta que pusieron aquella bomba en mi coche —dijo—. Él era mi familia.

—Lo siento mucho. Nosotros nos pusimos muy tristes cuando el cartero atropelló a Blue. Era parte de nuestra familia.

Rourke asintió. Tenía muchas ganas de preguntarle a Mack lo que sabía, porque era evidente que el niño estaba preocupado por algo. Pero era demasiado pronto y no se atrevió a correr el riesgo.

—Estoy lista —llamó Becky desde la puerta.

Rourke la miró, y sus ojos sonrieron al ver a la joven con ropa más desenfadada y con la melena castaña clara suelta sobre los hombros.

—Al señor Kilpatrick le gustan los trenes —dijo Mack.

—Ya lo creo que le gustan. Hasta está pensando en comprarse un juego y montarlo en su casa.

Mack y Becky se echaron a reír.

Kilpatrick tomó la mano de Becky y la risa se tornó instantáneamente en una sensación más excitante.

—Vamos a dar un paseo por la granja —le dijo a Mack—. ¿Quieres venir?

—Me encantaría, pero tengo que quedarme con el abuelo —dijo Mack—. Cuando Becky no está, yo soy el médico. Sé cómo darle sus pastillas y todo.

—Sé que se alegra de tenerte cerca —dijo Rourke—. Gracias por enseñarme los trenes. Son muy bonitos.

—Cuando quiera —dijo el niño—. Y si se compra un juego —continuó, titubeando ligeramente—, ¿podré ir a verlo?

—Ya lo creo —le respondió Kilpatrick, y sonrió.

—No estaremos lejos —dijo Becky a Mack—. Llámame si me necesitas.

—Vale.

Becky llevó a Rourke a la parte de atrás, al establo donde estaban las gallinas y las dos vacas. En el suelo todavía quedaba heno del año anterior, aunque casi se había acabado. A Becky le preocupaba no poder cortar el heno ese año sin la ayuda del abuelo.

—¿Ordeñas las vacas? —preguntó Rourke.

—Sí. Mack me ayuda. Lo hace bastante bien. También hago queso y mantequilla.

Se detuvo y la miró sin soltarle la mano.

—¿Lo haces por elección propia?

Becky sonrió y sacudió negativamente la cabeza.

—Por necesidad. Tenemos que contar hasta el último centavo, incluso con la pensión del abuelo. Antes hasta me hacía la ropa, pero ahora es más barato comprarla hecha que comprar la tela. En verano hago conservas, y las guardo para el invierno. También hago el pan. Nos las arreglamos.

—Supongo que sólo los uniformes del colegio de tus hermanos cuestan un dineral —dijo él.

—Los de Mack sí, pero ahora Clay se compra su propia ropa. De marca. Las cosas que yo le podía comprar ya no le gustan.

—Ya tiene edad de comprarse sus cosas —le recordó él—. Y es una carga económica que no tienes.

—Sí, pero...

Rourke entrecerró los ojos y la observó.

—¿Pero qué?

Becky lo miró. Quería confiar en él, pero no podía contarle sus sospechas. Por encima de todo, Clay era su hermano.

—Oh, nada —dijo ella, forzando una sonrisa—. El granero es de principios del siglo veinte. El original se quemó en 1898. Todavía conservamos una foto, y también tiene otra la Sociedad Histórica local. Éste es una copia del original, pero no es tan antiguo.

Rourke le permitió cambiar de conversación sin discutir. Tenían mucho tiempo. Además, se estaba divirtiendo. Pasaba casi todos los domingos solo, trabajando, y aquél era un cambio refrescante.

Becky lo llevó a través de una pradera de arbustos y un bosquecillo de robles hasta un pequeño arroyo. Junto a la orilla había un tronco de roble caído.

—El sitio preferido de mi abuelo —dijo ella, sentándose y tirando de Rourke hacia abajo—. Lo cortó porque quería un sitio para sentarse a pescar, pero siempre nos decía que aquí era donde venía cada vez que se enfadaba con la abuela. Hasta que le entraba hambre y volvía a casa —añadió con una carcajada.

—¿Cómo era tu abuela?

—Se parecía mucho a mí —recordó ella—. No era guapa, pero tenía mucho sentido del humor y cocinaba como nadie. Cuando se enfadaba con el abuelo, le gustaba tirarle cazuelas y sartenes. Una vez le tiró un cuenco de harina y le dio en la cabeza. Lo dejó hecho un cristo.

Rourke echó la cabeza hacia atrás y soltó una carcajada.

—¿Qué hizo él?

—Bañarse —respondió ella—. Después la abuela y él se metieron en su habitación y allí estuvieron mucho rato —Becky suspiró—. Eran muy felices, y creo que ver lo mal que se llevaban mis padres les dolía inmensamente. Mi padre siempre tenía problemas con la policía, o con alguien a quien debía dinero, o con el marido de alguna mujer. Era un mujeriego, y creo que eso fue lo que mató a mi madre. Un día mi madre pilló una neumonía y se dejó morir. No tenía ganas de vivir.

—Hay hombres que no están hechos para el matrimonio, supongo —dijo Rourke, encendiendo un puro y expulsando una bocanada de humo—. Lástima que no se diera cuenta antes de pasar por la vicaría.

—Eso le decía mi abuelo —dijo ella, recordando—. Pero sigue siendo mi padre. Antes me daba miedo verlo aparecer. Siempre necesitaba dinero y nos lo exigía. A veces nos quitaba la comida de la boca, pero el abuelo nunca lo echó de casa. Supongo que yo haría lo mismo con mis hijos, así que no puedo reprochárselo.

Rourke no dijo nada, pero la miraba tratando de imaginar lo dura que había sido su vida. Sin embargo, ella nunca se quejaba de lo que le había tocado, e incluso podía defender a un hombre como su padre. Increíble. Él era menos indulgente y mucho menos comprensivo.

—Tú sí, supongo —dijo ella de repente, al ver la dura expresión del rostro masculino—. Eres un hombre de principios muy estrictos, señor fiscal.

—Sí, lo soy —dijo él—. Inflexible para muchos, pero alguien tiene que parar los pies a los delincuentes; si no serían los dueños del mundo. Vivimos en una jungla, y no tengo que decirte quién manda en cualquier jungla.

—El depredador más fuerte y más sanguinario —dijo ella sin pensarlo, y se estremeció para sus adentros—. A mí me resulta difícil imaginar al tipo de persona capaz de matar sin escrúpulos, pero supongo que tú te has encontrado con muchos.

Rourke asintió.

—Padres que violan a sus hijas, madres que estrangulan a

sus propios hijos, un hombre que mató a otro por quitarle el espacio en un aparcamiento −sonrió al ver la expresión de incredulidad de su cara−. Es difícil de creer, ¿verdad? También lo es para mucha gente decente que forma parte de un jurado y que dan un veredicto de inocencia a casos como ésos sencillamente porque no pueden creer que un ser humano sea capaz de hacer algo tan ruin.

−Debe de ser duro ver a personas así quedar en libertad −dijo ella−. ¿Por qué nadie hace nada?

−Ésa es una buena pregunta. Algunos lo intentamos, pero es difícil cuando el poder y el dinero están en manos de las personas que intentas condenar.

−Empiezo a entenderlo.

−Bien. En ese caso, hablemos de algo más alegre −dijo él, aspirando una bocanada de humo−. ¿Dónde quieres comer mañana?

−¿A mediodía? −preguntó ella.

−¿Ya te has cansado de mí?

−Oh, no −exclamó ella al instante.

Rourke la miró a los ojos y se sintió atraído hacia ella. Eran unos ojos sensuales capaces de marcar a un hombre para siempre. Y él ya no tenía deseos de seguir huyendo de su fuerza.

Se levantó despacio y apagó el puro con el zapato. En el silencio que les rodeaba sólo se oía el burbujeo del arroyo y los latidos desbocados del corazón de Becky cuando él la sujetó por los brazos. Ella se acercó a él y apoyó las manos en el pecho masculino, bajo la gabardina, sintiendo el calor de los músculos firmes y fuertes a través de la tela del polo de punto. También sintió los latidos de su corazón, tan fuertes y rápidos como los suyos. Alzó la cabeza, turbada por la intensidad de su mirada y la dureza de su expresión.

Rourke le clavó las manos en la cintura, sujetándola contra él a la vez que la miraba a los ojos.

−No, no desvíes la mirada −dijo él con voz ronca.

—No puedo soportarla —gimió ella temblando.

—Sí puedes. Casi puedo verte el alma —añadió él, en un jadeo.

—Rourke.

—Muérdeme —susurró él, tomándole la boca con la suya.

No era la primera vez que la besaba, pero nunca había sido como ahora. Y la intensa caricia despertó en ella algo que no había sentido nunca. Becky obedeció y mordisqueó el labio inferior atrapándolo con los dientes, a la vez que descendía con las uñas por el polo. Rourke se estremeció.

—Levántalo —dijo él—. Acaríciame —y le mordió la boca con una fiereza que una semana antes la habría asustado.

Pero ella estaba tan excitaba como él y deseaba conocerlo en todos los sentidos, empezando por aquél. Tiró del polo hacia arriba hasta sacarlo de los pantalones y metió las manos debajo, que subieron hasta encontrar el vello negro y rizado que le cubría el pecho. Becky gimió y se apretó más a él por propia voluntad, pegando las piernas a las de él y sintiendo en el vientre la repentina dureza masculina y la pasión de la boca que invadía la suya.

—Becky —gimió él.

Rourke deslizó las manos hasta las suaves nalgas redondeadas y la alzó en el aire contra él.

Becky jadeó pero no protestó. No podía. Era como si estuvieran unidos por un vínculo de pura electricidad que la hacía olvidarse de cuanto la rodeaba y temblar de placer en sus brazos.

Entonces Rourke la deslizó de nuevo hasta el suelo, le dio la espalda y apoyó las manos en el tronco de un roble centenario, estremeciéndose de deseo. Cada vez era más difícil dar marcha atrás. Nunca había tenido que hacerlo, sólo con su maldita prometida, pero Becky no era como ella. Becky se entregaría a él por completo, allí mismo, en ese mismo momento, de pie incluso si era lo que él quería.

Estaba totalmente a su disposición, pero ella no era de esa clase de mujer, y él no quería obligarla a hacer algo que luego la atormentaría.

Becky se sentó pesadamente en el tronco de árbol rodeándose el cuerpo con los brazos, y con los ojos clavados en el suelo. Sabían que iban encaminados hacia el desastre y sentía remordimientos. No era justo continuar con una relación que no iba a ninguna parte, se dijo. Rourke le había dicho que hacía tiempo que no estaba con ninguna mujer, por lo que la situación para él era cada vez más difícil.

—No deberíamos seguir viéndonos, Rourke —dijo ella sin mirarlo—. Esto no funcionará.

Él se apartó del árbol y se volvió a mirarla. Estaba pálido, pero mantenía el control de sí mismo.

—¿Tú crees? Creo que acabo de demostrarte lo contrario.

—No quiero que te tortures así, sólo por mi compañía —continuó ella, con la mirada en el suelo—. Yo tengo muchas cosas entre manos. El abuelo, y Clay, y Mack. Si fuera yo sola, no creo que tuviera fuerzas para rechazarte, pero...

Rourke se sentó a su lado y la volvió hacia él con manos delicadas.

—No te pido nada, Rebecca —dijo él, despacio—. Nunca he disfrutado tanto de nada como disfruto de tu compañía. Excepto quizá de tus guisos —añadió con gesto compungido—. Pero puedo controlar mis hormonas, descuida. Cuando sea demasiado te lo diré.

Becky frunció el ceño, no muy convencida.

—Rourke, ¿crees que no lo sé? Soy un dinosaurio. Nunca he estado preparada para el mundo real, y todos estos años he vivido como una reclusa. Tú te mereces algo mucho más que yo.

—¿Tú crees? —le enmarcó la cara con las manos y la besó suavemente—. Tú me vales, gracias. Pero de ahora en adelante será mejor que no pasemos mucho tiempo los dos solos.

Ella lo miraba con el ceño fruncido, buscando en sus ojos.

—¿Estás seguro? —susurró.

Él asintió con solemnidad.

—Oh, sí, muy seguro —dijo—. Y ahora deja de sufrir por mí y empieza a pensar en servirme otra porción de la deliciosa tarta que has hecho para comer. Estoy muerto de hambre.

Becky se echó a reír y toda la tensión desapareció de su cuerpo.

—Vale.

Metió la mano en la de él y los dos caminaron de regreso a la casa. Durante el resto de la tarde no volvieron a mencionar lo ocurrido en el bosque.

Aunque Becky fantaseó con ello. Sólo que en su imaginación no se detenían. Rourke la tendía sobre las hojas y le quitaba la ropa. Ella lo observaba desnudarse conteniendo la respiración. Esa parte estaba menos clara, porque nunca había visto a un hombre desnudo. Y también lo que iba después. Una vez había visto una película subida de tono con una amiga, en la que dos cuerpos se movían debajo de una sábana gimiendo y apretándose las manos. Pero ella tenía la sensación de que era mucho más que eso.

En mitad de la fantasía se quedó dormida.

A excepción del silencio de Clay en la casa, las siguientes semanas fueron las más felices de la vida de Becky. Comía con Rourke siempre que el horario de juicios y reuniones se lo permitía. La única nota discordante fue la finalización de los trabajos de renovación en los juzgados. Rourke tuvo que dejar el edificio de oficinas donde trabajaba Becky y volver al centro. Pero él estaba tan deprimido como ella, y le prometió que pasarían tanto tiempo juntos como antes. Al principio ella no lo creyó, pero así fue. Rourke se las arregló para que pudieran verse para comer al menos dos veces a la semana. También pasaban juntos los fines de semana. A veces a ella le inquietaba que él nunca la invitara a su casa. Ahora que lo conocía, sentía curiosidad por cada aspecto de su vida. Quería ver dónde vivía, qué clase de libros leía, qué tipo de cosas coleccionaba, e incluso qué muebles utilizaba. Los fines de semana Becky preparaba algo de comer y solían hacer excursiones. Una vez fueron al lago Lanier, en Gainsville, y otra a Helen, al norte del estado.

A ella le conmovía que él no comentara nunca nada sobre su ropa, siempre la misma. Rourke sabía que sus ingresos eran limitados, y siempre la llevaba a sitios donde no se sintiera fuera de lugar. También se ocupaba de no estar completamente solos durante mucho rato seguido. Desde el día del apasionado beso en la granja apenas se habían tocado. Becky echaba de menos el placer sensual de sus caricias, pero no quería ponerle las cosas más difíciles. Le bastaba que él disfrutara de su compañía.

Y eso era evidente. El fin de semana fueron a una tienda de animales y compraron un cachorro. Como no pudieron encontrar un basset, al final eligieron un scottie negro al que Rourke bautizó casi en el acto con el nombre de MacTavish. Ahora, cada vez que salían de excursión, MacTavish los acompañaba.

Mack los acompañó en un par de ocasiones que Clay estaba en casa para hacer compañía al abuelo. El niño quedó tan encantado que se lo contó a todos sus amigos.

Rourke y él se estaban haciendo amigos. Mack escuchaba sus palabras y consejos con atención, una actitud muy diferente a la de Clay, que parecía tan preocupado por otras cosas que apenas prestaba atención a nada de lo que ocurría en la casa. Estaba atrapado entre las garras de los Harris y no veía escapatoria. Y desde entonces había cortado su relación con Becky. Nunca le decía nada, ni siquiera dónde iba cuando salía de casa. La trataba como a una desconocida.

El abogado J. Lincoln Davis anunció su candidatura a fiscal del distrito ofreciendo una gran barbacoa para celebrar la ocasión. Incluso invitó a Rourke, pero éste le dijo a Becky que no le apetecía nada convertirse en el plato principal del festín y que no pensaba ni acercarse.

No sirvió de nada. Inmediatamente después del anuncio, Davis empezó a cortejar a la prensa. Sus primeros golpes fueron dirigidos directamente contra Rourke, afirmando que se estaba relajando con los narcotraficantes y que la investigación de la muerte del niño del colegio de primaria por una sobredosis de cocaína estaba estancada. Rourke ignoró los ataques y continuó haciendo su trabajo, aunque estaba frustrado por la falta de progresos en el caso de la muerte de Billy Dennis.

Hacía tiempo que había olvidado su motivo inicial para invitar a salir a Becky, que era tener controlado a Clay. Cada día estaba más encantado con ella, y aunque ella mencionaba a su hermano de vez en cuando, no era por nada relacionado con el caso.

Mack, sin embargo, le había confiado algo que no sabía ni Becky.

Había sido un fin de semana en la granja, un día que Rourke fue a buscar a Becky y entró a ver los trenes de Mack mientras esperaba a que ella terminara de arreglarse. Al verlo, Mack se levantó enseguida, se asomó al pasillo para comprobar que no había nadie y cerró la puerta sin hacer ruido. Después se sentó junto a él.

—No se lo puedo decir a Becky —empezó con gesto serio—. Ya está bastante preocupada, pero se lo tengo que contar a alguien, señor Kilpatrick —lo miró con expresión preocupada—. Clay me pidió que le dijera quién podía comprar drogas en el colegio —se mordió los labios—. Es mi hermano y yo lo quiero, aunque sea una rata. Pero no... no quiero que mueran más chicos —el niño dejó la locomotora que tenía en la mano—. Ahora no me habla, pero el otro día le oí hablar con Son Harris por teléfono. Ha quedado con ellos en el aparcamiento de Quick-Shop el viernes a las doce de la noche. Es algo importante, y me pareció que Clay no quería hacerlo. Intentó negarse, pero no pudo —Mack tenía lágrimas en los ojos—. ¡Es mi hermano! No quiero hacerle daño, pero parecía que Son le estaba amenazando.

Rourke abrazó al niño mientras éste lloraba. No sabía

mucho de niños, pero estaba aprendiendo deprisa. Éste tenía un gran corazón y mucho coraje. No quería traicionar a su hermano, pero temía por él.

–Haré lo que pueda por Clay –le aseguró a Mack–, y nadie, y mucho menos Becky, sabrá de dónde he sacado la información. ¿De acuerdo?

Mack asintió.

–Vale. ¿He hecho bien? Me siento como un soplón.

–Mack, a veces hacer lo correcto requiere mucho valor. Es difícil elegir entre un miembro de tu familia y un principio, pero si esos camellos siguen con lo que están haciendo, habrá más muertes. Es la realidad. Los Harris son los responsables de casi toda la droga que hay en los colegios. Si los encerramos, salvaremos muchas vidas inocentes. Si tienes razón y los Harris han amenazado a tu hermano para que trabaje para ellos, podría ofrecerle un trato a cambio de su testimonio. ¿Te parece justo?

–Creo que sí –dijo el niño, que por un lado sentía que se había quitado un gran peso de encima, y por otro temía que su traición enviara a su hermano a la cárcel.

Rourke volvió al salón para que Becky no sospechara de la conversación, pero no pensó en otra cosa durante toda la semana.

Sentado a la mesa de su despacho, pasó toda la semana organizando los casos pendientes con su secretaria, fijando fechas, citando a testigos, y reuniendo pruebas.

Para cuando llegó el viernes, Rourke había avisado a un contacto en el cuerpo de la policía local sobre la reunión en el aparcamiento, un hombre en quien tenía plena confianza. También avisó a su investigador, y después fue a recoger a Becky.

Clay estaba en casa, terminando de cenar con la familia. Estaba más delgado y nervioso. Miró al fiscal con desconfianza y agresividad.

–¿Ya está otra vez aquí? –dijo levantándose de la mesa e

ignorando la furiosa mirada de su hermana–. ¿Es que no tiene casa? ¿Por qué no se queda a vivir con nosotros?

–Lo estoy pensando –respondió Rourke imperturbable–. Me parece que a Becky no le vendría mal que alguien le echara una mano con todo lo que hay que hacer aquí.

Clay se puso rojo. Fue a decir algo, pero prefirió callar y salir de la casa por la puerta de atrás, que cerró de un portazo tras él.

–No tiene ningún derecho a meterse con mi nieto –dijo el abuelo acaloradamente, defendiendo a su sangre.

–¿Ah, no? –dijo Rourke–. ¿Ya ha olvidado quién ha tirado la primera piedra?

El abuelo se levantó de la mesa con evidente esfuerzo sin mirar a Rourke.

–Me voy a la cama, Becky. No me encuentro bien.

–¿Quieres que me quede contigo? –preguntó Becky preocupada–. ¿Te encuentras bien?

«Por el amor de Dios, basta», quiso decirle Rourke. «No sigas permitiendo que te manipulen tan descaradamente».

Pero no podía interferir. Becky tenía todo el derecho a ocuparse de su familia.

El abuelo la miró, y después miró a Rourke. Le hubiera encantado decirle que la necesitaba en casa, pero la expresión de su nieta se lo impidió.

–No. Sólo estoy un poco cansado. Jugaré a las damas con Mack, ¿verdad, hijo?

Mack sonrió débilmente.

–Claro. Pásalo bien, Becky.

–Volveré temprano –prometió ella.

Afuera había refrescado y Becky se puso un suéter rosa por los hombros. Llevaba su viejo vestido estampado y zapatos planos, y el pelo suelto sobre los hombros. Cuando estaba con Kilpatrick se sentía muy joven, a pesar de que él sólo tenía doce años más que ella. Aquella noche parecía preocupado, y no había mencionado todavía adónde iban.

La había llamado antes para decirle que no podría llegar hasta después de la cena, porque tenía algo pendiente. Cuando apareció por su casa, lo hizo en vaqueros, una camisa de cuadros y botas, una ropa mucho más desenfadada de lo normal.

—He estado ayudando a mi vecino con la mudanza —explicó mientras abría la puerta del coche blanco—. Se lo prometí hace un mes, y me ha llamado esta tarde. Espero que no te importe haber tenido que cancelar la cena.

—Claro que no —dijo ella—. Lo que me sorprende es que no te hayas cansado todavía de estar conmigo.

Él la miró arqueando las cejas.

—¿Qué demonios te pasa? —preguntó él, irritado.

—Si tú no lo sabes —respondió ella riendo—, no te lo voy a decir. ¿Adónde vamos?

—A mi casa —dijo él—. He pensado que te gustaría conocer dónde vivo.

Becky lo miró y se preguntó si él sentía la misma necesidad de intimidad física que ella. Becky ansiaba tenderse entre sus brazos y hacer el amor con él, una reacción natural para el estado emocional en que estaba. Lo amaba. Y lo más natural del mundo era querer mantener relaciones íntimas con él, aunque quería que él le dijera antes lo que sentía por ella y que empezaran a pensar en un futuro en común antes de dar un paso tan importante.

Rourke no había hablado de matrimonio ni de relación estable, pero Becky sabía que no se veía con nadie más. Y parecía quererla, aunque no lo reconociera en voz alta.

En una calle de una zona residencial, Rourke se metió por un sendero que conducía al garaje de una elegante mansión de ladrillo rojo con un amplio y cuidado jardín delante. En la parte de atrás había otro jardín mucho más espacioso decorado con puentes y estatuas clásicas. Becky pensó que a la luz del día la casa debía de ser magnífica, con los cuidados setos que la protegían de la curiosidad de los vecinos a ambos lados.

Rourke abrió la puerta dentro del garaje y la hizo pasar a un vestíbulo enmoquetado. Más allá había un salón formal, un comedor y un pasillo.

—Es enorme —comentó ella.

—Demasiado grande para mí —dijo él—, pero es mi hogar desde hace mucho tiempo. Hola, MacTavish —saludó al scottie, que llegó corriendo, ladrando con entusiasmo y saltando a sus piernas.

Rourke lo alzó en brazos, lo acarició y lo dejó de nuevo en el suelo riendo.

—Ven. Lo dejaremos en la cocina con el resto de su cena. Normalmente le obligo a acostarse antes que yo, para que me deje concentrarme en mi trabajo. Sólo quiere que juegue con él —dijo, sin añadir que se había encariñado demasiado con él para no hacerlo.

—¿Sueles traerte mucho trabajo a casa? —preguntó ella, acariciando al perrito antes de que Rourke lo encerrara en la cocina con su comida, su agua y su cama.

—No me queda otro remedio —dijo—. Davis cree que quiere el puesto, pero cuando vea el poco tiempo libre que le quedará para disfrutar de sus amigas seguro que se arrepiente.

La llevó al salón, que estaba decorado con elegantes muebles antiguos y tenía una chimenea de mármol.

—Qué bonito —exclamó ella—. ¿Usas la chimenea en invierno?

—No. Son leños de gas —explicó él—. No tengo tiempo para almacenar leña cortada y encender la chimenea, por ridículo que parezca. ¿Qué te apetece tomar?

—¿Qué tienes? —preguntó ella.

—Me temo que en esta casa sólo hay whisky y agua —dijo él, sacando dos vasos de cristal—. En el tuyo pondré casi todo agua, tranquila.

Rourke sirvió dos vasos y le entregó uno, y después se sentó a su lado en el amplio y cómodo sofá.

Becky bebió un sorbo e hizo una mueca. Incluso rebajado estaba bastante fuerte.

—Ya veo que lo de ser un truhán no se te da muy bien —dijo ella—. Se supone que tienes que emborracharme y aprovecharte de mí.

—¿De verdad? ¡Vaya! ¿Por qué no me lo has dicho antes?

—Te lo digo ahora —le aseguró ella, riendo.

Se quitó el suéter y los zapatos, y metió los pies bajo la falda del vestido con un suspiro. Era muy agradable estar allí con él, como si el resto del mundo y todas sus preocupaciones quedaran muy, muy lejos.

Miró a Rourke, pero éste tenía la mirada perdida y estaba pensativo.

—¿Qué ocurre? —preguntó ella.

—Perdona —murmuró él—, pero a veces odio mi trabajo. Hoy me gustaría olvidar por qué lo hago.

—¿De verdad? —preguntó ella, buceando en sus ojos, con el corazón acelerado.

Dejó el vaso en una mesa lateral y después le quitó a él el suyo de la mano. Después, con valentía, se sentó en su regazo y le rodeó el cuello con los brazos.

Rourke la miró, todavía pensativo, pero sintiendo todo el poder de seducción del cuerpo femenino. La deseaba desde hacía mucho tiempo, y aquella noche había llegado a su límite. Clay le preocupaba, ella le preocupaba, el trabajo le preocupaba, y había llegado a un punto en el que la deseaba tanto que era capaz de arriesgar cualquier cosa. Y no parecía ser él mismo. Aunque la mirada de Becky mostraba cierta aprensión, tenía los labios entreabiertos y la expresión de su cara hablaba por sí sola.

—Te sientes valiente, ¿eh? —preguntó él en un ronco susurro—. Bien, veamos si lo eres de verdad.

Empezó a desabrochar los botones del vestido. Primero

el del cuello, después el siguiente, al principio de la curva de los senos. Después otro más. Ella le detuvo la mano nerviosa.

—No tanto como creías —dijo él.

—No... no es eso —Becky se mordió el labio inferior y bajó la mirada—. Supongo que estás acostumbrado a mujeres que usan ropa interior cara y elegante. Todo lo que tengo es viejo y usado. De algodón, ni de seda ni de encaje. No quería que la vieras.

Rourke no podía creer lo que estaba oyendo. Le alzó la barbilla y la obligó a mirarlo.

—¿De verdad crees que eso me importa? —preguntó él—. ¿O que me iba a dar cuenta? Cielo, lo que quiero ver son tus senos, no el sujetador.

Becky sintió que le ardían las mejillas.

—Te has sonrojado —susurró él apartándole la mano despacio para terminar lo que había empezado. Le desabrochó el vestido hasta la cintura, con movimientos lentos y sensuales, sin dejar de mirarla a los ojos ni un momento—. ¿Te escandaliza, dejarme hacer esto?

—Sí —susurró ella, excitada, y se movió ligeramente, deseando que él hiciera algo, lo que fuera.

A Rourke le ardía la sangre en las venas. Llevaba semanas pensando en aquello. Apenas había pensado en nada más. Becky era virgen. No había estado nunca con un hombre, pero ahí estaba, en sus brazos, esperándolo, deseando sus caricias. Le hacía sentirse como no se había sentido desde niño.

Entreabrió los labios, tratando de contenerse al máximo para saborear cada segundo.

—¿Te cuesta respirar? —preguntó él, con voz grave y aterciopelada.

—Sí —susurró ella.

Los dedos masculinos ascendieron por el cuerpo sedoso hasta el pecho y volvieron a bajar, atormentándola una y otra vez, a la vez que la observaba con arrogante placer, hasta que ella empezó a arquear el cuerpo hacia los dedos expertos que la provocaban. Intentó contener un gemido, pero no pudo.

Rourke le sujetó la cabeza por la melena, un poco más arriba de la nuca, mientras continuaba excitándola con la otra mano. Becky apenas sintió la presión en el pelo. Todo su cuerpo estaba concentrado en la otra mano, arqueándose hacia delante y buscando sus caricias.

Por fin la mano de Rourke le tomó el pecho y le acarició el pezón erecto, y ella gimió, a la vez que su cuerpo se convulsionaba de placer.

Rourke apenas podía creerlo. Nunca había pensado que una mujer virgen pudiera excitarse tan fácilmente y ser tan sensual. Pero supo entender lo que se reflejaba en su cara, y eso lo excitó mucho más. Sin pensarlo, le bajó el vestido por los hombros e intentó desabrochar el sujetador, que ella terminó de hacer por él rápidamente sin dejar de jadear.

La boca de Rourke le acarició los senos, los pezones, despertando en ella una intensa sensación en la parte baja del estómago, una sensación cada vez más fuerte hasta convertirse casi en dolor. Becky le sujetó el pelo con las manos y lo atrajo más contra sí, sintiendo los dientes y los suaves mordiscos en la piel. Rourke le succionó un pezón hasta que ella se arqueó hacia arriba, entre espasmos de placer.

Rourke estaba ardiendo. Nunca había sentido nada tan incontrolable y tan intenso en toda su vida. La desnudó sin pensar en nada más que en hacerla suya. Con manos temblorosas le acarició la piel mientras la devoraba con la boca, saboreándola en el silencio del salón, sólo interrumpido por los suaves gemidos de Becky y sus propios jadeos.

Los vaqueros le apretaban, y los maldijo mientras se los bajaba por las piernas. Se quitó la camisa y la ropa interior, los calcetines y los zapatos sin dejar de acariciar con la boca el cuerpo femenino.

Becky estaba ardiendo, y él continuó excitándola lenta e intensamente con manos y labios expertos, como no lo había hecho nunca nadie, con la boca entre los muslos, arrancándole gemidos de placer.

Tumbada sobre la moqueta, Becky se estremeció al sentir la boca y el cuerpo masculino moverse de nuevo sobre ella, por el vientre, los senos y por fin la boca. Rourke deslizó la lengua en ella, con delicadeza y ternura, mientras se colocaba encima de su cuerpo. Era un cuerpo con vello, y los rizos oscuros dejaban un rastro sensual por todo su cuerpo, excitándola aún más. Becky lo sintió entre los muslos y separó las piernas, demasiado excitada para negarle lo que ella deseaba tanto como él.

Con las manos tiró de él. Rourke alzó la cabeza y la miró a los ojos.

—Míranos —dijo él únicamente—. Mira nuestros cuerpos.

Becky bajó la mirada y entonces él la penetró, con fuerza.

El hecho de verlo suceder, de ver cómo los cuerpos se unían de forma tan íntima, restó parte del valor de la repentina penetración. Becky contuvo el aliento y él acabó de penetrarla de un delicado empellón.

Rourke se tendió sobre ella, apoyando el peso del cuerpo en los codos, y la miró a los ojos.

—Relájate —susurró él, acariciándole el pelo y tranquilizándola. La sentía tensa a su alrededor, lo que aumentaba su placer, pero sabía que terminaría con el de ella—. Relájate, Becky. Relájate. No volveré a hacerte daño.

Becky tragó saliva y fue entonces cuando se dio cuenta de lo que le había permitido hacer. Y ya era demasiado tarde para detenerse.

—Estás... estás dentro de mí —dijo ella en un ronco susurro—. Dentro de mi cuerpo.

Sus palabras lo desquiciaron. Rourke cerró los ojos y apretó la mandíbula, luchando por mantener el control, temblando.

—Sí —susurró él—. Dios, es maravilloso.

Se estaba moviendo. No había sido su intención, tan pronto, pero el comentario de Becky lo hizo perder el poco dominio que le quedaba. Se movió dentro de ella con un ritmo lento y profundo, con los dientes apretados, mirándola a los ojos en todo momento.

—Fiebre —susurró él—. Me consumes por completo. Te necesito, Becky, te necesito.

Becky sintió el embate y dejó escapar un gritito de placer.

—¿Ahí? —preguntó él, sin dejar de mirarla a los ojos mientras la embestía de nuevo.

—¡Sí!

—Aguanta —logró decir él—. Déjame llevarte hasta lo más alto.

Todo ardía a su alrededor, como si fuera una hoguera. Becky cerró los ojos a medida que la tensión aumentaba y de su garganta salieron sonidos que no había oído nunca: unos sonidos agudos que eran más gritos que gemidos. El placer se fue haciendo tan insoportable que Becky se arqueó hacia él y le suplicó que terminara, y acto seguido que no parara, que continuara.

Casi no podía respirar. El eco de los latidos de su corazón era tan fuerte que daba miedo, y no sabía si era sólo el suyo o también el de Rourke. Estaba empapada en sudor, y él también. Le acarició la espalda con la mano y sintió el cuerpo masculino entre las piernas.

—¿Puedes perdonarme? —susurró él.

Becky le acarició los hombros. Rourke todavía era parte de su cuerpo, parte de su alma.

—¡Oh, Dios mío!

Rourke oyó la exclamación de incredulidad en la voz

femenina y alzó la cabeza. Becky tenía el pelo tan mojado como el resto de su cuerpo, pero sus ojos reflejaban un ligero remordimiento. Las mejillas estaban encendidas y los labios hinchados.

—Te deseaba tanto que no he podido dar marcha atrás —dijo él—. Lo he intentado, pero he soñado con esto desde hace tiempo, demasiado tiempo. Y creo que nunca he deseado nada tanto como te he deseado a ti esta noche.

—Yo también —confesó ella, incapaz de mirarlo a los ojos.

Pero miró a sus cuerpos, fascinada por una intimidad que no había experimentado nunca, y Rourke la vio. Entonces se incorporó de repente, haciéndola ver algo que la dejó sin habla.

Riendo, Rourke se tumbó de espaldas a su lado.

—Más vale que te acostumbres —le dijo—. Pronto descubrirás que el sexo es peor que comer cacahuetes. Cuando empiezas, no puedes parar.

Becky se sentó, un poco cohibida y muy incómoda.

—El baño está por ahí —le dijo él, entendiendo su expresión.

Becky asintió, recogió su vestido y su ropa interior sin mirarlo. El sexo no tenía nada que ver con lo que ella había imaginado. Ahora conocía no sólo sus mecanismos más íntimos sino también el deseo febril e incontrolable que lo precedía. Hasta aquella noche siempre se consideró capaz de reprimir sus propios deseos, pero ahora sabía lo que era la verdadera impotencia ante una situación como la que acababa de vivir. Se había entregado a él sin rechistar. ¿Qué pensaría ahora él de ella?

En el cuarto de baño dejó sus cosas y buscó una toalla y una esponja. ¿Le importaría que se diera una ducha?

Justo cuando acababa de sacar una toalla Rourke abrió la puerta y entró, sonriéndole al ver la instintiva y tímida retirada.

—Tranquila —le dijo abrazándola.

Y con el contacto de sus cuerpos, Becky sintió de nuevo toda la excitación de antes.

No podía creer lo que estaba sucediendo.

Rourke se echó un poco hacia atrás y la miró, acariciándole los pezones erguidos con satisfacción.

—Yo también te deseo otra vez —le dijo—. Pero antes nos ducharemos. Esta vez lo haremos en la cama y voy a hacerte disfrutar como no te imaginas. Quiero oírte gritar de pasión antes de hacerte mía otra vez.

Becky se estremeció con el impacto de las palabras, y antes de poder decir nada, Rourke la estaba besando. Ella gimió contra su boca, pegándose al sólido cuerpo del hombre y sintiendo la erección contra el vientre, enorgulleciéndose de su propio poder femenino.

Rourke abrió el agua y la metió en la ducha sin que ella protestara. Se lavaron el uno al otro en silencio, y después él la secó, deteniéndose en cada centímetro de su piel, susurrándole cosas que la hacían temblar de deseo.

Después la tomó en brazos y la llevó al dormitorio, y allí él la tumbó con delicadeza sobre la colcha. Se quedó de pie, contemplándola durante un largo momento, y por primera vez ella lo miró también a él. Tenía la piel bronceada, no un bronceado solar sino natural. El pecho, ancho y musculoso, estaba cubierto por un espeso vello rizado que descendía en una fina hilera por el estómago plano. Era todo lo que un hombre debía ser, pensó ella, encontrando el valor para mirarlo íntimamente y no estremecerse al ver la violenta y elocuente reacción del cuerpo masculino.

Él también disfrutó contemplándola y dejando que sus ojos se deslizaran desde los pezones erectos por la estrecha cintura y las redondeadas caderas hasta las largas y esbeltas piernas. Desnuda era preciosa, pensó. Preciosa y deseable, y aquella noche la iba a satisfacer como nadie había satisfecho a una mujer.

Se tumbó a su lado en la cama, inclinándose hacia ella con una sugerente sonrisa.

—Las luces —susurró ella, mirando las lámparas de noche.

—Antes hemos hecho en amor con la luz encendida —le recordó él.

Deslizó la mano por el sedoso cuerpo femenino buscando un lugar que no había tenido tiempo o paciencia para acariciar antes. Becky dejó escapar un grito ahogado y le sujetó la mano, pero él sacudió la cabeza.

—Acabas de entregarte a mí —dijo él—. Es demasiado tarde para poner límites.

—Sí, pero... ¡Oh!

Becky se arqueó estremeciéndose cuando él encontró el punto más sensible de su cuerpo.

—Sí, así —susurró él, observando con placer cómo reaccionaba a sus caricias, primero tímidamente y después con total abandono, arqueándose, gimiendo y estremeciéndose—. Así, déjame darte placer. Quiero que sepas exactamente lo que te haré sentir esta vez. Así. Sí, así, así.

Becky gritó y los espasmos arquearon su cuerpo sin control bajo la mirada masculina, que la contemplaba con orgullo y excitación, hasta dejarla exhausta y temblando.

—¿Creías que antes has tenido un orgasmo? —susurró él—. Ahora sabes que no. Pero esta vez lo tendrás. Te lo prometo.

Bajó la boca hasta su pecho y empezó a besarla plácidamente, esperando a que ella se relajara de nuevo y reaccionara a las caricias de su boca. Ella empezó a tensarse, y los pezones se endurecieron una vez más bajo su lengua. Becky gimió y se estremeció.

Rourke se tomó su tiempo, excitándola y jugando con ella hasta tenerla totalmente loca de deseo y frustración. Por fin, se colocó sobre ella y la penetró con un movimiento largo y lento, en una caricia que la hizo alcanzar el clímax al instante. Rourke nunca lo había visto tan pronto en una mujer.

Se movió en ella, buscando su propia satisfacción, seguro de que ella ya había alcanzado la suya. Tardó un largo rato, pero Becky fue con él hasta el final, alcanzando nuevas cotas de placer una y otra vez, hasta el embate final que lo mandó arqueándose sobre ella y le arrancó un angustiado y profundo gemido de la garganta que no había experimentado nunca. El placer era tan intenso que casi le hizo perder el sentido.

Se desplomó sobre ella, sin fuerzas para moverse, sin fuerzas para respirar.

—Cielo —susurró rodando a un lado y llevándola con él, abrazándola. La miró a los ojos—. Dios, te necesito, Becky.

Ella le oyó pero no dijo nada. Rourke se preguntó si se daría cuenta de que él nunca había admitido necesitar a nadie, y que decirlo era prácticamente una declaración de amor.

Pero ella no se dio cuenta. Esbozó una sonrisa y se acurrucó contra él, besándolo en la garganta, sintiendo el sabor a sudor y sal, a colonia y a hombre.

—Te quiero —susurró ella medio adormecida.

A Rourke se le cortó la respiración. Nunca había oído nada tan dulce, incluso si lo decía para justificar haberse entregado a él. Se le contrajeron los brazos; no podía dejar de temblar.

—Nunca ha sido así —susurró como si estuviera hablando consigo mismo—. Nunca ha sido tan violento y tan descontrolado, con la sensación de estar al borde de la muerte.

—Me has torturado —murmuró ella.

—Te he excitado hasta la locura —la corrigió él, apretándola más contra su cuerpo—. Eso es lo que ha hecho que fuera tan fantástico para los dos. La primera vez no he podido contenerme, te deseaba demasiado. He perdido el control.

—Yo también —confesó ella—. Te deseaba y todavía te deseo, incluso ahora. ¡Rourke! —exclamó, moviéndose de nuevo contra él, sintiendo la fiebre otra vez.

—Yo también te deseo —gimió él—, pero no podemos. Cielos, eres demasiado nueva en esto. Te haría daño, cariño.

—Es la primera vez que me llamas cariño.

—Es la primera vez que he hecho el amor contigo —le susurró, besándola con ternura.

De repente frunció el ceño, al darse cuenta de algo.

—Becky —empezó.

—¿Qué? —susurró ella.

Rourke deslizó los labios por su mejilla.

—No he usado nada.

Tres cosas pasaron a la vez. Becky volvió de repente a la realidad y se incorporó de un salto al darse cuenta de que ninguno de los dos había tomado ninguna precaución. A él le pasó exactamente lo mismo, al darse cuenta de las implicaciones de lo que acababa de ocurrir, y en ese momento sonó el teléfono.

Rourke miró a Becky, frunció el ceño y alargó el brazo hacia la mesita de noche.

—Kilpatrick —dijo.

Escuchó atentamente durante un minuto, y se puso pálido. Miró a Becky con horror.

—Sí, sí, lo entiendo. Estaré allí mañana a primera hora. Exacto. Sí, lo era. Buenas noches.

—¿Qué ha pasado? —preguntó ella, casi con miedo.

Rourke no sabía cómo decirlo, especialmente después de lo que acababa de ocurrir. No quería hacerlo, pero no había forma de evitarlo.

—Acaban de detener a Clay —dijo—. Lo han acusado de posesión de cocaína, incluido un cargo de posesión con intención de distribuir. También lo han acusado de agresión con agravante.

—¿Agresión con agravante? ¿Qué significa eso? —preguntó ella, sin entender.

—En este caso intento de asesinato —dijo él—. La policía ha registrado el coche de su novia. Han encontrado algunos de los explosivos que utilizaron para volar mi coche por los aires —explicó, con los dientes apretados—. Lo han encontrado en una caja de herramientas que ella asegura es de Clay. Creen que fue él quien puso la bomba en mi coche.

Becky se puso de pie temblando. Fue a recoger su ropa, pero no llegó. De repente le flaquearon las piernas y se desvaneció a los pies de Rourke.

14

Cuando Becky recobró el conocimiento, Rourke estaba vestido y se inclinaba sobre ella con un vaso de whisky, observándola con preocupación.

Ella apartó el vaso y se sentó. Su ropa estaba junto a la cama, y empezó a vestirse con dedos torpes e inseguros. Después se puso en pie. Le temblaban las piernas y apenas sabía dónde estaba. El mundo acababa de caerle encima.

—Esto matará a mi abuelo —susurró.

—No, es más duro de lo que crees —respondió él—. Vamos, te llevaré a casa.

Becky se retiró el pelo hacia atrás y fue al salón, sonrojándose al ponerse los zapatos y recoger el suéter del suelo. No podía mirar al lugar donde habían hecho el amor la primera vez.

Se volvió hacia Rourke.

—¿Cómo han pillado a Clay? —preguntó, consciente de que no se lo había contado todo.

Rourke había prometido a Mack no traicionar su confianza, lo que sólo le dejaba una alternativa: ser el único responsable.

—Yo les avisé —respondió—. Un día se le escapó algo en casa y le oí.

Becky cerró los ojos, a punto de llorar.

—¿Por eso me invitaste a salir, por eso has estado viéndome?

—¿De verdad tienes que preguntarme eso después de lo que ha pasado? —dijo él, recordando su propia voz susurrándole desesperadamente que la deseaba y la necesitaba.

Pero Becky estaba pensando en la detención de Clay, no en los apasionados susurros de Kilpatrick, que seguramente tampoco eran sinceros. Sabía que los hombres eran capaces de decir cualquier cosa para llevar a una mujer a la cama.

—No, no hace falta —dijo ella, totalmente abatida.

Se volvió y fue hacia la puerta. Kilpatrick la siguió, y cerró al salir tras ella. Su actitud le preocupaba. No se estaba portando como la Becky que conocía.

—Esas acusaciones son graves, ¿no? —preguntó ella ya en el coche camino de la granja—. La condena por tráfico de drogas es de al menos diez años de cárcel, además de una importante multa, ¿no?

—No te preocupes por eso en este momento —respondió él, tenso—. Ahora deben estar leyéndole los cargos y no podrás hacer nada hasta que se presente ante el juez y se fije la fianza.

—¿No está en el centro de detención de menores? —preguntó ella, con la voz ronca.

—Dios, odio tener que decirte esto —respondió él, tras un minuto—. Becky, son acusaciones muy serias. No me ha quedado otra alternativa. Tengo que acusarlo como adulto.

—¡No! —exclamó ella, con las lágrimas rodando por las mejillas—. No, no puedes. Rourke, no puedes, sólo es un niño. No puedes hacer eso.

Él se tensó y se volvió a mirarla.

—No puedo cambiar las normas. Ha infringido la ley. Tiene que pagar por lo que ha hecho.

—Él no intentó matarte. Sé que no fue él. No es un monstruo. Es un chico que no ha tenido nada, que no ha tenido un padre que lo ayudara. No puedes encerrarlo de por vida.

—No depende de mí —intentó razonar él.

—¡Diles que no es culpable! —dijo ella, frenética—. ¡Puedes negarte a presentar cargos contra él!

—Tienen pruebas, maldita sea. ¿Qué quieres, que les dé la espalda y lo deje en libertad?

El tono irritado de la voz masculina la devolvió a la realidad. Becky respiró profundamente hasta lograr controlarse. Miró por la ventanilla, temblando.

—Sabías que lo iban a detener esta noche, ¿verdad, Rourke? —dijo ella—. Lo sabías cuando has venido a la granja.

—Sabía que lo iban a intentar —dijo él, cansado.

Encendió un puro y bajó la ventanilla del coche. No había pensado en cómo se sentiría al tener a Clay en la cárcel. Ni tampoco en lo mucho que le dolería ver a Becky más preocupada por su hermano que por él. Clay estaba acusado de intentar asesinarlo, pero a Becky sólo le preocupaba su hermano, no él. El hecho de que la bomba pudo haberlo matado a él no parecía importarle.

—¿No importa que intentara matarme? —preguntó él, tras un minuto.

—Sí —dijo ella, cegada por el dolor—. Tenía que haberse esforzado más.

Rourke sintió el impacto de las palabras como un puñetazo pero no dijo nada y continuó conduciendo.

Cuando aparcó delante de la casa, Becky bajó y echó a andar hacia el porche sin decir nada. No se dio cuenta de que Rourke había aparcado el coche hasta que lo vio a su lado.

—¿Dónde vas? —preguntó ella con frialdad.

—Contigo —respondió él con la obstinación que lo caracterizaba, mirándola a la cara–. Necesitarás ayuda con tu abuelo.

Eso ya se le había ocurrido a ella, pero no quería la ayuda de Rourke y se lo dijo.

–Ódiame, si te sientes mejor –dijo él–, pero voy a entrar.

Becky le dio la espalda y abrió la puerta.

No tuvo que explicar a nadie lo que había ocurrido con Clay. El abuelo estaba tendido en el suelo, gimiendo y apretándose el pecho, y Mack se inclinaba sobre él con una pastilla blanca en la mano.

–Lo han dicho en las noticias, lo de Clay –dijo el niño, con las mejillas llenas de lágrimas y mirando indefenso a Rourke en lugar de a Becky–. Al abuelo le ha dado un ataque y se ha caído. No puedo darle la pastilla.

–¡Oh, no! ¡Oh, no! –gimió Becky.

Rourke la tomó por los brazos y la sentó en el sofá. Tenía la sensación de que estaba al borde del abismo. Después se arrodilló junto a Mack y le quitó la pastilla de las manos.

–Venga, señor Cullen –dijo levantando al hombre y apoyándole la cabeza en su rodilla–. Tiene que tomarse la pastilla.

–Déjeme morir –dijo el anciano.

–Y un cuerno –dijo Rourke–. Venga. Póngasela debajo de la lengua.

El abuelo abrió los ojos y miró furioso a Rourke, a pesar del dolor.

–Váyase al infierno–susurró.

–Donde usted quiera, por supuesto, pero tómese la pastilla. Tenga.

Sorprendentemente, el anciano obedeció. Se metió la pastilla bajo la lengua con gesto de dolor y Rourke pidió a Mack que le llevara un cojín, para apoyar en alto la cabeza y el pecho del abuelo.

—Tiéndase ahí y respire —le ordenó Kilpatrick—. Llamaré a una ambulancia.

—No hace falta —dijo el abuelo—. Se me pasará.

—Los dos sabemos que ya tenía que haber pasado —dijo Rourke—. La nitroglicerina actúa al instante. Mi tío tenía angina de pecho.

—¡No iré!

—Ya lo creo que sí —dijo Kilpatrick, manteniéndose en sus trece. Se acercó al teléfono y descolgó.

Becky estaba anonadada, incapaz de creer lo que estaba pasando e incapaz de reaccionar. Incluso de protestar. La factura de la ambulancia y el hospital no eran nada. Lo peor sería la multa por posesión de narcóticos que el juez impondría a Clay. ¿A cuánto podía ascender? ¿A cincuenta mil dólares? Tendría que vender la granja, el coche, y dedicar parte de su salario durante los próximos años a pagar al abogado de su hermano, por lo que le sería totalmente imposible hacer frente a la multa y a los gastos hospitalarios del abuelo. Empezó a reír como una histérica.

—Lo siento, Becky.

La voz sonó muy lejos, pero ella sintió el contacto de una mano en la mejilla y se irguió en el sillón.

Rourke estaba de rodillas delante de ella.

—Tranquila —le dijo—. Todo se arreglará. No empieces a preocuparte de esto ahora. Yo me ocuparé mañana de todo.

—Te odio —susurró ella, y en ese momento lo decía totalmente en serio.

—Lo sé —dijo él, sin querer llevarle la contraria—. Quédate aquí y procura no pensar.

Rourke se puso de pie y se tomó un momento para rodear con un brazo a Mack antes de sentarse de nuevo junto al abuelo.

La ambulancia tardó una eternidad en llegar. Rourke abrió la puerta a los sanitarios y esperó mientras éstos preparaban al abuelo en una camilla y lo metían en la ambulancia camino del Hospital General de Curry Station.

—Alguien tiene que ir con él —protestó Becky, débilmente.

—Puedes ir a verlo por la mañana. Les he contado lo sucedido a los sanitarios y ellos informarán a su médico. Tienes que descansar —dijo él con firmeza—. Acuéstate.

—Mack —balbuceó ella, mientras él la ayudaba a ponerse en pie.

—Yo me ocuparé de él. Tú entra ahí.

Becky entró en el cuarto de baño y se puso el camisón, aunque estaba demasiado avergonzada para mirarse, porque no quería ver las marcas que Rourke había dejado en su cuerpo. Cada vez que recordaba lo que le había permitido hacer, se avergonzaba de sí misma. ¡Qué tonta había sido! ¿Por qué no se había dado cuenta de que Rourke sólo la estaba utilizando para detener a Clay? El abuelo se lo había advertido, pero ella prefirió ignorar sus palabras. A Rourke lo único que le interesaba era encerrar a su hermano, y ella se lo había entregado. Y ahora acabaría en la cárcel el resto de su vida, por su culpa.

Lloró hasta que por fin se quedó dormida. Cuando Rourke fue a ver qué tal estaba, Becky dormía profundamente, con la larga melena extendida sobre la almohada.

Él la miró con una inmensa ternura.

«Una mujer tan dulce y tan maravillosa, y tan apasionada y generosa en la cama», pensó él, suspirando.

Becky era todo lo que él deseaba en una mujer, pero iba a tener que esforzarse para convencerla de la sinceridad de sus sentimientos después de aquella noche.

Cerró la puerta del dormitorio y volvió a acostar a Mack.

—Anímate —le dijo al muchacho, abrazándolo—. Seguramente le has salvado la vida, aunque supongo que ahora no puedes creerlo. ¿Estaréis bien si me voy? Quiero asegurarme de que tu abuelo está bien atendido en el hospital y su estado es estable. Os llamaré si hay alguna complicación.

—No tiene que hacerlo —dijo Mack.

Rourke apoyó las manos en los delgados hombros del chico y lo miró serio.

—Mack, ahora Becky es la única familia que tengo. Ella me odia, y quizá lo merezca, pero no puedo permitir que se enfrente a esto sola.

Mack asintió.

—Está bien. Gracias.

Rourke se encogió de hombros.

—Cierra la puerta con llave cuando salga y después acuéstate. Nada de ver la tele. Mañana por la mañana Becky necesitará toda tu ayuda.

—Cuente conmigo, señor Kilpatrick. Buenas noches.

—Buenas noches.

Rourke caminó hasta su coche y encendió otro puro, sintiéndose cansado y dolido. Había sido una noche horrible, y era sólo el principio.

Fue al hospital a asegurarse de que el abuelo estaba bien atendido y habló con su médico.

—De momento no puedo decirle nada —dijo el médico—. Es mayor y no le quedan muchas fuerzas. Si logra pasar las próximas setenta y dos horas habrá esperanza, pero tengo que hacer unas pruebas y tenerlo ingresado unos días, lo que supondrá una factura importante para Becky. El seguro de su abuelo no cubre las hospitalizaciones.

—Yo me ocuparé de eso —dijo Rourke, sin pensarlo dos veces—. O de casi todo —añadió con una sonrisa—. Quiero que Becky crea que lo está pagando ella.

El doctor lo miró con incredulidad.

—Usted es el fiscal del distrito, ¿verdad?

Rourke asintió.

—He oído en las noticias que han detenido a su hermano. Supongo que presentará cargos contra él.

—Todavía no lo sé.

—Mala suerte. Para toda la familia. Los Cullen son duros, y el viejo es el hombre más honrado que he conocido. Y Becky también. Lo siento por ellos.

—Yo también —dijo Rourke—. Becky vendrá mañana a ver a su abuelo. Esta noche, estaba demasiado agotada.

—Me lo imagino. Sí, me lo imagino.

«No se imagina ni la mitad», pensó Rourke.

Volvió a casa sintiendo el corazón como si fuera de plomo. ¿Cómo podía haber hecho una tontería semejante, hacerle el amor sin tomar ninguna precaución? Ahora Becky, como si no tuviera suficiente, se enfrentaba también a una posible amenaza de embarazo, y todo porque él había perdido la cabeza y se había dejado llevar por el fuerte deseo que sentía por ella.

Sabía que al día siguiente ella lo odiaría. Y a sí misma también. Pero sobre todo a él porque creería que la había utilizado para detener a Clay. Quizá al principio aquélla había sido su intención, pero ya no. Le había hecho el amor a ella porque la amaba, porque quería la unión de dos almas en una, y había sido la experiencia más maravillosa y profunda de su vida. Además, le había dicho que la amaba, y ella también se lo había dicho a él, aunque quizás sólo lo dijo para tranquilizar a su conciencia al darse cuenta de lo que había hecho.

Sacudió la cabeza. No sabía qué iba a hacer, y quizá unas cuantas horas de sueño le ayudaran a ver las cosas mejor por la mañana.

Pero no fue así. A la mañana siguiente abrió el periódico y allí, en primera página, J. Lincoln Davis acusaba al fiscal del distrito del Condado de Curry de intentar ocultar el tráfico de drogas en el colegio de educación primaria del distrito para proteger al hermano de su novia.

Furioso, arrugó el periódico e hizo una bola que lanzó contra el suelo. Bien, si Davis quería jugar sucio, él estaba dispuesto a seguir el juego. Entró de nuevo en casa y llamó por teléfono al *Atlanta Times*.

La edición vespertina del periódico lucía otro jugoso titular en el que Rourke acusaba a Davis de utilizar una detención que había puesto a un anciano al borde de la muerte. Aquella misma tarde, el teléfono de Kilpatrick no dejó de sonar con llamadas para mostrarle su apoyo.

Becky no sabía si ir primero al hospital o a la cárcel. Decidió ir a ver primero al abuelo porque no sabía qué decir o hacer con Clay. Al recordar la noche anterior, le entraron náuseas de nuevo.

El abuelo dormía ajeno a todo y, a causa de los analgésicos, estaba pálido y su aspecto era de total indefensión. Becky se sentó junto a él en la habitación semiprivada de dos camas y lloró. Tanta angustia y sufrimiento en tan poco tiempo la habían derrumbado. Nunca se había zafado de sus obligaciones, pero tampoco nunca había recaído sobre sus hombros una carga tan pesada como la que llevaba en aquellos momentos. Permaneció junto al anciano unos minutos más y después decidió que Clay la necesitaba más.

Condujo hasta la cárcel del condado sabiendo que el enfrentamiento con su hermano podía ser terrible, ya que el joven culparía a Rourke y a ella de su situación.

Sin embargo, le sorprendió encontrarlo con una actitud muy sumisa. La abrazó suavemente, con la cara pálida y expresión herida, muy diferente al Clay de los meses anteriores.

—¿Cómo estás? —preguntó ella, mirando la celda desnuda, con apenas un camastro, una mesa y una pared de barrotes.

Se estremeció al oír las voces de otros prisioneros que llegaban por el pasillo.

—Bien —dijo Clay. Se sentó en el camastro y le indicó

que se sentara a su lado. Llevaba un uniforme azul y parecía agotado y hundido—. Es casi un alivio. Así los hermanos Harris me dejarán en paz. Al menos aquí estaré protegido de ellos.

—¿Qué quieres decir?

—Primero me emborracharon y me drogaron y después me llenaron los bolsillos de cocaína, eso ya lo sabes —dijo él—. Después me tendieron una trampa para que me vieran comprar droga a uno de los colegas de su padre, y me obligaron a pasar crack. Pero no lo hice, aunque dijeron que jurarían que había sido yo si no les ayudaba a encontrar contactos en el colegio.

—Oh, Dios mío. Ese chico, Billy Dennis —exclamó Becky, tapándose la cara con las manos.

—Yo no les di su nombre, Becky, te lo juro —se apresuró a decir él—. No fui yo. Más vale que lo sepas todo. Intenté meter a Mack en esto, pero él se negó en redondo. Por eso no me dirigía la palabra. Cree que soy un cerdo. Me culpa de la muerte de su amigo, y quién sabe, a lo mejor tiene razón. Pero yo no puse la bomba en el coche de Kilpatrick, Becky. Soy un tonto y un idiota, pero no un asesino. Tienes que hacérselo entender.

—No podré —dijo ella—. Sólo salía conmigo para detenerte.

—¡Ese maldito hijo de...! —maldijo Clay.

—Yo me dejé engañar. No es sólo culpa suya —le interrumpió ella—. No sé cómo nos las arreglamos, pero siempre acabamos cavando nuestras propias tumbas, ¿no? —Becky respiró profundamente—. El abuelo está en el hospital. Creo que tuvo un infarto, aunque no ha sido muy grave.

Clay se tapó la cara con las manos.

—Lo siento, Becky. Lo siento muchísimo.

Ella le dio unas palmaditas en el hombro.

—Lo sé.

—La factura del hospital, la época de siembra sin que nadie te ayude, y ahora yo —la miró con un profundo dolor en los ojos—. Lo siento, te lo juro. ¿Cómo vas a poder con todo?

—Como he hecho siempre —dijo ella con orgullo—. Trabajando.

Él se sonrojó.

—Honestamente, quieres decir —Clay desvió la mirada—. Me convencí de que lo estaba haciendo para ayudarte, de que estaba ganando dinero para la familia, pero sólo me estaba engañando. Cuando por fin me di cuenta de lo que estaba haciendo, estaba horrorizado. Pero no me dejaron salir. Me dijeron que me acusarían de todo, de vender droga en el colegio, y de poner la bomba en el coche de Kilpatrick. Estoy perdido, Becky.

—No, no lo estás. Hablaré con el señor Malcolm, y le pediré que te represente. Pagaré la fianza...

—No, no podrás pagarlo todo —la interrumpió él—. Escúchame, tengo abogado, un abogado de oficio. Es joven pero es bueno. Es suficiente. Ninguna defensa evitará que me metan en la cárcel, Becky. Tienes que aceptarlo. Y en cuanto a la fianza, no la quiero.

—Pero no es justo.

—He infringido la ley y ahora tengo que pagar por ello. Tú ve a casa y descansa. Ya tienes bastantes preocupaciones con el abuelo. Yo aquí estoy a salvo. Más seguro que en la calle.

—¡Oh, Clay! —susurró ella, con los ojos llenos de lágrimas.

—Estaré bien. Francine va a venir a verme. Me apoya, a pesar de que sabe que tendrá que enfrentarse a la ira de su tío —sonrió—. No es una mala persona, cuando la conoces.

—No me has dado la oportunidad de conocerla —le recordó ella.

Clay se aclaró la garganta.

–La conocerás. Algún día.

Becky asintió.

–Algún día.

Se despidió con un beso y llamó al guardia para que la dejaran salir de la celda. El sonido de la puerta de la celda al cerrarse tras ella se repitió como un eco en su mente durante todo el trayecto hasta casa.

El domingo por la mañana Becky se levantó para ir a la iglesia. Sin embargo, cuando acababa de vestirse, Mack entró con el periódico. Al leer el titular, Becky se sentó y rompió a llorar.

—No llores, por favor —le imploró el niño, sentándose a su lado e intentando consolarla—. No llores.

Becky no podía dejar de llorar. ¡Qué vergüenza sintió al ver las acusaciones de J. Lincoln Davis de que Rourke había ocultado el tráfico de drogas en el colegio para proteger al hermano de su novia! Prácticamente el periódico la llamaba su querida, y aseguraba que Rourke casi había paralizado la investigación de la muerte de Billy Dennis para proteger a Clay. Allí estaban sus nombres, el suyo y el de Clay, para que lo vieran todos, sus vecinos, sus amigos, y lo peor de todo, sus jefes.

—Me despedirán —dijo limpiándose las lágrimas con los dedos—. Mis jefes no querrán este tipo de publicidad. Tendrán que despedirme. ¿Qué voy a hacer?

—Becky, tienes que tranquilizarte —dijo Mack, asustado al ver llorar a su hermana. Ella era siempre la más fuerte, un pilar sólido donde apoyarse—. Han sido dos días horribles, pero todo se arreglará.

—Nuestros nombres en la portada del periódico —gimió ella—. El abuelo nunca lo superará, si es que sobrevive a esto.

—Sobrevivirá —dijo Mack, con firmeza—. Y Clay también saldrá de ésta. Voy a vestirme y después iremos a la iglesia.

Becky lo miró sorprendida. Sólo diez años y con tanta autoridad.

—Venga, la iglesia es una buena medicina, siempre lo dices —le recordó el niño.

Becky sonrió a pesar de todo.

—Sí, señor, a sus órdenes, ahora voy. Y estaré orgullosa de ir contigo.

—Así me gusta más —dijo él, y fue a ponerse la ropa de domingo.

Becky y Mack fueron a la iglesia, donde recibieron el apoyo de muchas personas. También les ofrecieron ayuda, y cuando volvió a casa, Becky se alegró de haber ido. Había encontrado la fuerza necesaria para enfrentarse a lo que se avecinaba.

El lunes por la mañana fue a trabajar. Cuando entró en el vestíbulo y llamó al ascensor, se alegró por primera vez de que Rourke hubiera vuelto a su despacho en el edificio de los juzgados. Así no tendría que hablar con él. No la había llamado. O quizá no llamó mientras estuvo en casa. La tarde anterior había ido con Mack al hospital.

Pero ¿para qué iba a llamar?, se preguntó. Sólo salió con ella para detener a Clay. Ahora su objetivo estaba cumplido y ya no la necesitaba para nada. Además, el intenso deseo que supuestamente había sentido por ella había quedado satisfecho. No volvería a verlo, estaba segura. Se avergonzaba de lo fácilmente que se había entregado a él. De hecho, fue ella quien empezó, olvidando todos sus principios. ¿Y qué iba a hacer si se quedaba embarazada?

Entró en la oficina y, segura de que iba a ser despedida, fue directamente al despacho de Bob Malcolm.

—Aquí estás —la saludó su jefe sorprendiéndola con una amable sonrisa—. Esperaba tu llamada el sábado por la mañana. Me ocuparé encantado de la defensa de Clay, y puedes pagarme un dólar al mes si llegamos a eso.

Becky tuvo que contener las lágrimas. Pero ya había llorado bastante y tenía que ser fuerte.

—Oh, señor Malcolm, es muy amable. Pensé que iba a despedirme.

—¿Qué dices? —dijo él levantando las cejas—. ¿Tecleas ciento cinco palabras por minuto y crees que te voy a despedir?

—Los periódicos hablan de mí como si fuera una mujer fácil y de Clay como asesino de menores...

—Olvida los periódicos —dijo él—. Es el maldito Davis que quiere arrancarle la cabellera a Kilpatrick antes de llegar a las urnas. Y ya veo que no has visto la inmediata respuesta de Kilpatrick. Mira —añadió, empujando la edición vespertina del periódico hacia ella por encima de la mesa.

Becky leyó el artículo con fascinación. Rourke no se mordía la lengua y acusaba a su adversario de utilizar el caso con fines políticos y sensacionalismo. Mencionaba el infarto del abuelo y añadía que él estaba soltero y sin compromiso y que era libre de salir con quien quisiera. Además, declaraba que la señorita Cullen era toda una dama, y que si Davis no se retractaba de sus malintencionadas insinuaciones, estaría encantado de acusarlo de difamación ante un tribunal. Al final del largo artículo, se reproducían unas declaraciones de Davis en las que acusaba al periódico de malinterpretar sus palabras y pedía disculpas públicamente a la señorita Cullen.

—Nuestro Kilpatrick es formidable —dijo Malcolm con una sonrisa—. Aunque no me gusta enfrentarme a él en un tribunal, tengo que reconocer que a elocuencia no hay quien lo gane.

—Ha sido muy amable al defenderme —dijo ella, pensando que las insinuaciones de Davis eran mucho más certeras después de su comportamiento del sábado por la noche.

—Le gustas —observó Malcolm, sin entender la expresión de su cara—. Todos os vemos como pareja. Desde hace semanas sois inseparables.

Becky bajó los ojos al periódico, sin verlo.

—No creo que continúe. No volveré a verlo —aseguró.

—No tienes que hacer ese tipo de sacrificio —dijo su jefe—. Al menos para aplacar a Davis. Enseguida encontrará otro asunto para usar de arma arrojadiza contra Kilpatrick, ya lo verás. Dejar de salir con Kilpatrick por la detención de tu hermano no afectará a sus posibilidades de reelección, incluso si es una noble intención —añadió.

Malcolm había malinterpretado sus motivos, pero antes de que Becky pudiera aclarar la situación, sonó el teléfono y ella volvió al trabajo.

Becky no había pensado en las posibles consecuencias políticas de su relación con Kilpatrick y el comentario de su jefe le dio qué pensar. Claro que si el único objetivo de Rourke al salir con ella era tener vigilado a Clay, ¿por qué había sacrificado su posible reelección a fiscal del distrito relacionándose con ella?

Cuanto más lo pensaba, menos lo entendía y lo único que deseaba era que Rourke la llamara. Recordó que ella el sábado le dijo que lo odiaba, y a pesar de todo él se ocupó de todo y de todos, e incluso fue al hospital a ver al abuelo; y ella no le había dado ni las gracias. A pesar de lo ocurrido entre los dos, comer sola fue desgarrador. Era como si le faltara la mitad de sí misma. Si cerraba los ojos podía sentirlo, saborearlo, acariciarlo y sobre todo desearlo como aquella noche, pero él la había traicionado y no volvería a confiar en él. Clay podía ser condenado a la silla eléctrica o a cadena perpetua, y ella temía recordar que fue Rourke quien lo metió en la cárcel y que haría lo imposible por mantenerlo allí.

«Además», pensó con amargura, «si de verdad sintiera algo por mí ya me habría llamado».

Terminó de comer y volvió a la oficina, agradecida de tener al menos trabajo.

—Kilpatrick es lo peor de todo, ¿verdad, Becky? —le preguntó Maggie a la hora de salir, entendiendo bien la situación—. Supongo que te has convencido de que sólo salía contigo para detener a tu hermano.

—Es la verdad —respondió Becky—. Desde esa noche no ha vuelto a llamarme.

—Quizá también él tenga remordimientos —sugirió la mujer—. Quizá crea que no quieres saber nada de él, y es normal. Él fue quien ordenó la detención de tu hermano y quien lo llevará a juicio. Tiene que saber que tu abuelo está furioso con él, además de enfermo. Quizá no se ponga en contacto contigo para protegerte —añadió—. Los periódicos no dejan de hablar de él, gracias al señor Davis. Seguro que lleva un séquito de periodistas y cámaras detrás las veinticuatro horas del día, y no creo que quiera someterte a ti a lo mismo.

Era otra idea que a Becky tampoco se le había ocurrido, y que era la más reconfortante de todas.

Pasó una semana. Rourke presentó sus casos ante el juez con estoicismo y relativo malhumor. En uno de los casos, el abogado defensor era Davis, y la tensión en la sala se hizo tan insoportable que el juez tuvo que llamarlos a su despacho para recordarles dónde estaban.

Rourke no tuvo que esquivar a la prensa. Davis había captado todo el interés de los medios de comunicación con el talento de un showman nato, blandiendo estadísticas sobre delitos y condenas que siempre acababan favoreciéndolo e incluso en dos ocasiones lo entrevistaron para las noticias de la tarde.

Rourke, por su parte, bajo una apariencia relativamente tranquila, seguía dolido por las duras palabras de Becky. Por lo visto para ella su familia era más importante que él, y no sabía cómo aceptar ser el último en su lista de prioridades. Había creído que estaban muy unidos, que su mundo giraba alrededor de los dos, pero la detención de Clay le demostró lo contrario. Becky puso inmediatamente el bienestar de Clay por delante del suyo, como si lo ocurrido en su casa no tuviera ninguna importancia.

Bebió un sorbo de café solo y miró con frialdad por la ventana. Hasta hacía poco ella era virgen y él había traicionado su confianza al permitir que las cosas fueran demasiado lejos. Claro que no lo había hecho solo. Ella también le había ayudado.

Se levantó y se sirvió más café, viendo cómo MacTavish se comía la hamburguesa que acababa de prepararle. Su relación con Becky se había hecho muy intensa, y siempre deseaba su compañía. Y después de la apasionada respuesta de ella en la cama, estaba seguro de que lo que sentía por él era amor. Aunque después, ese amor se había tornado en un profundo odio. Probablemente ahora estaba maldiciéndolo por seducirla y culpándolo de la detención de Clay.

Quería llamarla. De hecho, lo había intentado un par de veces el domingo por la tarde sin obtener respuesta. Después de eso, se convenció de que ella no quería saber nada de él. Sabía que leería los artículos de los periódicos, y si ella quería pensar que la había seducido para proteger su trabajo, que lo hiciera. Él continuaría solo, como había hecho siempre, y ella podía...

Suspiró pesadamente, cerrando los ojos. ¿Ella podía qué? Becky soportaba sobre sus hombros una carga muy pesada desde hacía mucho tiempo: la responsabilidad de toda su familia y ahora era la única que podía ayudar a Clay. Más aún, tendría que ir al hospital a visitar al abuelo todos los días, además de su jornada laboral en el bufete, llevar la casa y ocuparse de Mack. ¿Qué sería de ella si el abuelo moría, o si a Clay lo condenaban?

Rourke ya sabía que se iba a inhabilitar como fiscal para el caso de Clay. Pero si se lo daba a uno de sus colegas, Davis podría acusarlo de presionar a su gente para que fueran indulgentes con él.

Entornó los ojos y reflexionó sobre las posibilidades. Quizá había una salida: pedir al gobernador que designara un fiscal especial para el caso, alguien totalmente objetivo. Todavía quedaba la cuestión de la culpabilidad o inocencia de Clay. Mack le dijo que los Harris amenazaron y presionaron a Clay para cometer los delitos. Si eso era cierto, y si el muchacho no era el jefe del grupo, no podía permitir que fuera a la cárcel. Sin duda era posible que Clay no fuera responsable ni de su atentado ni de vender crack a Billy Dennis. Si eso era cierto, los Harris estarían utilizando a Clay como chivo expiatorio.

Quizá se debería investigar el asunto un poco más en profundidad. Aunque incluso si lo hiciera, los abogados de oficio tenían mucho trabajo y estaban muy mal pagados, así que Clay necesitaría un buen abogado defensor que Becky no podía costear. Se sentó de nuevo y se pasó la mano por el pelo. Encendió un puro y analizó la situación. La vista preliminar de Clay era dentro de dos semanas. En la vista incoatoria se había fijado la fianza, pero Clay renunció a ella. Por lo visto, no iba a permitir que Becky la pagara. Y de momento estaba a salvo de los hermanos Harris.

Maldijo en voz alta. Tres meses antes la vida era mucho más sencilla. Ahora su mundo estaba patas arriba, y todo por culpa de una chica de campo muy tradicional que le horneaba tartas de limón y le hacía reír. Se preguntó si volvería a reír algún día.

Becky fue a ver al abuelo cada tarde al salir del trabajo, pero él continuaba en el hospital sin mostrar el más mínimo interés por la vida. El médico sabía lo mucho que le costaría pagar la factura, incluso a pesar de que Rourke Kilpatrick había prometido ocuparse de la mayor parte. Al final, recomendó trasladar al anciano a una residencia.

—De momento será lo mejor —dijo el médico a Becky—. Creo que podré conseguirle alguna subvención. No está respondiendo tan deprisa como me gustaría, y no creo que ahora puedas tenerlo en casa.

—Puedo intentarlo —empezó ella.

—Becky, Mack está en el colegio. Clay en la cárcel. Tú tienes que mantener tu trabajo, y la verdad, no tienes muy buen aspecto —añadió, refiriéndose a su aspecto pálido y demacrado—. Me gustaría verte en mi consulta para hacerte un chequeo.

Becky tragó saliva, tratando de mantener la calma. Tenía muchas razones para no querer que el médico la examinara, y la principal era que llevaba dos semanas de retraso y aquella mañana había vomitado el desayuno.

—Ahora no puedo permitírmelo, doctor Miller —dijo ella.

—Lo pondremos en la cuenta, Rebecca —dijo él, obstinado—. No aceptaré una negativa.

—Estoy cansada, eso es todo —lo intentó ella otra vez.

—Yo te traje al mundo —la interrumpió él—. Sea lo que sea, quedará entre Ruthie, tú y yo —le aseguró.

Ruthie era su enfermera desde hacía treinta años, e incluso si conocía todos los trapos sucios de los pacientes de la consulta, nadie se lo podría sonsacar nunca. Su lealtad estaba totalmente a prueba de bomba.

—Está bien —accedió Becky por fin—. Pediré una cita.

—Bien —sonrió el médico—. Ahora, tu abuelo. Creo que puedo conseguir que lo admitan en la nueva residencia del condado que han inaugurado hace poco. Creo que podré conseguirte una subvención. Es moderna y no muy cara, y es el mejor sitio para las próximas semanas. Allí estará con gente de su edad, y quizá eso le dé ganas de vivir.

—¿Y si no es así?

El médico se encogió de hombros.

—Becky, las ganas de vivir no se pueden recetar. Ha tenido una vida dura y su corazón está débil. Necesita una razón para ponerse bien. Ahora cree que no la tiene.

Becky hizo una mueca.

—Ojalá supiera qué hacer.

—Tú y todos —dijo él—. Pero sobre todo tú cuídate, y espero verte el lunes en mi consulta. Te avisaré en cuanto sepa algo de las posibilidades de ingreso de tu abuelo en la residencia.

—De acuerdo —Becky sonrió—. Gracias.

—Aún no he hecho nada. Procura descansar. Estás agotada.

—Han sido dos semanas horribles —dijo ella—, pero lo intentaré.

—¿Cómo está Clay?

—Deprimido y muy abatido. He visto a su abogado de oficio —hizo una mueca—. Es joven y tiene mucha vitalidad, pero también muchísimo trabajo. No tendrá tiempo para preparar una defensa adecuada y Clay pagará por ello. Ojalá pudiera encontrar un buen abogado.

—Tus jefes —dijo él.

Becky asintió.

—Pero no puedo permitir que el señor Malcolm invierta tanto tiempo en él si no puedo pagarlo —apretó los puños a los lados—. Todo depende del dinero, ¿no? —dijo con amargura—. Si eres pobre, vas a la cárcel. Si eres rico, te pagas un buen abogado y quedas en libertad. ¿Qué clase de mundo es éste?

El médico le pasó un brazo por los hombros.

—Háblame de Mack y alégrame el día.

Becky esbozó una sonrisa.

—Ha aprobado las matemáticas.
—¿Mack? ¡Increíble!
—Eso fue lo que pensé yo —dijo ella, sonriendo.

Pero por dentro se sentía hundida. Hablaba como una autómata, porque sus pensamientos estaban en el abuelo, en Clay y en el inevitable examen médico que iba a cambiar su vida. No sabía cómo lo iba a hacer. Fuera como fuera, tenía que encontrar la fuerza para sobrevivir a los siguientes meses.

Afortunadamente, cuando llamó a la consulta del doctor Miller para pedir una cita, le dijeron que tenía que esperar un mes. Por ella perfecto. Era una cobardía, pero hasta entonces no tendría que enfrentarse a la realidad. E incluso cabía la posibilidad de un milagro. Y que no estuviera embarazada. Ese nuevo rayo de esperanza le dio fuerzas para llegar al final del día.

Rourke no estaba seguro de por qué lo hizo, pero el lunes siguiente fue a la oficina de Becky. Bob Malcolm quería hablar con él sobre un trato, y aunque normalmente era éste quien iba a ver a Rourke, hacía tres semanas que Rourke no veía a Becky, y la vista de Clay estaba fijada para el viernes. Quería verla y ver cómo llevaba toda aquella pesadilla.

Cuando Becky alzó los ojos de la máquina de escribir y lo vio, primero se puso roja, y después terriblemente pálida. Estaba demacrada, como si no comiera bien. Llevaba el vestido gris de punto que él conocía de otras ocasiones, el pelo recogido en un moño y apenas un poco de maquillaje que no lograba camuflarle las pecas.

Becky apenas podía respirar. Ni siquiera se le había pasado por la imaginación verlo en el bufete. Al principio no se podía mover; se quedó mirándolo fijamente, ajena a todo lo que la rodeaba, incapaz de reaccionar. Su aspecto era el de siempre, pensó ella, sin nada que indicara que la echaba de menos o estaba sufriendo por la separación. Estaba igual que siempre, imponente, sombrío y amenazador.

Rourke se sentó de medio lado sobre su mesa.

—La vista preliminar es el viernes —dijo—. Hay otros abogados de oficio.

Becky bajó los ojos hasta su boca y recordó con amargura la pasión de los besos compartidos aquella noche.

—Es un buen abogado —dijo ella—. A Clay le parece bien.

—¿Y a ti? —preguntó él con brusquedad—. La vida de tu hermano podría estar en juego.

—¿Qué más te da? —dijo ella dolida—. Tú eres quien quiere mandarlo a la cárcel. ¿Por qué te preocupa su abogado?

—Oh, me gusta pelear —respondió él tenso—. No me gusta ganar a un novato.

A Becky le temblaba el labio inferior. Desvió la mirada.

—No debe preocuparte. Clay será una estadística más para usar en tu campaña contra Davis. Quiso matarte, ¿te acuerdas?

—Tú no crees que fue él —dijo Rourke, dando vueltas entre los dedos a un clip de metal y ajeno a las miradas curiosas de las compañeras de Becky, que seguían con disimulado interés el encuentro.

—No —repuso ella—. Estaré ciega para muchas cosas, pero conozco a mi hermano y sé que no es capaz de matar a nadie.

Rourke no hizo ningún comentario al respecto.

—¿Cómo está tu abuelo?

—Lo hemos trasladado a una residencia —dijo ella—. No tiene ganas de vivir.

Rourke abrió el clip y después lo dobló hacia el otro lado. Por fin la miró.

—¿Cómo estás tú?

Becky sintió que le ardían las mejillas. Los ojos masculinos no reflejaban la calma de sus palabras.

—Estoy bien —dijo ella, evasiva.

—Si no estás bien, espero que me lo digas —dijo él, severo—. ¿Entiendes, Rebecca?

Becky apretó la mandíbula.

—Sé cuidarme sola.

Él suspiró con irritación.

—Oh, ya lo creo que sí. Los dos sabemos lo cautas que pueden ser dos personas, ¿verdad?

Becky se puso como un tomate. Retorció las manos con nerviosismo y no se atrevió a mirarlo ni a mirar a su alrededor.

—Por favor, vete —dijo ella.

—He venido a ver a tu jefe —dijo él con indiferencia, poniéndose en pie—. ¿Está?

Ella sacudió negativamente la cabeza.

—Hoy está en el juzgado.

—Bien, la próxima vez llamaré antes de hacer el viaje —Rourke se metió las manos en los bolsillos y la miró con ojos pensativos—. Dijiste que me odiabas. ¿Lo decías de verdad?

Becky no podía alzar la mirada. Cerró los puños sobre el regazo y apretó los labios.

—¿Acusarás a mi hermano como si fuera mayor de edad? —preguntó.

La expresión masculina se endureció.

—¿Ésa es tu condición para un alto el fuego? —preguntó él, burlón—. Lo siento, Rebecca. Los chantajes no me van. Y sí, lo acusaré como a un adulto. Sí, creo que es culpable. Y sí, creo que conseguiré una condena.

Becky echaba chispas de desprecio por los ojos. Odiaba la sonrisa burlona y arrogante del hombre. Sin duda lo había subestimado desde el principio, y ahora Clay y ella lo estaban pagando muy caro.

—Quizá el jurado no piense lo mismo que tú.

—Es posible, por supuesto —dijo él, encogiéndose de

hombros–, pero no probable. Un niño de diez años murió por culpa de tu hermano. Nunca lo olvidaré.

–Clay no fue –dijo ella con voz ronca–. Él no lo hizo.

–También intentó implicar a Mack, ¿lo sabías?

Becky cerró los ojos para ignorar la acusación.

–Sí –susurró–. Me lo dijo Clay.

–Puedes justificar su conducta como quieras –dijo él, después de un minuto–. Pero la verdad es que Clay sabía exactamente lo que hacía y conocía las consecuencias si lo detenían. Irá a la cárcel, se lo merece. No me disculparé por haber participado en su detención. En las mismas circunstancias, habría hecho exactamente lo mismo. Exactamente lo mismo, Becky –repitió con dureza.

–Clay no puso la bomba en tu coche –dijo ella–. Ni vendió las drogas a ese niño. Es culpable de otras cosas, pero no de eso.

–No te das por vencida, ¿verdad? –dijo él–. Hay cuatro testigos oculares que lo vieron, los hermanos Harris y otros dos. Y lo declararán bajo juramento. También hay otro testigo que lo vio vender crack a Dennis.

–Eso es mentira –dijo Becky mirándolo desapasionadamente–. Clay me dijo que él no fue. Puede mentir a cualquiera, pero yo siempre sé cuándo lo hace. Y no mentía.

–Dios, qué cabezota eres –masculló él–. Está bien, sigue engañándote y negándote a ver la realidad.

–Gracias por la autorización, señor Kilpatrick –dijo ella en tono suave–. Ahora, si me disculpa, tengo trabajo.

Becky volvió a teclear. Rourke se quedó de pie mirándola durante unos largos segundos. Había ido para arreglar las cosas y no había conseguido más que empeorar la situación. Becky nunca creería que Clay era culpable.

Salió de la oficina y volvió a su coche. Pero en el trayecto de regreso no pudo dejar de pensar en las palabras de Becky. Tanto que al llegar a los juzgados, en lugar de entrar en el aparcamiento, continuó conduciendo hasta la cárcel del condado, donde estaba detenido Clay.

No había pensado ir a verlo. Becky no sabía que él se había inhibido del caso, y aunque seguía convencido de que Clay era culpable, se dijo que quizá se estaba dejando llevar por el enfrentamiento con su padre unos años atrás. Quizá aquí la respuesta no era «de tal palo, tal astilla».

Al verlo Clay se puso rojo y lo miró furioso cuando lo vio entrar en su celda con un puro humeante entre los dedos.

—¡Dios salve al gran conquistador! —exclamó el joven cuando el guardia lo dejó a solas con Rourke—. Supongo que estará satisfecho, ahora que me tiene donde quería. Me han dicho que me han acusado prácticamente de todo menos de asesinato. Y de ser un importante narcotraficante. ¿Por qué no me manda a un poli con una pistola cargada y le deja que ahorre una pasta a los contribuyentes?

Rourke ignoró la invectiva y se sentó en el camastro. Estaba acostumbrado a aquellas reacciones. Había pasado la mayor parte de los últimos siete años tratando con hombres furiosos.

—Vamos a poner las cosas en su sitio —le dijo—. Creo que eres culpable, aunque sólo sea por asociación. He visto a muchos chavales como tú. Eres demasiado vago para trabajar por lo que quieres, y demasiado impaciente para esperar. Lo quieres todo y lo quieres ya, así que buscas dinero fácil. No te importa cuántas vidas destruyes, ni cuánta gente inocente sufre. Son tus necesidades, tu confort, tu placer lo que cuenta. Enhorabuena —dijo con una sonrisa carente de humor—. Has saltado la banca. Pero éste es el precio.

Clay se apoyó contra la pared y suspiró enfadado.

—Gracias por el sermón. Ya me ha echado uno Becky, y el reverendo vino a clavarme otro clavo más en el ataúd —Clay apartó la mirada—. Ni mi hermano quiere hablar de mí.

—Eso no es cierto —dijo Rourke, despacio, con la mandíbula firme. Clay lo miraba con un rayo de esperanza en los ojos—. Mack intentó convencerme de que los Harris te amenazaron para hacer el último trato. Yo no le hice caso.

—¿Por qué iba a hacérselo? —preguntó Clay.

Al menos si Mack lo había defendido delante de Kilpatrick, quizá no lo odiaba tanto como creía. Clay clavó los ojos en el suelo sin ver nada.

—Al principio fue sólo cerveza y un poco de crack —empezó. Necesitaba hablar con alguien y Kilpatrick parecía dispuesto a escuchar—. No tuve mucha suerte haciendo amigos en el instituto. Todo el mundo sabía que mi padre había tenido problemas con la ley, y muchos padres prohibieron a sus hijos relacionarse conmigo. Los hermanos Harris empezaron a invitarme a salir con ellos. Enseguida empecé a beber y a fumar. Las cosas en casa eran horribles —continuó—. El abuelo tuvo un infarto y estaba siempre enfermo. Becky no hacía más que trabajar y darme la vara con los deberes, y en casa nunca había dinero para nada. Siempre igual, trabajar sin parar y hacer malabarismos para llegar a fin de mes.

Calló un momento y miró hacia el techo.

—¡Dios, odio ser pobre! —exclamó antes de continuar—. Había una chica que me gustaba, pero ni siquiera se dignaba a mirarme. Yo quería tener cosas. Quería que la gente dejara de despreciarme porque mi padre era un delincuente y mi familia no tenía dinero.

Rourke frunció el ceño.

—¿No pensaste en tu hermana?

—Ya lo creo que sí, cuando me detuvieron —sonrió amargamente—. Pensé en lo mucho que trabajaba por nosotros, en todos los sacrificios que había hecho. Nunca ha salido con nadie hasta que apareció usted, pero eso también se lo estropeamos. Nos metíamos con ella, porque estaba seguro de que usted sólo salió con ella para pillarme. Lo hizo por eso, ¿verdad? —le preguntó.

—Al principio quizá —admitió Rourke—. Después... —se quitó el puro de la boca—. Becky no es como la mayoría de las mujeres. Tiene un gran corazón y se preocupa por la gente que quiere. Te obliga a ponerte una chaqueta en invierno, y no deja que te mojes los pies cuando llueve. Te prepara sopa caliente cuando te encuentras mal, y te arropa por la noche —Rourke desvió la mirada—. Ahora me odia. Eso debería alegrarte un poco.

Clay no sabía qué decir. Vio los ojos de Rourke antes de que éste desviara la vista y le sorprendió la intensa emoción, la profunda tristeza reflejada en ellos.

—Yo no atenté contra su vida —le aseguró Clay con voz vacilante—. Me gustan los perros. Nunca hubiera matado a un perro.

A regañadientes, Rourke sonrió.

—Menudo consuelo.

—Sé mucho de electrónica —continuó Clay—, pero los explosivos plásticos son muy traicioneros, y no sé manejarlos —miró a Rourke, deseando que lo creyera—. Tampoco vendí el crack a Billy Dennis. Mack cree que fui yo. Pero no es verdad. Es cierto que intenté convencer a mi hermano para que me ayudara a encontrar contactos en su colegio, pero yo no vendí nada —se encogió de hombros con desesperación—. No quería hacerlo, después de la primera vez cuando me tendieron una trampa como intermediario en una compra. Con eso me tenían pillado. Me dijeron que unos polis de paisano me habían visto entregar el dinero. Después pusieron la bomba en su coche y me dijeron que pondrían pruebas para que pareciera que había sido yo. Me dijeron que si Mack no les ayudaba, me entregarían y... Oh, es inútil —alzó las manos al aire y se acercó a la ventana—. Nadie me creerá. Nadie creerá que me obligaron a hacerlo, o que soy sólo el chivo expiatorio. Los Harris han comprado testigos de sobra para mandarme a la silla eléctrica. Me van a freír, y usted pagará la factura de electricidad, ¿verdad?

Rourke continuaba fumando el puro y pensando.

—¿Qué hiciste exactamente?

—La primera vez hice de intermediario, y después entregué la mercancía a los camellos.

—¿Has llegado a realizar una venta alguna vez? —le preguntó mirándolo fijamente a los ojos.

—No.

—¿Alguna vez entregaste muestras para enganchar a futuros clientes?

—No.

—¿Has consumido alguna vez?

—Sí, al principio. Un poco. Más que nada beber cerveza y fumar porros. Sólo he tomado un poco de crack unas cuantas veces, pero nada más. No me gustaba perder tanto el control y lo dejé.

—¿Alguna vez has estado en posesión de más de treinta gramos?

—La noche que me detuvieron. Ya lo recuerda. Me llenaron los bolsillos.

—Aparte de aquella noche.

Clay sacudió negativamente la cabeza.

—Nunca he llevado más que para un tiro. No sabe cómo me arrepiento de haberlo probado.

Kilpatrick dio otra calada y soltó una nube gris de humo, con gesto concentrado.

—¿Estabas normalmente presente en las operaciones de compra?

—Sólo aquella vez, cuando me tendieron la trampa. Yo no sabía prácticamente nada de lo que estaban haciendo. Sólo una cosa, y eso no con certeza: dijeron que iban a por usted. Pero yo pensé que era una forma de hablar, ya sabe. No me di cuenta de que lo decían en serio hasta que Becky llegó a casa y nos lo contó. Dios mío, nunca he estado tan asustado... Y aquella noche me dijeron que si no hacía exactamente lo que me decían me lo cargarían a mí

—miró a Rourke—. Eso me hace cómplice de intento de asesinato, ¿verdad?

—No —dijo Kilpatrick. Se puso en pie y paseó por la pequeña celda un par de minutos; después se detuvo junto a la puerta—. Pero a menos que consigas un buen abogado, toda tu sinceridad no te librará de la cárcel, incluso si deciden no acusarte de la muerte de Billy Dennis.

—No puedo pedir a Becky que se sacrifique más por mí —empezó Clay.

—Olvídate de tu hermana, yo me ocuparé —le dijo Rourke—. Pero esto que quede entre nosotros. No quiero que Becky sepa absolutamente nada de esto, ¿entendido? —añadió tajante—. No quiero que conozca los detalles.

—¡Pero usted no puede hacer nada! ¡Es el fiscal! —estalló Clay.

Rourke sacudió la cabeza.

—Me he inhibido. El gobernador ha designado otro fiscal para este caso.

—¿Por qué?

—Si lo pierdo, Davis jurará que lo hice por Becky —le explicó Rourke—. Lo mismo ocurrirá si lo llevara uno de mis ayudantes. Eso pondría a Becky en el ojo del huracán, y la prensa ya la ha hecho sufrir bastante por mi culpa.

Los ojos castaños de Clay se entornaron y estudiaron en silencio al hombre que parecía querer tenderle una mano.

—La quiere, ¿verdad?

La expresión de Rourke se cerró.

—La respeto —dijo—. Ya tiene bastantes problemas. No entiendo cómo se las ha podido arreglar todo este tiempo.

—Es dura, tiene que serlo.

—No es invulnerable —le recordó Rourke—. Si por algún milagro logras salir de ésta, deberías pensar en echarle una mano.

—¡Ojalá lo hubiera hecho antes! —exclamó Clay—. Me

dije que lo estaba haciendo para ayudarla, pero no era cierto. Era para ayudarme a mí.

—Al menos has aprendido algo —Rourke hizo una señal al guardia—. Alguien se pondrá en contacto contigo —le dijo antes de salir—. No le dirás a Becky que he estado aquí, ni que tengo nada que ver con esto. Ésas son mis condiciones.

—De acuerdo. Pero ¿por qué?

—Tengo mis razones. Y por el amor de Dios, no hables con la prensa —añadió tajante.

—Esa promesa sí que se la puedo hacer —dijo Clay.

Rourke asintió y salió de la celda. Cuando ya se había ido, Clay se dio cuenta de que ni siquiera le había dado las gracias. Era increíble, que Kilpatrick intentara ayudarlo. ¿Sería por Becky? Quizá el fiscal estaba más pillado de lo que quería.

16

Era un día de poco trabajo para J. Davis, y el abogado lo aprovechó para ponerse al día con sus revistas especializadas de Derecho. Estaba bebiendo café y comiendo un donut con los pies apoyados en la mesa de su despacho cuando su secretaria le avisó de que Rourke Kilpatrick estaba en la sala de espera.

Davis se levantó y fue a la puerta. Tenía que verlo con sus propios ojos. ¿Por qué iba a verlo su peor enemigo político, a menos que fuera con un arma?

Abrió la puerta y miró a Rourke. Éste lo miró a él.

—Quiero hablar contigo —dijo Rourke sin andarse con rodeos.

—¿Sólo hablar? —dijo el abogado negro, que tenía más pinta de boxeador que de abogado, tanto por su físico como por su porte— ¿No vienes con navajas, pistolas o porras?

—Soy el fiscal del distrito —le recordó Rourke—. No me permiten matar a mis colegas.

—Oh. Bien, en ese caso puedes tomarte un café y un donut, ¿verdad, señora Grimes? —añadió, sonriendo a su secretaria.

—Ahora mismo, señor Davis —dijo ella.

Davis invitó a Rourke a sentarse en un cómodo sillón delante de su escritorio mientras se volvía a colocar en su posición anterior.

—Si no has venido a atacarme, ¿qué quieres? —preguntó.

Rourke sacó un puro del bolsillo justo cuando la secretaria entraba con un café y un donut para él. Dio las gracias a la mujer y guardó el puro de nuevo.

—No te lo vas a creer —dijo después de beber un sorbo de café.

—Vienes a reconocer tu derrota —dijo Davis con una amplia sonrisa.

Rourke negó con la cabeza.

—Lo siento, es demasiado pronto. Tengo que cuidar mi reputación.

—Oh.

—En realidad quiero que defiendas a Clay Cullen.

El café y el donut de Davis salpicaron toda la mesa y el suelo.

—Justo la reacción que esperaba —dijo Rourke.

—Justo la reacción... ¡Cielos, Rourke! ¡Ese chico es culpable! —exclamó Davis, limpiando el café derramado en la mesa y las revistas con un pañuelo blanco—. Ni Clarence Darrow podría salvarlo.

—Seguramente no, pero tú sí —respondió Rourke—. Dice que los hermanos Harris lo obligaron a hacer una compra, y el resto de los cargos son fabricaciones para convertirlo en el chivo expiatorio de sus delitos.

—Escucha, Rourke, todo el mundo sabe que sales con la hermana de Cullen —empezó Davis.

—Y que por eso me he ablandado con su hermano. Eso fue lo que tú insinuaste a la prensa en tu afán por desprestigiarme —le interrumpió Rourke irritado—. Pero no es cierto. Soy un defensor de la ley. No hago tratos ilegales y no perdono a los narcotraficantes ni a los asesinos. Por si lo has olvidado, el intento de asesinato del que le acusan es el mío.

—No lo he olvidado, y no quería desprestigiarte —se defendió Davis—, sólo tu puesto —añadió con una sonrisa—. Siento sinceramente haber metido a la señorita Cullen en esto. No era mi intención.

—Me lo imaginaba —respondió Rourke, y sonrió terminando el donut—. Para ser abogado defensor, no eres tan mala persona.

—Muchas gracias —respondió Davis con ironía—. Bien, dime, ¿por qué quieres que defienda a Cullen?

—Porque creo que dice la verdad sobre los hermanos Harris —respondió Rourke, encendiendo el puro que había guardado en el bolsillo unos minutos antes e ignorando la mueca de asco de su interlocutor—. Llevo años detrás de ellos porque sé que son los responsables de la mayoría de las drogas que se venden en los colegios, pero cuentan con el apoyo de gente importante, y por eso nunca he podido llevarlos a juicio. Cullen podría ser la clave. Creo que cooperará. Con su testimonio podríamos forzar a los Harris a largarse de aquí.

—Nadie les lloraría —dijo Davis—, pero aceptar ese caso sería un suicidio político.

—Sólo si lo pierdes, cosa que no creo —dijo Rourke, y añadió con una astuta sonrisa—: Tú lo aceptas porque crees que el chico, pobre, sin recursos y con un padre que ha tenido problemas con la ley, es inocente. Es el caso que necesitas en este momento.

—Sí, claro, y por eso tú te has inhibido.

—Porque si lo perdía sabía que me acusarías de hacerlo a propósito. Y no le haría ningún bien a la reputación de Becky.

—Ni a la tuya —añadió Davis. Se quedó unos momentos pensativo—. Es una patata caliente, lo sé, pero si consigo que quede en libertad y relacionar a los Harris con el narcotráfico, podríamos limpiar las calles de esos indeseables de una vez por todas.

—Y tú conseguirías el apoyo incondicional de los electores —añadió Rourke.

—¿Por qué me lo ofreces? —preguntó Davis, desconfiando de nuevo de las buenas intenciones de Rourke.

—Si quieres que te diga la verdad, no sé si quiero presentarme a la reelección —le dijo Rourke, en serio—. Todavía no lo he decidido.

Davis se apoyó en el respaldo del sillón.

—Tendré que meditarlo bien.

—Pues hazlo rápido, la vista es el viernes.

—Muchas gracias —Davis lo miró con el ceño fruncido—. Los Cullen no tienen dinero. Tienen un abogado de oficio.

Rourke asintió.

—Yo lo pagaré.

—Y un cuerno —dijo Davis con una carcajada—. Todos los abogados aceptan un caso *pro bono* de vez en cuando. Éste será el mío. Tenerte de jefe puede ser un infierno. Antes me arruino.

—Yo también te quiero —dijo Rourke.

—¡Puagh, prefiero no imaginarlo! —exclamó el abogado de color con una sonora carcajada—. ¿Por qué no te largas y me dejas trabajar? Soy un hombre muy ocupado.

—Ya me he dado cuenta —murmuró Rourke secamente.

—Leer revistas especializadas en Derecho es un trabajo duro.

—Sí, claro —dijo Rourke, y apagó el puro—. De todos modos, éste es el último puro que me quedaba —extendió la mano a Davis, que la estrechó—. Gracias. Al principio no creía a Cullen, pero ahora sí. Me alegro de que tenga una oportunidad.

—Eso ya lo veremos. Hablaré con él esta tarde.

—Si necesitas información, te daré todo lo que tengo. Él te puede contar el resto.

—Eso bastará de momento —Davis siguió a Rourke a la

puerta–. He oído que has cortado con la chica. Espero que no haya sido por lo de los periódicos.

–Ha sido porque creyó que la estaba utilizando –respondió él–. Y al principio así era.

–Lo olvidará cuando sepa lo que has hecho por su hermano.

–No lo sabrá –dijo Rourke–. Clay me ha prometido no decir nada, y tú tampoco hablarás. Ésa es mi única condición.

–¿Puedo preguntar por qué? –preguntó Davis.

–Porque si vuelve conmigo, no quiero que sea por gratitud –respondió Rourke con sinceridad.

–Muy inteligente por tu parte. El amor ya es bastante difícil cuando no tienes dudas –dijo Davis–. Requiere mucho trabajo.

–Supongo que hablas por experiencia.

Davis hizo una mueca.

–No lo creas. No tengo mucha suerte con las mujeres. Digamos que Henry me mantiene soltero.

–¿Henry?

–Mi serpiente pitón macho –explicó Davis–. Mide cuatro metros y es imposible hacer entender a una mujer que es inofensivo. Las pitones no devoran a la gente.

–Sólo la estrangulan –se rió Rourke–. No creo que tengas muchas citas, pero supongo que será buena compañía.

–Fantástica, hasta que necesitas arreglar algo –dijo con un silbido–. El tipo que vino a arreglarme la televisión cuando vio a Henry entrar en el salón se desmayó.

–Como corra la voz, no conseguirás que nadie vaya a arreglarte nada.

–Por eso el hombre y yo acordamos guardarnos mutuamente el secreto –dijo Davis, en un alto susurro–. Si él no habla de mi pitón, yo no hablaré de su desmayo.

Cuando salió por la puerta, Rourke todavía se estaba riendo.

Becky fue a los juzgados para estar presente en la vista de Clay. Se sentó en la sala hecha un manojo de nervios y de repente vio que nada era lo que había esperado.

Para empezar, al lado de Clay no estaba el abogado de oficio, sino J. Lincoln Davis. En segundo lugar, Rourke no estaba en la mesa del fiscal; había un hombre mayor a quien Becky no había visto nunca.

—¿Dónde está el fiscal del distrito? —preguntó alguien en la fila de detrás que también se había dado cuenta—. ¿No era el encargado de este caso?

—Se inhibió —le explicó su compañero—. Ahora hay un fiscal designado por el gobernador. ¿Y has visto quién va a defenderlo? ¿No es ése J. Davis?

—Ya lo creo que sí —fue la respuesta del primero—. Ha sustituido al abogado de oficio esta mañana.

—Pues no es barato. No sé cómo pagará ese chico sus honorarios.

—Esos camellos se apoyan mutuamente —dijo el hombre con desprecio, y Becky sintió el mismo desprecio por él ante la insinuación de que Clay era culpable incluso antes del inicio del juicio—. Tienen mucho dinero.

—Ahí está el juez —susurró otra persona a poca distancia.

Becky unió las manos en el regazo y se levantó con todo el mundo. Clay acababa de entrar. No miró a su alrededor. Becky quiso verlo aquella mañana, pero no había tenido la oportunidad.

En parte deseaba ver a Rourke en la sala, pero no estaba allí. ¿Por qué no le dijo que se había inhibido en el caso? ¿Había sido una decisión repentina? Estaba tan confusa que todo el procedimiento terminó antes de que ella pudiera organizar sus pensamientos. Se fijó la fecha para el juicio de Clay en una corte superior, tal y como ella esperaba, y el joven renunció a la posibilidad de quedar en libertad bajo fianza.

Cuando Clay salió de la sala escoltado por dos policías, Becky se levantó y salió al pasillo sintiéndose cansada y destrozada.

No muy lejos de allí estaba el despacho de Rourke y ella no pudo evitar mirar por la puerta abierta cuando pasó por delante. Rourke la vio, pero no hizo nada. Ni un movimiento de cabeza, ni un gesto, ni una palabra. Deliberadamente bajó los ojos y se concentró en los papeles que tenía delante.

Becky aceleró los pasos furiosa. ¿Así que pensaba ignorarla? Pues ya podía esperar a que ella le dirigiera la palabra. Pero quería saber por qué se había inhibido del caso. Quizá porque, pensó cansada, por fin creía que su hermano era inocente. Pero ésa no podía ser la razón. El verdadero misterio era por qué se ocupaba J. Davis de la defensa de Clay, y cómo iban a pagar los honorarios de uno de los abogados más caros del estado. Eran interrogantes cuya respuesta pensaba conocer este mismo día, fuera como fuera.

Al terminar la jornada laboral fue a ver a Clay. Estaba más animado que nunca, y hablaba con entusiasmo de su nuevo abogado.

—¿Cómo lo has conseguido? —le preguntó Becky.

—No lo sé —confesó Clay—. Se ha presentado aquí esta mañana y me ha dicho que era mi abogado.

—El señor Malcolm dice que es el mejor. ¿Cómo vamos a pagarlo?

—Deja de preocuparte por el dinero —dijo Clay tenso—. Me dijo que de vez en cuando acepta un caso *pro bono* porque cree en la inocencia del cliente y renuncia a los honorarios. Cree que yo no lo hice, Becky —dijo Clay, enfatizando sus palabras con los ojos y el gesto.

Deseó poder contarle también la visita de Kilpatrick, y que el fiscal del distrito también creía en su inocencia, pero le había prometido no hacerlo.

—Yo nunca creí que fueras culpable —le recordó ella—. Y Mack tampoco.

Clay dejó escapar un suspiro.

—Pobre Mack, supongo que en el colegio se estarán metiendo todos con él.

—Sólo unos cuantos, y las vacaciones empiezan la semana que viene —le recordó ella—. Me llamó tu profesora de lengua, para decirme que te anime a terminar el instituto cuando puedas, incluso aunque sea por correspondencia.

—Ya habrá tiempo para eso —dijo Clay—. Ahora mismo tengo que superar esto —se sentó junto a su hermana y le tomó las manos—. Becky, me han dicho que considere la posibilidad de dar pruebas y testificar contra los Harris.

Becky lo miró con ojos furiosos.

—Aunque ya no sea el fiscal de tu caso, me imagino a quién se le ocurrió.

—El señor Davis dice que si lo hago, tendré una sentencia reducida por la acusación de posesión y tráfico de drogas.

—Te matarán —dijo ella—. ¿No te das cuenta? Si lo haces, ordenarán a alguien que te mate, igual que intentaron matar a Rourke.

—Menuda chapuza. En eso metieron la pata y lo saben —replicó Clay—. A los peces gordos no les hizo ninguna gracia, porque les ha traído muchos problemas con la pasma.

—De todas maneras es un riesgo.

—Escucha, Becky, si no lo hago, puede caerme una sentencia de diez a quince años.

Becky palideció. Ya lo había oído antes, pero nunca de forma tan drástica y en una cárcel.

—Sí, lo sé.

—Le he dicho al señor Davis que lo pensaré —dijo él—. Si acepto, tendremos que buscar algún tipo de protección para vosotros. Para que no intenten amenazaros.

La posibilidad de que los Harris intentaran ir a por toda la familia le ponía los pelos de punta, pero era mejor que tener a Clay en la cárcel por un delito que no había cometido. Alzó la barbilla con orgullo.

–Los Cullen hemos sobrevivido a la Guerra de Secesión y a la Reconstrucción –dijo ella con orgullo–. Supongo que podemos sobrevivir a los Harris.

–Eso suena más a la Becky de siempre –dijo Clay, sonriendo–. Últimamente estabas muy abatida.

–Tenía muchas cosas en la cabeza –dijo ella–. Pero lo peor ya ha terminado. Quiero tenerte en casa cuanto antes. Te echamos de menos.

–Yo también os echo de menos –le dijo él–. Pero si salgo de aquí, no volveré a casa.

–¿Qué?

Clay se levantó y se apoyó en la pared. Parecía mucho mayor que los diecisiete años que tenía.

–Ya he sido bastante carga. Tú tienes más que suficiente con ocuparte de Mack y el abuelo. Creo que deberías pensar en buscar unos padres adoptivos para Mack, y meter al abuelo en una residencia –sugirió el joven.

–¡Clay! –Becky se puso blanca–. ¿Qué estás diciendo?

–Tienes veinticuatro años –le recordó él–. Nos has dedicado toda tu vida. Y ninguno nos hemos dado cuenta hasta que casi es demasiado tarde, pero todavía hay tiempo. Tienes que empezar a pensar en formar tu propia familia, Becky. Quizá, con el tiempo, Kilpatrick y tú....

–¡No quiero saber nada del señor Kilpatrick! –exclamó ella furiosa–. ¡Nunca más!

Clay titubeó.

–Sólo cumplía con su trabajo y su deber, Becky –dijo él–. A mí no me caía bien. Creía que era mi peor enemigo y no me gustaba verlo por casa. Pero lo importante es lo que tú sientes por él, Becky. No puedes pasar el resto de tu vida siendo la esclava de nosotros tres.

—Pero no es así —protestó ella—. Clay, os quiero a los tres.
—Claro, y nosotros a ti, pero tú necesitas algo que ya no te podemos dar —Clay sonrió—. Estoy loco por Francine, ya lo sabes. Me ha enseñado mucho sobre aceptar lo que somos. La quiero y quiero llevar una vida decente con ella. Tiene problemas con su tío y con sus primos por mi culpa, pero ya me ha prometido testificar a mi favor.
—Eso está bien —exclamó Becky.
—Me quiere —dijo él, como si no pudiera llegar a entenderlo—. Quiero ofrecerle el mundo, pero la próxima vez lo haré de forma más convencional.
—Me alegro de que quieras cambiar —dijo Becky—. Yo también te ayudaré.
—Ya me has ayudado bastante al creer en mí —dijo él. Cruzó los brazos—. Becky, ¿cómo está el abuelo?
—No ha cambiado. Es viejo y está cansado —dijo ella—. Mack y yo os echamos de menos a los dos.
—Supongo que este año no tendrás a nadie que te ayude a arar y sembrar. Ni tampoco a cortar el heno. Si se lo pides a Kilpatrick, seguro que te encuentra a alguien.
Becky lo miró con gesto serio.
—Prefiero morir de hambre antes que pedirle un favor.
—¿Por qué? —preguntó Clay—. ¿Porque me tenía vigilado y me pillaron?
Ésa no era la razón. La razón era que Rourke la había traicionado. Primero la sedujo y después, una vez conseguido el objetivo de detener a Clay, la abandonó. A eso se añadía la creciente amenaza de embarazo. Aunque en eso no quería pensar, al menos de momento.
Se levantó del camastro y se alisó la falda del vestido de cuadros.
—Me alegro de que tengas un buen abogado —le dijo.
—Gracias por venir a verme —dijo Clay, abrazándola—, y siento haberte metido en esta situación. Va a haber más publicidad, me temo. El señor Davis se presenta a las eleccio-

nes a fiscal, y estoy seguro de que utilizará este caso. Seguramente por eso accedió a defenderme.

—Sí —dijo Becky—. Cuídate. Si necesitas algo, haz que alguien me llame, ¿vale?

—Vale. Y descansa, hermanita —añadió él—. No tienes muy buen aspecto.

—Estoy cansada —dijo ella, forzando una sonrisa—. Voy a ver al abuelo todos los días, aunque él ni siquiera se da cuenta. Y además tengo que ocuparme de la casa.

—Deberían encerrar a papá —dijo Clay de repente, con irritación—. Por habernos dejado a todos bajo tu responsabilidad.

—No pienses en eso. Ya es demasiado tarde para que importe. De todas maneras, creo que he hecho un buen trabajo con vosotros dos —añadió con una sonrisa—. Incluso tú has acabado bien.

—No tanto como querría —dijo él con un suspiro—. Piensa en lo que te he dicho, Becky. La vida te está dejando de lado.

—Lo pensaré, pero no pienso entregar a Mack en adopción. He invertido demasiado tiempo en él.

Clay sacudió la cabeza.

—Ningún hombre va a querer cargar con él —dijo Clay serio—. Sería mucho pedir.

Becky sintió un profundo estremecimiento en el corazón. Ella también había pensado en eso, con demasiada frecuencia desde que Rourke empezó a invitarla a comer. Él tampoco querría la responsabilidad de toda la familia, y probablemente era el motivo por el que no había vuelto. Una cosa era el sexo y otra un compromiso de años. Becky había aceptado hacía muchos años que tendría que ocuparse de su familia. Ahora casi se arrepentía de haber aceptado la primera invitación a café de Rourke; había pagado muy caro su deseo de libertad y amor.

Se despidió de su hermano con un beso y cuando salió de los juzgados, se aseguró de no tener que pasar por delante del despacho de Rourke. Un desaire por su parte era lo más que iba a conseguir.

17

Rourke salió del restaurante donde había comido solo tan malhumorado como cuando entró. Después de ver a Becky pasar por delante de su despacho y ver lo demacrada, delgada y pálida que estaba, los remordimientos no lo dejaban vivir. La echaba de menos y estaba dolido porque ella pensaba más en Clay que en él. Estaba celoso de la ferviente defensa de su hermano, y de su lealtad con su familia. Él quería esa clase de amor incondicional, pero sabía que lo había estropeado todo al seducirla. Pero aquella noche la deseaba con tanta intensidad que no fue capaz de reprimirse, y la respuesta de Becky tampoco sirvió de mucha ayuda. Claro que eso no era una excusa, y ahora le había añadido el peso de un posible embarazo que probablemente ella no quería.

Rourke había estado solo toda su vida, y aunque muchas veces deseó tener una familia, nunca encontró a la mujer adecuada. Hasta que conoció a Becky, con su carácter divertido y travieso, su sonrisa fácil y su generoso corazón, y empezó a pensar en cosas compartidas en lugar de en solitario. Incluso la noche que se acostaron juntos, pensó en la posibilidad del embarazo no con temor sino con ilusión, y su entusiasmo fue tal que se olvidó totalmente de tomar precauciones.

Decidió que no le importaría casarse con ella. No, no le importaría en absoluto. Lo difícil sería convencerla.

Sólo habían pasado cuatro semanas desde la noche que hicieron el amor en su casa, y un embarazo, por lo que él sabía, se detectaba a las seis o siete semanas. Tenía tiempo para preparar una estrategia, se dijo mientras abría la puerta de su oficina.

La señora Delancey le había oído llegar y llamó a los demás trabajadores de la fiscalía. Cuando él entró, todos estaban de pie, delante de la mesa de la secretaria, agitando pañuelos blancos.

Rourke soltó una carcajada, algo que no hacía con frecuencia desde que dejó de ver a Becky. Sacudió la cabeza. No se había dado cuenta de lo insoportable que había estado las últimas semanas.

—Menudos idiotas —dijo riendo a su equipo—. Está bien, pillo el mensaje. Pero más vale que volváis al trabajo, porque incluso con una rendición incondicional no hago prisioneros.

—Sí, señor —dijo la señora Delancey sonriendo.

Rourke se sentó ante su escritorio. Tenía mucho trabajo retrasado, y ya había malgastado buena parte del día pensando en el futuro.

Dos semanas más tarde, Becky volvió de la consulta del médico al bufete con la mirada perdida.

Maggie, que tenía sus sospechas desde el principio, la tomó del brazo y la llevó al cuarto de baño. Allí cerró la puerta.

—¿Qué te ha dicho? —le preguntó.

Becky estaba muy pálida. Había intentado convencerse de que los síntomas se debían al cansancio, pero el doctor Miller lo desmintió por completo.

—Me han hecho pruebas y no tendrán los resultados hasta mañana —dijo Becky, ausente.

—¿Pero? —insistió Maggie.

Becky miró a su amiga a los ojos.

—¿No te lo imaginas?

Maggie sonrió.

—¿Lloramos o lo celebramos?

—No lo sé. No lo sé. Tengo mucho miedo —Becky se abrazó—. Lo que me preocupa no es el escándalo, sino la idea de ser responsable de un ser humano. Lo fui de Mack cuando murió mi madre, pero esto es diferente. Es parte de mí.

—Y parte de alguien más —dijo Maggie—. Aunque lo odies tiene derecho a saberlo.

Becky enrojeció de ira.

—Sabía que había un riesgo, pero no me ha llamado ni me ha hablado desde el día que vino aquí. No le importa, nunca le ha importado. Sólo me invitó a salir por Clay, que fue lo que pensé al principio.

—No te confundas con él —dijo Maggie—. No es tonto. Me apostaría lo que sea a que sabe el día exacto que tendrás los resultados, y entonces te lo encontrarás sentado en el porche de tu casa cuando vuelvas después del trabajo.

Becky se odió por el vuelco de alegría que le dio el corazón al pensarlo. No quería que Rourke la llamara y fuera a verla. Era un traidor, se aseguró, y ella estaba mucho mejor sin él.

Pero entonces pensó en su hijo y se preguntó a cuál de los dos se parecería. ¿Tendría los ojos oscuros como él, o castaños como ella? Se obligó a apartar aquellas ideas de su mente. Pero cuando se imaginó meciendo al pequeño en brazos la invadió una inmensa alegría. Tener un hijo propio, amarlo, cuidarlo y criarlo era... un milagro.

Rourke pensaba lo mismo sentado en el balancín del porche de la casa de los Cullen. Habían pasado seis semanas, y ahora ella lo sabría con certeza. Además, había llamado a la consulta del doctor Miller y le habían confirmado la visita de Becky. Dio una bocanada al puro sintiendo una agradable sensación de felicidad. Becky lo odiaba, pero eso era un obstáculo perfectamente salvable. Él era muy testarudo y esperaría a que cambiara de opinión.

El coche de Becky se detuvo delante del porche, y Rourke vio el destello de sorpresa de sus ojos al verlo. Becky salió del coche, y Rourke se preguntó dónde estaría Mack.

Becky caminó hacia él. Llevaba un vestido suelto azul sin mangas con una camiseta de manga corta rosa debajo y el pelo recogido en una coleta. Se detuvo en el porche frente a él, sujetándose con la mano a la barandilla de madera, que necesitaba una mano de pintura.

—¿Quiere algo, señor Kilpatrick? —preguntó con frialdad.

Él sopló una nube de humo y recorrió el cuerpo femenino con los ojos con evidente placer.

—Lo de siempre —respondió él—. Un montón de dinero, una isla privada y un par de Rolls Royces o tres, pero me conformo con un café y un poco de conversación.

—No tengo café y no quiero conversar contigo —dijo ella, beligerante—. La última vez que nos vimos me dijiste unas cosas horribles, y cuando pasé por la puerta de tu despacho en el juzgado me ignoraste.

—Tenías una pinta horrible, y yo muchos remordimientos —dijo él—. Todavía los tengo.

—Gracias, pero no hace falta. Clay tiene un buen abogado, el abuelo está en una buena residencia y Mack y yo estamos bien.

—¿Dónde esta Mack? —preguntó él.

—Pasando el día con uno de sus amigos en el lago. Tienen un barco.

Rourke se levantó del balancín con el puro en la mano. Era un día de trabajo y todavía llevaba el traje tostado con una corbata en tonos marrones que se puso para ir a su despacho. El pelo negro estaba bien cortado, su aspecto era elegante y peligroso, y el olor, al acercarse a Becky, era de colonia cara que a ella le trajo recuerdos dolorosos.

—¿Por qué has venido? —preguntó ella.

Rourke le alzó la barbilla y buceó en sus ojos.

—Has ido a ver al doctor Miller. Quiero saber qué te ha dicho.

—Hasta ahora no has estado muy interesado —dijo ella con amargura.

—No habría servido de nada —respondió él, deslizando los ojos hasta el vientre plano.

Becky se apartó de él y abrió la puerta de la casa. Rourke la siguió al interior. Becky encendió las luces y fue directamente a la cocina a preparar café. Pero sólo porque a ella le apetecía uno, se aseguró.

Rourke buscó un cenicero antes de dar media vuelta a una silla y sentarse en ella. Después observó a Becky moverse por la cocina y se dio cuenta de lo solo que había estado sin ella.

—No me has respondido —dijo él.

—Me ha hecho unas pruebas —dijo ella, después de poner la cafetera al fuego—. No tengo los resultados.

—Dios, qué cabezota eres —suspiró él, sacudiendo la cabeza—. Los dos sabemos que a estas alturas los análisis son una formalidad. Existen síntomas como el cansancio, las náuseas, ser incapaz de mantenerse despierta por la noche...

—¿Cuántas veces has estado embarazado? —preguntó ella irritada.

Él se echó a reír. Los dientes blancos brillaron sobre el tono oscuro de su piel.

—Ésta es mi primera vez —murmuró él—. Pero he comprado un libro y describe los síntomas.

—Si estoy embarazada es mío —le informó ella.

—Si estás embarazada es nuestro —la corrigió él, sin inmutarse—. Yo te ayudé a concebirlo.

Becky se puso roja como un tomate.

—Es posible que no lo esté —murmuró ella desviando la mirada—. Hay muchas cosas con los mismos síntomas.

—Ya, claro. ¿Cuándo tuviste la última regla?

—¿Cómo te...? —Becky agarró una taza y se la tiró a la cabeza, aunque no llegó a darle.

La taza de cerámica se estrelló contra la pared y cayó hecha añicos al suelo.

—Como mínimo seis semanas de retraso, supongo por las pruebas —murmuró él, chasqueando la lengua y mirando los trozos en el suelo—. ¡Qué desastre!

—Ojalá estuviera tu cabeza también ahí —gritó ella, furiosa.

—Ésa no es forma de hablar al padre de tu hijo—le dijo él—. ¿Cuándo nos casamos?

—¡No pienso casarme contigo! —le espetó ella, furiosa al ver que se tomaba algo tan importante con tanta ligereza.

No se le ocurrió que Rourke estaba tratando de ocultar lo encantado e ilusionado que estaba en realidad.

—Claro que sí —respondió él—. Ser hijo ilegítimo no es nada fácil. Lo he arrastrado toda mi vida.

—Me casaré con otro.

—¿Ah, sí? ¿Con quién? —preguntó él, sinceramente interesado.

Becky sirvió dos tazas de café solo. Estaba tan nerviosa que casi las volcó al ponerlas sobre la vieja encimera de madera.

—Gracias. Haces un café buenísimo —dijo él.

Ella no respondió. Bebió el suyo procurando no mirarlo. Tras un par de minutos, alzó los ojos.

—Casarte conmigo podría perjudicarte profesionalmente —dijo—. Por no mencionar que volvería a ponernos en el punto de mira. Además, tengo que pensar en mi familia. Tengo que cuidar de Mack y el abuelo.

Los ojos masculinos se encendieron de rabia.

—Tu familia puede cuidarse sola si les dejas. Pero no quieres que sean independientes, quieres que dependan de ti. Te resulta mucho más fácil que depender tú de alguien, ¿no?

—Nunca he tenido a nadie de quien depender —dijo ella—. Y tampoco existe nadie en quien confíe lo suficiente para depender de él, y mucho menos tú. Confié en ti, y mira lo que ha pasado.

Los ojos oscuros se clavaron en la cara encendida.

—Dime que tú no querías —dijo él—. Dime que te obligué.

—Podrías haber tomado precauciones.

En eso Becky tenía razón. Él no podía negarlo.

—Cometimos un error. Ahora tenemos que vivir con ello.

No era lo que ella quería oír. Ella quería oírle decir que la amaba, que quería tener a su hijo y a ella, y que estaba contento y feliz por ello.

—Tú no tienes que vivir con ello —dijo ella, orgullosa—. Yo puedo ocuparme del niño. No necesitas hacer ningún sacrificio por mí.

Rourke arqueó las cejas.

—No soy un monstruo. Cree al menos que estoy interesado en mi propio hijo.

Becky desvió la mirada.

—Lo siento. Sí, al menos puedo creer que sabes sacar partido de una mala situación. Supongo que tienes tan pocas ganas de tenerlo como yo —mintió ella.

Rourke se puso pálido. Tensó la mandíbula.

—Por supuesto que quiero tenerlo. Si tú no quieres, yo me ocuparé de él. Sólo tienes que parirlo.

Becky se arrepintió de sus palabras en cuanto salieron de su boca. Y mucho más cuando vio la expresión de Rourke.

—No, no quería...

Él se levantó y la miró desde su altura.

—No soy totalmente insensible —refunfuñó él—. Sé que tu abuelo y tus hermanos son demasiada responsabilidad para ti y un bebé es lo último que necesitas —se metió las manos en los bolsillos y cuando la miró a los ojos su expresión era terrible. No quería decirlo, pero ella también tenía derechos—. No puedo obligarte a tenerlo, claro. Tu cuerpo es tuyo —añadió tenso—. Así que si crees que la mejor solución es un aborto, si de verdad es lo que quieres, yo lo pagaré —añadió, entre dientes.

Dentro de los bolsillos tenía las manos tan apretadas que los nudillos estaban blancos.

—¡Oh, Dios mío! —murmuró ella con incredulidad, bajando la mirada a la mesa.

En ningún momento había querido darle esa impresión. Se dio cuenta de que Rourke quería ser justo con ella, pero la expresión de su rostro al decirlo le llegó al corazón.

—Ya me comunicarás tu decisión —dijo él volviéndose hacia la puerta—. Asumiré la responsabilidad económica de lo que sea. Como has dicho, no tomé las precauciones necesarias, así que es culpa mía.

Y se fue antes de que ella pudiera corregir la equivocada impresión que le había dado. Becky se cubrió la cara con las manos. Aunque todo había sido un error quería al niño que llevaba en el vientre por encima de todo. Lo quería con todas sus fuerzas, y le habría gustado poder hacerle entender sus sentimientos. Pero él la miró con un desprecio tan infinito que en el futuro sería muy difícil enfrentarse a él.

Además, al día siguiente tuvo los resultados de los análisis y eran definitivos. Estaba embarazada.

Las visitas al tocólogo eran caras, así como las vitaminas que le recetó. Aunque tenía un seguro con la empresa con la que trabajaba, éste no cubría el embarazo ni el parto.

Además, ahora que Mack no tenía colegio, tendría que pagar a algún vecino para que se quedara con él mientras ella trabajaba. Y el coche necesitaba una revisión.

Desesperada, buscó un trabajo repartiendo periódicos por las casas por las mañanas. Para hacerlo tenía que levantarse antes del amanecer, pero era el único trabajo que podía compaginar con el horario del bufete. Cuando Mack se enteró se puso furioso, pero no estaba en posición de impedírselo.

El abuelo cada día tenía menos ganas de vivir y parecía dispuesto a dejarse morir.

Clay, por otro lado, iba dando información al señor Davis para su defensa. Todavía estaba nervioso sobre delatar a los hermanos Harris, y no había tomado una decisión. Becky tampoco podía aconsejarle, ya que en su actual estado aunque no le importaba arriesgar su vida, no podía arriesgar la del bebé.

A medida que pasaban los días, el niño se convirtió en su razón para vivir. De no haber sido por los dos trabajos y la preocupación por Clay y el abuelo, probablemente habría podido superar el primer trimestre de embarazo sin problemas, pero lo cierto fue que empezó a adelgazar y por las tardes se encontraba mucho peor de lo que estaba por las mañanas.

Rourke se presentó el viernes por la tarde con un aspecto terrible. Despeinado, con unos vaqueros y un suéter blanco de punto con manchas de grasa, estaba furioso, irritado y muy tenso.

Pero cuando vio a Becky tumbada en el sofá, tan demacrada y delgada, toda la irritación se desvaneció.

—Dios mío, tienes un aspecto horrible —exclamó—. ¿Puedes comer una tortilla?

—¡No! —gimió Becky y hundió la cara en el trapo húmedo que Mack le había llevado.

—Pues la vas a tener que comer, porque es lo único comestible que sé cocinar. Mack me ha dicho que tampoco has comido.

Becky miró a su hermano, que estaba viendo un programa en la televisión.

—Traidor —le acusó.

—Era el único que se me ha ocurrido que le importaría si te morías —dijo él.

—¿Y por qué has pensado que le importaría al fiscal del distrito? —preguntó, furiosa.

—Venga, Becky. Es su hijo —dijo Mack.

Becky se sentó de repente, escandalizada.

—¿Qué has dicho? —preguntó sin respiración.

—Es fácil. Fuiste al médico y el médico te mandó al ginecólogo, y el señor Kilpatrick es el único hombre con el que has salido en tu vida —explicó el niño con un encogimiento de hombros—. No ha sido tan difícil de adivinar.

—¿Adónde vamos a llegar? —dijo ella, tapándose la cara con las manos.

—No lo sé —dijo Rourke, mirándola furioso—. Cuando una mujer no quiere casarse con el padre de su hijo, yo diría que el mundo está muy mal.

—¿Becky no quiere casarse con usted? —exclamó Mack sin poder creerlo.

—¿Lo ves? ¡Hasta has escandalizado a tu inocente hermano!

—El niño no tendrá nombre —suspiró Mack.

—Claro que lo tendrá —le aseguró Rourke pasando un brazo cariñoso por los hombros delgados de Becky—. Esperaremos a que empiecen las contracciones y colaremos a un sacerdote en el paritorio —sonrió—. Él nos casará.

—¡No! —protestó ella, y de repente sintió arcadas—. Oh, no.

Haciendo caso omiso a su negativa, Rourke la levantó del sofá y la llevó por el pasillo hasta el cuarto de baño. Allí se ocupó de ella, sosteniéndola hasta que se pasaron las náuseas. Después la ayudó a limpiarse con una esponja y, tomándola en brazos de nuevo, la llevó a su habitación y la tendió suavemente en la cama.

—Necesitas descansar —le dijo—. Mack me ha contado lo de los periódicos, pero lo siento, cielo, estás despedida. Le he dicho a tu jefe que en tu estado no podrás seguir haciéndolo.

—¡No es verdad! —exclamó ella.

—Claro que lo es. Yo me ocuparé del tocólogo y de los gastos de la farmacia —le dijo—. He contratado a un hombre para que se ocupe del campo y de los animales. El huerto tendrá que esperar hasta el otoño, pero cuando llegue el momento me ocuparé de que se are y se fertilice para que esté listo para la siembra —miró a su alrededor, ignorando las débiles protestas de Becky—. La casa también necesita arreglos, así que me ocuparé también de eso.

—Rourke, escúchame un momento... —empezó ella.

Él la miró y le sonrió con ternura.

—Me alegro de que te acuerdes de mi nombre.

—No puedes —protestó ella.

—Sí, claro que puedo —se inclinó hacia ella y le acarició los labios con los suyos, cerrándoselos—. Voy a prepararle la cena a Mack. Tú intenta dormir un poco. Vendré a verte después.

—No puedes tomar el mando —lo intentó ella de nuevo.

—¿No? —él se rió suavemente—. Buenas noches.

Apagó la luz y salió, cerrando la puerta despacio tras él.

—Lo haces sólo por el niño —murmuró ella antes de cerrar los ojos—. No por mí, yo no te importo nada. Pero esta vez no me volverás a engañar.

Y después de dejarlo bien claro, se quedó dormida.

Becky durmió hasta la mañana siguiente. Despertó vestida pero cubierta con la sábana. Rourke, sin duda, pensó amargamente. Bueno, al menos no la había desnudado.

Mack estaba sentado viendo la televisión cuando fue a la cocina a preparar el desayuno para el niño y para ella, pero casi se dio de bruces con Rourke, que estaba sentado en una silla con las largas piernas estiradas delante de él.

—¿Qué haces aquí? —preguntó ella—. ¿No te fuiste anoche?

—Evidentemente —dijo él, indicando los pantalones de tela gris y la camisa azul de rayas. Estaba recién afeitado y olía a colonia—. Desayuna y después iremos a ver al abuelo.

Becky abrió la boca horrorizada.

—¿Tú también? No, tú no puedes venir. Si te ve conmigo le dará otro infarto.

—Claro que puedo —la informó él sin inmutarse—. Tienes un par de tostadas de canela en el horno, y café en la cafetera —dijo él, levantando la taza de café humeante que llevaba en la mano para demostrarlo—. Será un placer servírtelo, pero no me atrevo a ofrecerlo —añadió con una lenta sonrisa—. No quiero que me tires otra taza a la cabeza.

Becky se aclaró la garganta.

—No puedo permitirme el lujo de perder más vajilla —le dijo, y se cerró un poco más la desgastada bata azul—. Lo siento —se disculpó—. Últimamente estoy muy susceptible.

Él asintió.

—Según el libro, se debe a los cambios hormonales y metabólicos que se producen durante el embarazo —respondió él—. Come algo.

Becky prefirió no protestar y fue a servirse una tostada en un plato y una taza de café. Tenía el estómago revuelto y no estaba segura de no vomitar. Mordió un pequeño bocado y después de masticarlo y tragarlo muy despacio esperó a ver qué tal le sentaba.

—¿Qué tal? —preguntó él, moviéndose en la silla.

Becky asintió en silencio.

—Bien —Rourke bebió un trago de café y sacó un puro, pero no lo encendió, sino que lo dejó junto a su plato—. Esperaré a fumarlo fuera —dijo al ver la curiosidad en sus ojos—. No quiero que tengas más náuseas de las que tienes.

—Qué amable —murmuró ella.

—¿Has decidido lo que quieres hacer con el niño? —preguntó él sin mirarla, totalmente inmóvil en la silla.

Su actitud era más elocuente que mil palabras. Becky estudió el perfil del hombre y casi pudo sentir el dolor que emanaba de él. Parecía tan autosuficiente y tan acostumbrado a estar solo que ella nunca lo hubiera imaginado formando una familia, pero últimamente daba la impresión de ser un hombre con un intenso deseo de tener un hijo.

—Una vez intenté coser a una culebra que golpeé con la azada, a pesar del miedo que me dan las serpientes —explicó ella, mirando su reflejo en la taza de café, consciente de la penetrante mirada masculina clavada en ella—. No podría abortar. Algunas mujeres pueden, supongo, sobre todo si no quieren tener el niño. Pero yo quiero tenerlo. Mucho.

Un sonido profundo y desgarrador escapó de la garganta de Rourke, pero cuando Becky alzó la cabeza, éste ya se había levantado e iba hacia el salón de espaldas a ella. No pudo verle la cara.

Rourke no volvió. Becky comió un poco más de tostada y después fue a vestirse, sin querer pensar en su reacción.

Cuando Mack fue a buscarlo, Rourke estaba sentado en el balancín del porche fumando un puro.

—Becky se está vistiendo —dijo, sin saber muy bien qué decirle. Su aspecto era muy diferente, pálido, como afectado—. ¿Se encuentra bien? —preguntó con cautela.

—Sí. Siéntate.

Mack se dejó caer en el balancín a su lado.

—¿Por qué está Becky tan enfadada con usted? —preguntó—. Es por el niño, ¿verdad?

—Probablemente —respondió Rourke, con un suspiro de cansancio, mientras se pasaba una mano por el pelo. Después miró al niño con una ternura que lo pilló totalmente desprevenido—. Espera a tener la edad de Clay y te lo explicaré.

—¿Se le pondrá la tripa grande, como en las películas? —preguntó Mack.

Rourke asintió.

—Como un globo.

—¿Será niño o niña?

—Aún no lo sabemos —dijo Rourke—. Aunque no creo que quiera saberlo. Me gustan las sorpresas —añadió.

—Pero Becky no se quiere casar con usted, señor Kilpatrick.

—Tranquilo, se casará —le aseguró él, totalmente convencido—. Aunque no lo haga por mí, lo hará por el niño.

—Eso significa que seremos familia —dijo el niño.

Rourke aspiró una bocanada de humo.

—Irrevocablemente.

Mack se miró los pies sin verlos.

—¿Y Clay? Yo le denuncié.

Rourke le puso un brazo por los hombros.

—Tú y yo somos los únicos que lo sabemos. Y nadie lo sabrá por mí, ¿de acuerdo?

—Pero...

Rourke volvió la cabeza hacia el niño y lo miró a los ojos.

—¿De acuerdo? —repitió.

—De acuerdo. Gracias.

—Un hombre tiene que cuidar de su cuñado más joven, ¿no te parece? —dijo Rourke con una sonrisa, sin querer pensar en lo que esa promesa podía influir en su futuro con Becky.

Dentro de la casa, Becky se puso un par de vaqueros que de repente le quedaban muy ajustados y una blusa ancha que le llegaba hasta la cadera. Se cepilló el pelo, se dio un poco de maquillaje y fue a reunirse con Mack y Rourke en el porche principal.

—¿Lista? —preguntó él poniéndose en pie al verla aparecer—. Yo conduciré.

—Buena idea —dijo Mack—. El coche de Becky a veces funciona y a veces no, nunca puedes estar seguro.

—Es un buen coche —protestó Becky.

—Más viejo que Matusalén —añadió Mack, que al sentarse en el asiento de atrás del coche de Rourke exclamó entusiasmado—. ¡Qué pasada! ¡Cómo mola!

Y empezó a examinarlo todo, desde los ceniceros a los reposabrazos.

—¿Está mejor tu abuelo? —preguntó Rourke a Becky, que estaba sentada a su lado.

El coche se deslizaba suavemente por la carretera. Becky miró a Mack, que miraba por la ventanilla, y después a Rourke y sacudió negativamente la cabeza.

—¿No tiene ganas de vivir?

—Ninguna —dijo ella, bajando la voz—. Cuando intento hablar con él, cierra los ojos y se niega a escucharme.

—Necesita algo que le anime —murmuró él.

—No. Necesita descanso.

—El descanso no lo sacará de allí —insistió Rourke, sin decir nada más y dejando hablar a un entusiasmado Mack que no calló en todo el trayecto hasta la residencia de ancianos donde estaba internado el abuelo.

Los tres entraron en su habitación. Había otra cama vacía, pero con los restos de una bandeja de desayuno, lo que indicaba que había otra persona. Becky se sentó en una silla y Rourke en la otra, mientras Mack lo hacía en la cama del abuelo y le tomaba la mano.

—Hola, abuelo —le dijo—. ¿Qué tal te encuentras hoy? En casa te echamos mucho de menos.

El hombre movió ligeramente las pestañas, pero no abrió los ojos.

—Es verdad, mucho —añadió Becky—. ¿Te encuentras mejor?

Tampoco obtuvo respuesta.

Rourke miró a los dos y después se levantó y se acercó a la cama.

—Se ha perdido un buen desayuno en casa —dijo él, y se llevó los dedos a los labios cuando Becky fue a hablar—. Por no mencionar el exquisito café que preparo.

Los pálidos ojos azules se abrieron y miraron furiosos a Rourke.

—¿Qué estaba... haciendo en mi casa? —balbuceó el abuelo evidentemente irritado.

—Cuidar a Becky y Mack —le respondió Rourke sencillamente.

El abuelo Cullen intentó incorporarse y sentarse.

—Oh, no, de eso nada, maldito sinvergüenza —exclamó con su voz ronca que de repente parecía haber cobrado nueva vitalidad—. No le permito que esté con mi nieta a solas. Ya ha hecho bastante daño a mi familia.

—Habla como si ya lo supiera, ¿a que sí? —dijo Rourke a

una Becky que lo miraba horrorizada sin dejar de espiar al anciano.

El abuelo se detuvo sin terminar de sentarse.

—¿Qué es lo que ya sé? —quiso saber.

—Lo del embarazo de Becky —dijo Rourke, dejando a Becky sin habla.

El abuelo se puso rojo de ira y miró furioso a Rourke.

—¡Cerdo! Si tuviera el bastón a mano le daría un buen azote.

—Para eso tendrá que empezar a comer y recobrar las fuerzas —dijo el hombre más joven con aparente indiferencia—. Y venir a casa, por supuesto.

—Claro que volveré —murmuró el anciano. Y acto seguido miró a Becky—. ¿Cómo has podido? ¡Tu abuela se está revolviendo en su tumba!

Becky bajó la cabeza, sintiéndose avergonzada y cohibida. Ahora todo el mundo sabía lo que había hecho con Rourke. Ella era la prueba más evidente.

—No te pongas así —le dijo Rourke, mirándola con ternura—. Nunca hay que avergonzarse de un hijo. Y lo mismo le digo a usted —le dijo al abuelo, clavándole los ojos—. Becky y yo queremos a ese niño. Lo concebimos demasiado pronto, pero ninguno de los dos queremos deshacernos de él.

—Eso espero —dijo el anciano, e hizo una mueca—. No quiere casarse con usted, ¿verdad? —dijo, esbozando una sonrisa—. Usted la engañó para detener a Clay. Ella lo sabe.

—Al principio empecé a invitarla por eso, sí —reconoció él, odiándose por haber albergado aquellas intenciones.

—Me lo imaginaba.

Becky no podía mirarlo. Aunque lo había sospechado, era demasiado doloroso escucharlo con todas las palabras.

Rourke vio la expresión dolida en la cara pálida y pecosa y sintió haberla utilizado así. Sus sentimientos hacia ella fueron cambiando drásticamente a medida que la conocía mejor, y ahora se arrepentía de ello. Pero era mejor decir la verdad; tenía que ganarse de nuevo su confianza y hacerle ver lo que sentía por ella antes de hacer más confesiones. Y además, en ese momento, tenía otras prioridades: el abuelo y Clay.

Aunque el abuelo estaba empezando a dejar de ser un problema. O a ser uno más gordo, dependiendo de cómo se mirara.

—Quiero salir de aquí —gruñó el abuelo, luchando para ponerse en pie y jadeando por el esfuerzo—. No consentiré que se salga con la suya.

—¿Con qué? —preguntó Rourke educadamente mientras intentaba refrenar al abuelo y contener una sonrisa.

—¡Con comprometer a mi nieta! —dijo el abuelo en voz alta.

—Yo no la he comprometido, sólo...

—¡Ni se te ocurra decirlo! —exclamó Becky al ver el brillo malicioso de los ojos masculinos.

Rourke se encogió de hombros.

—Está bien. Sólo iba a decirle que tú me provocaste.

—¡No es verdad!

—Cariño, has arruinado mi reputación —insistió Rourke, emperrado, con una expresión tan cómica que Mack tuvo que contener una risita—. Ahora todos saben que soy un hombre fácil. Las mujeres escribirán mi teléfono en los baños públicos, y en el trabajo se me echarán encima, ya lo verás. Y todo por tu culpa. Tú sabías que no tengo nada de fuerza de voluntad.

El abuelo no sabía cómo tomárselo. En su época, ver el tobillo de una mujer era indecente. Ahora, Rourke y Becky hablaban de un hijo que habían engendrado y no estaban casados. El único consuelo era que los dos querían tener el niño. Y la forma en que Rourke miraba a Becky cuando ella no lo veía.

Se tumbó despacio, todavía furioso con la idea de que

Rourke tomara el mando en su casa, pero era la primera vez que sentía ganas de vivir desde la noche de la detención de Clay.

—¿Te encuentras bien? —preguntó Becky.

El abuelo asintió y respiró hondo.

—Me han dicho que me recuperaré. Siento el dinero que te ha costado, Becky —añadió, un poco avergonzado de que su estancia no hubiera servido para nada.

—Olvídate del dinero —le dijo su nieta—. Todo se arreglará.

—Si ése es el caso, ¿qué tal si lo sacamos de aquí el lunes y lo llevamos a casa? —sugirió Rourke, cambiando de conversación.

No quería que el abuelo hiciera más preguntas sobre la factura, que podían llevar a Becky a cuestionarse la inexistente subvención gubernamental y descubrir que era él quien estaba pagando la estancia en la residencia. Todavía no le había dicho eso ni lo que había hecho por Clay.

—Quiero volver a casa, pero no quiero verlo por allí —dijo el abuelo con firmeza, mirando a Rourke.

—Lo siento, pero no le quedará otro remedio —dijo Rourke con una tranquilidad pasmosa—. La casa está que se cae. Tengo que pintar, arreglar las puertas, poner mosquiteras... Y no puedo permitir que mi futura esposa viva en una casa tan destartalada.

—¡No soy tu futura esposa! —exclamó Becky, furiosa.

—¡Es mi casa! —añadió el abuelo en un tono similar.

Rourke se volvió a mirar a Mack.

—No sé cómo lo aguantas —le dijo—. Cielos, pobre crío.

Mack se echó a reír. Rourke le caía bien, y tenía la impresión de que Becky no iba a poder librarse de casarse con él.

La discusión continuó un rato más, pero Rourke los ignoró hasta que la conversación volvió a Clay y el juicio.

—¿Quién es ese Davis que va a defenderlo? —quiso saber el abuelo.

—Un abogado negro... —empezó Becky.

—¡¿Negro?! —explotó el abuelo.

—Negro —dijo Rourke en tono de desafío—. No es una palabrota. J. Davis es uno de los mejores abogados defensores del país. Gana medio millón de dólares al año, y es uno de los mejores. Esta vez ha renunciado a sus honorarios para defender a Clay, así que será mejor que piense en dejar a un lado sus prejuicios mientras dure el juicio.

Los ojos azules claros del abuelo se entrecerraron.

—Si dice que ese hombre es un buen abogado, eso es lo importante. No quiero que Clay vaya a la cárcel.

—Irá —le aseguró Rourke con serenidad—. Espero que lo entienda. Ha cometido varios delitos y hay pruebas suficientes para condenarlo.

—Me dan igual las pruebas —dijo Becky tensa, insistiendo en lo que había pensado desde el principio—. Conozco a Clay y sé que nunca haría una cosa así.

Por lo que Clay le había contado, Rourke estaba de acuerdo con Becky, pero todavía no estaba dispuesto a compartir esa información con ella.

—Es posible que pueda hacer un trato —continuó, como si Becky no hubiera hablado—. Teniendo en cuenta que es su primer delito, es posible que no esté mucho tiempo en la cárcel. Si ofrece pruebas contra sus cómplices, se le tendrá en cuenta de manera muy favorable, estoy seguro —añadió—. Y si podemos relacionar a los Harris con la muerte de ese niño, Dennis, esos desalmados acabarán una buena temporada a la sombra.

—¿Y qué pasará con Becky si lo hace? —preguntó el abuelo, preocupado—. Si han sido capaces de poner una bomba en un coche, nada les impedirá atacar a una mujer.

—Soy consciente de ello —dijo Rourke sin pestañear—. Pero para llegar a Becky tendrán que vérselas primero conmigo. No le harán daño. Se lo garantizo.

Becky sintió una agradable sensación de bienestar al oírlo y bajó los ojos cuando él la miró.

Al abuelo no se le pasó por alto, y apretando los labios, esbozó una sonrisa.

—¿Ha decidido algo Clay? —preguntó.

—Todavía no —dijo Becky.

—¿Has ido a verlo últimamente?

Becky hubiera preferido no tener que responder a esa pregunta, pero ahora no le quedaba otro remedio. Todos la estaban mirando.

—Tiene un nuevo compañero de celda —dijo hablando despacio—. Está acusado de intento de violación. No... no me dijo nada, pero me miró de una manera que se me puso la carne de gallina. Desde entonces no he vuelto. Sé que Clay lo entiende. A él tampoco le gustó nada.

—¿Por qué no me lo has dicho? —quiso saber Rourke.

La sangre le ardía en las venas al imaginar a Becky en esa situación. Era un problema que él podía resolver con una simple llamada telefónica.

—¿Cómo iba a decírtelo? —respondió ella irritada—. ¡Hace semanas que no nos hablamos!

—Nos hablamos desde hace dos días —le recordó él, igual de irritado.

—No me lo has preguntado —dijo ella con arrogancia.

Él la miró furioso.

—No volverá a suceder. Diré que cambien a ese hombre de celda y los dos iremos a verlo.

—A Clay no le hará ninguna gracia.

—¿Por qué?

—No le caes bien —dijo ella frunciendo el ceño, como si fuera lo más evidente del mundo—. Tú lo delataste, por el amor de Dios.

Mack se puso pálido y fue a hablar, pero Rourke lo obligó a callar con la mirada.

—Cierto —dijo—. Será mejor que vayas a verlo sola.

La enfermera entró a comprobar las constantes vitales del abuelo y se detuvo en seco cuando lo vio sentado en la cama conversando con sus nietos y el otro hombre. No preguntó nada, pero cuando salió de la habitación iba sonriendo.

Poco después, Rourke se llevó a Mack y a Becky de la habitación tras prometer al abuelo que volvería el lunes por la mañana con Becky para llevarlo a casa.

—Pero yo tengo que trabajar —dijo ella, caminando hacia el coche.

—Yo también —dijo él, sacando las llaves del bolsillo—. Pediremos una hora libre, es todo lo que necesitamos.

—Pero no habrá nadie en casa para cuidar de él.

—Claro que sí —dijo Mack sonriendo—. Yo puedo darle las pastillas y acompañarlo. Así no tendré que quedarme con la señora Addington. Prefiero estar con el abuelo. Es mi colega.

Rourke sonrió.

—No sé... —titubeó Becky.

—Mack tiene casi once años —le recordó Rourke cuando estaban en el coche regresando a la granja—. Es inteligente y sabe mantener la calma. Tiene tu teléfono del trabajo, y yo le daré el mío. No tienes de qué preocuparte.

Becky se rindió. No tenía fuerzas para seguir peleando y estaba terriblemente agotada. Apoyó la cabeza en el reposacabezas y cerró los ojos.

—Está bien —murmuró sin fuerzas.

Cuando llegaron a casa estaba dormida. Rourke sacó la llave de su bolso y se la dio a Mack para que abriera la puerta mientras él la sacaba del coche.

Becky se despertó cuando Rourke estaba quitándole los zapatos en su habitación.

—Me he quedado dormida.

—Has tenido un día agotador —dijo él—. Y te cansas fácilmente. Ahora descansa, pequeña.

—¿Y Mack?

—Ha ido a ver a su amigo John —la informó él, mirándola—. Estás agotada de tanto trabajar. ¿A quién se le ocurre? Repartir los periódicos al amanecer.

—Era lo único que podía compaginar con mi horario de trabajo —dijo ella a la defensiva.

Los oscuros ojos masculinos fueron desde la cara pálida y pecosa al cuerpo frágil y delgado, y de nuevo a la cara, a las marcadas ojeras y las mejillas demacradas.

—No debí estar lejos de ti tanto tiempo —dijo él con voz grave—. Pero para mí las relaciones no son fáciles. He pasado casi toda mi vida adulta solo. Ver que te preocupabas más por Clay que por mí me enfureció, sobre todo porque la víctima del intento de asesinato era yo —hundió las manos en los bolsillos—. Quizá sea normal poner primero a tu familia. Yo no tengo familia, así que no lo sé. Pero no debería haber permitido que el resentimiento me mantuviera alejado de ti cuando me necesitabas.

—Yo también siento haber dicho lo de la bomba —dijo ella, buscando en su rostro—. No lo decía en serio. Me dolió que espiaras a Clay para detenerlo.

Rourke apretó los dientes. Era el mayor obstáculo para su futuro en común, pero no podía hacer nada sin incriminar a Mack. Desvió la mirada.

—No soy perfecto, cariño.

Ella asintió. Se tumbó sobre las almohadas con un suspiro cansado.

—Gracias por lo que has hecho por el abuelo —dijo—. Pero ahora nos las podemos arreglar solos.

—Me alegra oírlo, pero no te las arreglarás sin mí —dijo él, con su cabezonería habitual. Se acercó a la cama y la miró—. No quieres verme por aquí. Vale. Lo entiendo, pero necesitas a alguien, y a menos que puedas sacarte a otro hombre del sombrero, ese hombre seré yo. No puedes con todo esto sola.

—¡Hace años que lo hago sola!

—Pero no embarazada —respondió él.
—¡Rourke! —empezó Becky con irritación.
Él se sentó en la cama y se inclinó sobre ella.
—Nunca he conocido a nadie tan testaruda como tú —le dijo. Sus ojos cayeron a los labios femeninos—. Ni tan encantadora. Estoy solo, Becky. Tan solo...

Desde luego sabía cómo retorcer la navaja, pensó ella, a la vez que aspiraba el aliento masculino con los labios entreabiertos. Rourke le apartó unos mechones de la cara y le besó los párpados. A Becky se le aceleraron los latidos del corazón al sentir los labios deslizarse hacia las mejillas y después, inevitablemente, a sus labios.

—¿Recuerdas lo intenso que fue aquella noche? —jadeó él en su boca entreabierta.

Un gemido ahogado escapó de la garganta femenina.

—Sí, lo recuerdas —dijo él—. ¿Recuerdas cómo nos aferramos el uno al otro en el suelo, tan excitados que no nos importó el lugar, ajenos a todo excepto el placer que compartían nuestros cuerpos unidos moviéndose al unísono en un ritmo frenético?

Rourke deslizó las manos por la garganta hasta los senos hinchados bajo la camiseta. Becky se tensó cuando se los acarició con los dedos.

—Me mordiste —susurró él, alzando la cabeza para verle los ojos—. Y al final recuerdo haberme alegrado de que las ventanas estuvieran cerradas, para que los vecinos no te oyeran gemir bajo mi cuerpo.

—Basta —susurró ella—. No sigas.

—Calla —dijo él sobre sus labios.

Le desabrochó el sujetador y le apartó la tela para poder acariciarle la piel y calmar el dolor que él mismo había creado.

—Por favor —gimió ella, a la vez que lo ayudaba con las manos, levantándose la camiseta y ofreciéndose a sus ojos y a su boca—. Por favor, Rourke, esto no es justo.

Él le tomó los senos con las palmas de las manos y se los llevó a la boca. Los acarició con una succión lenta que la llevó al borde del éxtasis. Becky dejó de protestar y cerró los ojos.

Rourke deslizó la otra mano a los vaqueros y encontró el botón de arriba desabrochado. Sonriendo, bajó la cremallera y tomó posesión con los dedos del vientre donde estaba su hijo.

—¿Ya puedes sentir al bebé? —preguntó en un susurro, alzando ligeramente la boca.

—Aún no —dijo ella con la voz entrecortada—. Es demasiado pronto.

—Es muy pequeño —dijo él—. Vi una foto en uno de los libros. A los dos meses, me cabe en la palma de la mano, pero está perfectamente formado.

—Has tenido muchas mujeres —dijo ella.

—Unas cuantas —admitió él—. Pero nunca como tú, aquella noche. Apenas pude quitarme la ropa. Por eso estás embarazada. Perdí por completo el control.

—Yo también —dijo ella—. Cuando empezaste a acariciarme la piel me ardía y quería sentirte pegado a mí.

La boca de Rourke se apoderó de la suya, a la vez que él se levantaba la camisa. Alzó a Becky en un suave arco y apretó los senos femeninos contra la piel cubierta de vello rizado de su pecho. Ella se estremeció de placer.

—¿Y si entra Mack?

Rourke vio el deseo en sus ojos, la necesidad.

—Cerraré la puerta por si vuelve —dijo él, y mientras la cerraba se quitó la camisa y todo lo demás, hasta quedar desnudo y totalmente excitado ante ella.

Becky no pudo ni quiso protestar. Su cuerpo estaba tenso de deseo. Conocía el cuerpo masculino íntimamente y lo deseaba, tanto como la primera vez o más. Era el padre de su hijo y ella estaba enamorada de él. Se quedó muy quieta mientras él la desnudaba. Y cuando la boca masculina le acarició el vientre, ella gimió.

Rourke se tumbó a su lado. Su piel oscura contrastaba con la palidez del cuerpo femenino.

—Dios, cómo he deseado esto —gimió.

Se inclinó sobre ella y le besó los senos lentamente, disfrutando del tacto suave de su piel, y después, tendido a su lado, con la erección contra las caderas femeninas, deslizó las piernas entre las de ella e inició un lento ritmo que provocó un ligero temblor en todo su cuerpo.

Becky lo sintió acariciarla íntimamente con su cuerpo, mientras él apoyaba su propio peso en las manos, a ambos lados de la cabeza femenina y reía al notar la reacción de Becky.

—¿Me quieres dentro de ti? —susurró él provocadoramente, moviendo las caderas y viendo cómo Becky se arqueaba desesperadamente hacia él, buscándolo.

—Sí —jadeó ella—. ¡Por favor, Rourke, por favor!

—Aún no —susurró él, acariciándole la boca con los labios—. Tienes que quererlo más.

—Sí, te quiero dentro de mí —gimió ella.

Rourke le mordió el labio inferior y sus movimientos se hicieron más sensuales y provocadores, haciéndola estremecer.

—Tienes que desearlo más —susurró él, y la besó apasionadamente.

De repente, rodó sobre la cama y se tumbó de espaldas. Su erección era tan fuerte que Becky no podía apartar la vista.

—Si tanto lo quieres, tendrás que tomarme tú —dijo él, provocador, con una mirada profundamente sensual e intensa.

En su falta de experiencia, Becky no sabía cómo, pero su cuerpo ardía y lo necesitaba desesperadamente. Con más entusiasmo que otra cosa, se sentó sobre él e intentó unir sus cuerpos. Él sonrió con arrogancia y al final se apiadó de ella.

—Así, pequeña —susurró, alzándola y guiándola.

Becky dejó escapar un gemido cuando la invasión del miembro erecto no encontró resistencia, y él sonrió.

—Ahora —jadeó él, víctima de su propio placer—. Muévete sobre mí, así.

Rourke le enseñó, sujetándola por las caderas con dedos de acero y observándola con ojos posesivos. Esa postura nunca le había gustado con otras mujeres, pero con Becky era increíblemente excitante. Le encantaba la tímida fascinación de los ojos femeninos, el rubor de sus mejillas cuando la alzaba y la obligaba a mirar, y sobre todo le gustaban los gemidos que salían de su garganta a medida que el placer se iba apoderando de ella.

—Todavía no estás bastante fuerte para esto —susurró él cuando los músculos femeninos se rindieron. La tendió a su lado de costado a la vez que la sujetaba por las caderas—. Ahora mírame —susurró.

Becky abrió los ojos y los clavó en los de él, mientras él se movía y entraba en su cuerpo con un ritmo lento y estable.

—Siénteme.

—Ah —gimió ella, estremeciéndose.

Rourke bajó una mano y pegó las caderas femeninas a las suyas.

—Más fuerte —susurró roncamente—. Quiero estar tan dentro de ti que tendrán que separarnos a la fuerza. ¡Así! ¡Sí!

Rourke apretó los dientes y sujetándola con ambas manos se movió rítmicamente en ella, cada vez más deprisa, jadeando.

Becky oyó el ruido de los muelles bajo sus cuerpos, los atormentados latidos de su corazón, los jadeos masculinos, pero toda su atención se concentraba en la tensión que se iba acumulando en su cuerpo y empezaba a irradiar hacia fuera. Se aferró a los brazos musculosos de su amante y se movió con él a medida que el placer aumentaba, gimiendo ante la intensidad de la sensación.

—Mírame —dijo él con voz ronca—. Quiero verte los ojos cuando lo sientas.

Becky lo intentó, pero los espasmos se apoderaron de ella de repente y sus ojos se cerraron mientras toda ella se hundía en un laberinto de placer.

—Becky —gimió él un momento antes de detenerse una décima de segundo. Sus manos se contrajeron en los muslos femeninos y él se estremeció contra ella de éxtasis.

Rourke estuvo así un largo rato antes de aflojar las manos, pero no la soltó. La rodeó con los brazos y la acunó contra él, con el cuerpo todavía íntimamente unido al suyo mientras los dos trataban de recuperar la respiración.

—No deberíamos haberlo hecho —susurró ella, un poco avergonzada de su debilidad.

—Hemos engendrado un hijo juntos —dijo él, acariciándole con la boca las mejillas y el cuello—. Eres mía.

—Rourke...

Él rodó con ella en la cama y la tumbó de espaldas, con su potente cuerpo entre las piernas femeninas, sosteniendo su peso con los brazos. Sin dejar de mirarla a los ojos, empezó a moverse muy despacio. Becky se excitó de nuevo al instante y se entregó sin protestar.

Esa vez fue más lento y más tierno, y las explosiones tan dulces como los besos que intercambiaron. Rourke le mantuvo la boca en la suya mientras los estremecimientos recorrían simultáneamente y una vez más sus cuerpos unidos.

—Nunca lo hacemos dos veces de la misma manera —susurró él sobre sus labios—. Cada vez es nuevo, maravilloso y plenamente satisfactorio.

Becky escondió la cara en la garganta masculina, con el cuerpo agotado por el placer.

—Me has seducido.

—La seducción es egoísta, pero esto no. Mis intenciones son honorables. He hecho todo lo que he podido para conseguir que te cases conmigo y demos una familia decente a nuestro hijo, pero no quieres. Yo te deseo, y tú me deseas a mí.

Becky no podía negarlo, pero eso no la tranquilizaba.

—Tranquila —susurró él—. Cuando estás embarazada no puedes volver a quedarte otra vez.

—¡Qué bestia! —dijo ella golpeándolo en el pecho.

—No soy un bestia. Soy un hombre normal con apetitos normales, y no puedo vivir como un eunuco. Cielos, ¿tienes idea de lo hermosa que estás cuando tu cuerpo alcanza el máximo placer? —preguntó él con ternura—. La piel te brilla, las pupilas se te dilatan hasta que queda sólo un pequeño resquicio de luz. Los labios se te hinchan y se abren, y pareces una sirena. Cuando te veo pierdo el control —jadeó él roncamente—, y no puedo contenerme más.

Becky giró la cara, ruborizada.

—Tú no me miras, ¿verdad? —murmuró él—. ¿Te cohíbe mirarme cuando estoy totalmente a merced de mi cuerpo?

—Sí —confesó ella.

—Te acostumbrarás a mí. Es algo muy personal, Becky. No hay reglas, ni requisitos, sólo placer. Lo más importante de todo es compartir.

—Sólo es sexo —gimió ella.

Rourke le volvió la cara hacia él.

—No vuelvas a decir eso nunca más. Lo que hay entre nosotros no es sexo, nosotros hacemos el amor. No lo degrades con palabras frías sólo porque te dé vergüenza acostarte conmigo.

—No me gustan las relaciones pasajeras.

—Lo nuestro no es pasajero. Llevas a mi hijo en tu seno, y tarde o temprano nos casaremos —añadió.

—¡De eso nada! —exclamó ella—. ¡Tú no me quieres, sólo quieres acostarte conmigo!

Rourke la miró furioso. Era ciega como un murciélago e ingenua como una niña. ¿Es que no podía verlo?

—Piensa lo que te dé la gana —dijo él, serio.

Se incorporó y se vistió mientras ella se ponía su ropa en la cama e intentaba no mirarlo.

Rourke la levantó de la cama y le enmarcó la cara con las manos. Con solemnidad, la miró a los ojos.

—Eres mía en todos los sentidos —le dijo sin alzar la voz—. No voy a desaparecer de tu vida ni voy a tirar la toalla. Puedes ir acostumbrándote a mí. Mack y el abuelo me necesitan, y tú también.

—No les caes bien —murmuró ella.

—A Mack sí, y a tu abuelo es cuestión de tiempo —le aseguró él, deslizando las manos hasta sus caderas—. Becky, llevas a mi hijo en tu cuerpo —susurró, escandalizándola una vez más, algo que hacía con muchísima frecuencia—. Si pudieras confiar en mí, aunque fuera un poco, podríamos tener una buena vida juntos.

Becky bajó la cabeza.

—Antes confiaba en ti, pero tú nos traicionaste.

Rourke no pudo responder a eso. Se incorporó cuan alto era.

—Hice mi trabajo —respondió—. Mi trabajo no tiene nada que ver con nosotros dos y nuestro hijo.

Becky se mordió el labio inferior.

—Está bien. Pensaré en lo que has dicho, pero no quiero que esto vuelva a suceder, por favor —susurró mirando hacia la cama.

Él le alzó la barbilla y buscó en sus ojos.

—Eso no te lo puedo prometer. Te deseo demasiado. Lo que hemos hecho en esa cama es tan natural como respirar —dijo él—. El deseo no es la peste. Tú y yo tendremos relaciones íntimas durante mucho, mucho tiempo, y compartiremos un hijo para siempre. Te ofrezco un compromiso de por vida. Si no te gusta hacer el amor sin casarte, cásate conmigo.

—Mi familia... —empezó ella, con desesperanza.

—Tienes que decidir quién es antes, ellos o yo —dijo él con firmeza—. Cuando decidas algo, me lo comunicas. Entretanto, será mejor que me vaya a casa. ¿Estarás bien sola?

Becky asintió.

—Mack no tardará en volver.

Rourke la miró de nuevo, sereno.

—Sé que estoy obligándote a elegir, pero hay un motivo. Algún día lo entenderás.

Becky no respondió, y él, después de mirarla de arriba abajo una vez más, salió de la habitación.

Becky no lo acompañó hasta la puerta. Tenía mucho que pensar. No sabía qué iba a hacer, especialmente después de lo ocurrido.

El domingo fue a la iglesia y a ver al abuelo, y no paró de darle vueltas. A la mañana siguiente, tenía los nervios destrozados.

19

El lunes por la mañana Rourke se despertó sin apenas fuerzas para levantarse, y cuando pensó en todo lo que tenía que hacer, sintió ganas de volver a meterse bajo las sábanas. Su único consuelo era que el abuelo se encontraría mejor, lo que sería una carga menos para Becky. Era agradable tener a alguien a quien cuidar, pensó, él que nunca había sido responsable de nadie excepto de sí mismo. Ahora tenía que pensar en Becky y en su hijo. Y en ellos también: en Clay, en el abuelo y en Mack. Sonrió al recordar las payasadas de Mack en el coche, el repentino ataque de ira del abuelo, y la nueva actitud de Clay hacia él. Eso de tener una nueva familia era una buena sensación, a pesar de que se había convertido inesperadamente en el cabeza de familia y la mitad de sus miembros lo odiaban.

Después pensó en la tarde del sábado con Becky en la cama, y su cuerpo ardió de nuevo. Hacer el amor con ella era pura magia. La deseaba por completo y tenía que hacerla entender que tenía derecho a su propia vida, que no estaba mal pensar en su propia felicidad.

Si la forma de abrirle los ojos era obligarla a elegir entre él y su familia, lo haría.

Después de ocuparse de los asuntos más urgentes en el

trabajo, se ocupó de buscar un nuevo compañero de celda para Clay.

—¿Qué te parece la gente que da cheques sin fondos? —preguntó a Becky mientras se dirigían a la residencia de ancianos a recoger al abuelo.

—Creo que no conozco a nadie que dé cheques sin fondos —dijo ella. Llevaba un vestido verde que le daba un aspecto mucho más juvenil, y aunque seguía estando un poco demacrada, su aspecto había mejorado considerablemente—. Aunque seguramente lo hacen por pura desesperación, ¿no?

—Lo hacen por codicia —le aseguró Rourke, y la miró—, pero son mejores compañeros de celda que los violadores. Puedes ir a ver a Clay cuando quieras. ¿Te encuentras mejor?

—Sí —confesó ella, mirándolo tímidamente un momento antes de desviar la mirada, al recordar las imágenes de dos días antes en su casa—. Le has dado a mi abuelo una razón para vivir.

—Ahora tiene una misión —dijo Rourke, sonriendo—. Salvarte de mis malvadas garras.

—Creo que llega un poco tarde, ¿no? —musitó ella—. Especialmente después del sábado.

—El sábado fue mágico —dijo él con voz ronca, apretando las manos sobre el volante—. No he parado de soñar con eso toda la noche.

—No me diste la oportunidad de negarme —dijo ella, tensa, sin mirarlo.

—No lo hice a propósito, Becky —dijo él—. Cuando empecé, ya no pude parar.

Ni ella tampoco, pero no estaba dispuesta a reconocerlo. Parecía indecente desear a alguien con tanta intensidad, sobre todo en su estado.

—Podías haber esperado a que accediera a casarme contigo.

—Para entonces me temo que ya seré demasiado viejo —dijo él arqueando una ceja—. Venga, adelante, arréame tú también. Todo el mundo se mete con el pobre fiscal del distrito.

—¡Yo lo hago con razón! —dijo ella—. ¡Mira lo que me has hecho!

—Te he dejado embarazada —dijo él sin inmutarse—. Y teniendo en cuenta que lo hice al primer intento, debo decir que me siento muy orgulloso de mí mismo.

A Becky le quemaban las mejillas. Nunca había hablado de esos temas así con nadie; además estaba embarazada sin casarse y se había entregado a él con vergonzosa facilidad. ¡Y él, el culpable de todos sus males, fanfarroneando de su proeza!

—¡Yo nunca he...!

—Oh, sí, cuatro veces —la interrumpió él.

Becky se puso roja y prefirió no seguir discutiendo con él. No podía ganar. Con esa labia, no era de extrañar que fuera tan buen fiscal del distrito. Cruzó las manos sobre el bolso y decidió ignorarlo.

Pero Rourke no se lo permitió.

—¿Has pensado en nombres? —preguntó él, entrando en el aparcamiento de la residencia de ancianos—. A mí me gusta Todd para chico, y Gwen para chica.

—Es mi hijo —respondió ella—, y yo decidiré su nombre.

—La mitad es mío —le dijo él tras aparcar el vehículo y apagar el motor—. Tú puedes decidir la mitad de su nombre.

—Rourke —empezó ella.

Rourke le puso el dedo índice sobre los labios y la hizo callar.

—De todo lo que hacen dos personas juntas, tener un hijo es la más intensa y conmovedora —dijo él—. Quiero compartir cada momento contigo, desde las náuseas del embarazo a los dolores del parto —le acarició la mejilla con la mano sin dejar de mirarla a los ojos–. Nunca he tenido a nadie. No me dejes fuera, Becky.

Ella quería rendirse. Quería abrazarlo y decirle que haría lo que él quisiera, pero había habido demasiadas mentiras y demasiados engaños y no confiaba plenamente en él. Rourke quería al hijo que crecía en su seno, pero eso no significaba que la amara a ella. Además, no lo veía ocupándose de toda su familia sólo por ser padre. Y ni una sola vez había mencionado la palabra amor, ni siquiera en los momentos de mayor intimidad.

–Está bien, no te dejaré fuera –dijo ella–, pero tampoco permitiré que me avasalles.

–Me parece bien –dijo él con solemnidad después de rodear el coche, abrirle la puerta y ayudarla a bajar–. Ahora vamos a buscar a tu abuelo. Espero que no hayas olvidado las cuerdas ni las cadenas –añadió con picardía–. No sé si podremos meterlo en el coche si no es a la fuerza.

–Tranquilo –murmuró ella, caminando a su lado hacia la entrada de la residencia–. Mi abuelo respeta a las personas que no se dejan avasallar.

Él la miró con ternura, feliz y orgulloso de tenerla a su lado. Era suya y llevaba a su hijo en su vientre.

Mientras se dirigían por el inmaculado pasillo hacia la habitación del abuelo, Becky se dio cuenta de que las mujeres miraban a Rourke con innegable interés. Era un hombre fuerte y atractivo, con un halo salvaje y misterioso que la hacía sentirse pequeña y femenina a su lado. Por un momento pensó si el ser que llevaba en el vientre sería un niño, y si se parecería a su padre.

El abuelo los estaba esperando impaciente en su sillón. El doctor Miller ya le había dado de alta. En cuanto Becky firmara los documentos, podría salir de allí y arreglar las cuentas con el maldito Kilpatrick.

–Ya era hora –gruñó al ver a Becky, y miró furioso a Rourke al verlo aparecer tras ella–. ¿Usted otra vez?

—Yo también me alegro de verle —dijo Rourke sin inmutarse, con una sonrisa de oreja a oreja—. Si está listo, le diré a la enfermera que traiga la silla de ruedas.

—Odio estar en deuda con usted —refunfuñó el abuelo un rato más tarde, sentado en el asiento de delante del coche de Rourke.

Becky se había acomodado detrás con Mack, a quien habían recogido en casa de la señora Addington al regresar de la residencia.

—Ya me lo imagino —respondió Rourke con aplomo.

—Y odio esos puros que fuma sin parar —añadió el abuelo.

—Yo también —dijo Rourke, aspirando otra calada mientras conducía por la carretera que llevaba hasta la granja.

El abuelo lo miró furioso, buscando otro motivo de queja, pero enseguida se dio cuenta de que con Rourke cada vez era más difícil. Por fin suspiró y miró por la ventanilla.

—Bonito coche —murmuró.

—A mí me gusta —dijo Rourke—. Pero echo de menos a mi perro.

—Maldito canalla, mira que matar a un perro —masculló el abuelo entre dientes.

—Un canalla, sin duda.

—¿Cómo está MacTavish? —preguntó Becky desde el asiento de atrás.

—Bien —dijo él volviendo ligeramente la cabeza—. Echa de menos ir de excursión y al parque, pero se está adaptando a su nueva vida más solitaria.

Rourke detuvo el coche delante de la casa de la granja.

—Hay que hacer algo con ese tejado —comentó—. Las tejas del porche se vendrán abajo en cuanto sople un poco de viento.

—Yo no puedo subir al tejado —refunfuñó el abuelo.

—Yo sí —le dijo Rourke—. Tranquilo, yo me ocuparé. No

podemos permitir que le caiga una a Becky encima, en su estado.

—Vergüenza debería darle —dijo el abuelo, abriendo la puerta del coche—, dejarla en ese estado y sin casarse.

—Estoy totalmente de acuerdo con usted. A ver si usa su influencia para convencerla de que tengo madera de buen padre y mejor marido —respondió Rourke, y esa vez Mack soltó una risita.

—Deberías casarte con él —dijo el abuelo a Becky cuando ya habían bajado todos del coche—. Tener un hijo sin marido es un escándalo.

—Además le gustan los trenes y el baloncesto —dijo Mack, apoyando la candidatura.

Becky miró a los dos Cullen con incredulidad.

—Hace apenas un mes lo odiabais —les recordó.

—Yo no he dicho que no lo odie —dijo el abuelo—. Sólo he dicho que deberías casarte con él.

—Yo no lo odio. A mí me cae bien —dijo Mack.

—Gracias, Mack —dijo Rourke, poniendo una de sus manazas sobre el hombro del muchacho—. Es agradable saber que tengo al menos un amigo.

Más tarde, sintió que necesitaba más de un amigo. Becky estaba agradecida por lo que había hecho, pero de repente la notaba mucho más lejana. Quizá seducirla de nuevo había puesto más distancia entre ellos que nunca. Probablemente por los remordimientos de haber sucumbido a él con tanta facilidad. Rourke estaba casi seguro de que ella lo amaba, pero hasta que ella lo admitiera y él pudiera hacerle entender lo que sentía, estaban en un difícil callejón sin salida.

Rourke fue a visitar a Clay para ver a su nuevo compañero de celda. Era un joven un poco mayor que Clay de trato agradable.

—¿Qué tal va todo? —preguntó a Clay cuando los llevaron a una sala de interrogatorios.

—Lento, muy lento —respondió Clay—. ¿Es siempre así?

—Bienvenido al sistema judicial —dijo Rourke encendiendo un puro.

—Ojalá no me hubiera metido en este lío —murmuró el joven—. Esto es horrible. ¿Cómo está Becky? Supongo que no ha venido por el cerdo que pusieron conmigo, pero se lo han llevado esta mañana. ¿Está bien? ¿Y el abuelo y Mack?

Rourke se inclinó hacia atrás y apoyó las piernas en la mesa.

—El abuelo está en casa. Cuando se enteró de que Becky estaba embarazada se puso furioso y decidió no morir para obligarla a casarse conmigo. Cree que los hijos deben nacer en un matrimonio.

—¿El abuelo está en casa porque Becky está embarazada? —repitió Clay incrédulo.

—Exacto.

—¡¿Mi hermana va a tener un hijo?! —exclamó otra vez con los ojos como platos.

—Sí —dijo Rourke.

—¿Es suyo?

Rourke se incorporó ligeramente hacia delante.

—¿Qué clase de chica crees que es tu hermana? ¡Claro que es mío!

—Pero Becky no hace esas cosas —insistió Clay, como si quisiera hacer entender al fiscal que su hermana no podía estar embarazada porque no tenía relaciones con hombres—. Ni siquiera sale con hombres.

—Ahora sí —dijo Rourke, metiéndose el puro entre los dientes.

—¿Y qué va a hacer ahora? —quiso saber el joven.

—Lo he estado meditando mucho —empezó Rourke hablando pausadamente—. Y teniendo en cuenta lo testaruda que es, creo que la única manera de llevarla al altar será preparar la boda con invitados y todo y llevarla a la fuerza delante del cura.

Clay se echó a reír, a pesar de que todavía no podía creerlo. Iba a ser tío, y la idea le encantaba.

—¿Cómo se lo tomó el abuelo? —preguntó.

—Se levantó de la cama y exigió que lo llevaran a la granja para salvar a Becky de mis garras. Pero cuando se enteró de que estaba embarazada, exigió que lo llevaran a la granja para obligarla a casarse conmigo.

—¿No quiere casarse con usted?

Rourke sacudió la cabeza.

—Y no se lo reprocho. Cree que empecé a salir con ella para espiarte. Y al principio así fue —reconoció con total sinceridad—, pero enseguida me encariñé con ella. Y lo del niño es un añadido maravilloso.

Clay suspiró. Nunca había pensado que Kilpatrick fuera un tipo paternal, pero nadie podía acusarlo de ser un mujeriego. Si sólo quisiera a Becky para pasar el rato, no estaría tan entusiasmado con el embarazo ni tan dispuesto a casarse con ella.

—El señor Davis me habló de presentar pruebas contra los Harris —dijo el joven—. Por mí no me importa, pero ¿qué pasará con Becky, el abuelo y Mack?

—Eso fue lo mismo que dijo tu abuelo —dijo Rourke—. No puedo hacer promesas, pero quizá haya otra manera. Hablaré con Davis. Si convencemos a tus amigos de que confiesen haberte tendido una trampa, es posible que te caiga una sentencia suspendida.

—Es más de lo que merezco—dijo Clay. Había tenido mucho tiempo para pensar y ahora los últimos meses le parecían una pesadilla. Todavía no entendía cómo había podido ser tan insensible y cruel—. Si tengo que ir a la cárcel iré, señor Kilpatrick —dijo con resignación—. Supongo que aceptar las consecuencias de tus actos es parte de ser un hombre, ¿no?

Rourke sonrió.

—Sí. Es parte de ser un hombre.

Rourke no le habló a Becky de la conversación que había tenido con Clay ni de sus planes con los hermanos Harris. Cuanto menos supiera mejor. Probablemente los Harris ya estaban convencidos de que Clay los iba a delatar, y por eso se habían ofrecido a testificar en su contra. Le quedaba un as en la manga e iba a utilizarlo.

El abuelo tardó casi toda la semana en recuperar las fuerzas, pero comió como un caballo y maldijo a Rourke como diversión. Éste iba y venía según le permitía su trabajo, ignorando la fría cordialidad de Becky y el antagonismo del patriarca de los Cullen. El sábado por la tarde aseguró las tejas del tejado, después de presentarse con una caja de herramientas y vestido con unos viejos y desgastados vaqueros, un suéter de algodón blanco y zapatillas de deporte.

Mack se quedó al pie de la escalera para ayudarle mientras hablaban con entusiasmo de baloncesto, una pasión que compartía con Rourke.

Becky procuró no reparar en su presencia, a pesar de los frenéticos latidos de su corazón cada vez que lo veía.

Rourke bajó una hora después, cuando terminaron los martillazos y las maldiciones. Se había hecho un corte en la muñeca, y se la enseñó a Becky como si llevaran veinte años casados y estuviera acostumbrado a que ella le curara.

—Tengo antiséptico y tiritas en la cocina —dijo ella.

—Acuérdate de darle un beso para que se cure, Becky —dijo Mack, que entró detrás de él y se sentó junto al abuelo delante del televisor.

Becky fue al botiquín que guardaba en uno de los armarios de la cocina. Rourke la siguió y discretamente cerró la puerta con llave antes de acercarse a ella.

—La sugerencia de Mack está bien —murmuró mientras Becky le limpiaba el corte y le ponía antiséptico a través del espeso vello que cubría la piel oscura.

—No hace falta —murmuró ella—. ¿Te duele?

—No —dijo él—. Los fiscales del distrito somos tipos duros. Depredadores, ya sabes.

Se inclinó hacia delante y le enmarcó la cara con las manos. Entonces le tomó la boca con los labios entreabiertos en un sensual beso que la excitó al instante.

Becky contuvo el aliento, sin poder creer la fuerza de las sensaciones que él era capaz de despertar en ella.

Rourke lo repitió otra vez, y otra, y otra, notando cómo el cuerpo femenino se iba tensando mientras deslizaba las manos a sus caderas y la apretaba contra él. Un profundo gemido salió de la garganta femenina, y esa vez su boca se apoderó de ella con insistencia.

Becky no podía ni quería fingir. Apenas la noche anterior sus sueños habían sido febriles y explícitos, y el recuerdo de otros momentos íntimos entre ellos estaba demasiado reciente en su mente. Su cuerpo sabía el placer que él podía darle, y se negaba a luchar contra la tentación.

Rourke la empujó hacia atrás hasta pegarla a la pared y apoyó ambas manos a los lados mientras se frotaba con descarada intimidad contra ella.

Becky gimió, y él aprovechó los labios entreabiertos para acceder más profundamente a su boca con la lengua. Cuando la fiebre prendió el cuerpo femenino de nuevo, Rourke sintió las uñas de Becky clavarse en su espalda, y cuando ella sintió las manos masculinas bajo la falda abrió los ojos y lo vio, con los ojos casi entornados, la cara rígida, y su erección presionando contra su vientre.

—¿Aquí? —jadeó ella, sin aliento.

—Aquí. Ahora —dijo él, sosteniéndole la mirada mientras le bajaba las bragas por las piernas esbeltas con una caricia tan sensual que ella se estremeció.

Rourke subió las manos acariciándole las piernas y levantando la falda y la blusa hasta la barbilla, con lo que dio a su boca total acceso a la piel ardiente. Le tomó los pezones endurecidos entre los labios y los atormentó, y después se colocó suavemente entre sus piernas, reajustando el peso, sin dejar de mirarla a los ojos. Entonces, la penetró.

—¡Rourke! —gimió ella, estremeciéndose.

—Aguanta —jadeó él, sujetándola con ambas manos y empezando a moverse—. Va a ser intenso y rápido, y te entrarán ganas de gritar, pero no lo hagas. Te oirán.

Rourke ignoró la protesta femenina y le cubrió la boca con la suya. Claro que era una locura, pero el deseo se había apoderado de él totalmente y no se podía detener.

—No podemos —protestó ella en un susurro, pero al decirlo arqueaba las caderas hacia él y se movía siguiendo el ritmo de las caderas masculinas.

—¡Dios! —jadeó él con los dientes apretados, estremeciéndose—. ¡Dios, Becky, no puedo parar! —gimió, totalmente fuera de control, cerrando los ojos y luchando por respirar—. Siente lo fuerte que es para mí —se detuvo un instante para mirarla a los ojos—. No me hagas sufrir más, Becky. Complétame.

Becky lo observaba sin comprender lo que estaba ocurriendo y deseando satisfacerlo desesperadamente.

—¿Te gusta? —susurró con voz ronca.

—Es el éxtasis —logró decir él entre estremecimientos—. Acaríciame —susurró sin aliento.

Rourke contuvo el aliento al sentir las manos tímidas en él, y las cubrió con la suya, enseñándole.

El placer se estaba apoderando también de ella, espoleado por los jadeos atormentados de Rourke, que continuaba moviéndose contra ella sin dejar de mirarla a los ojos.

—Mira —logró decir él al sentir el primer estremecimiento.

Esa vez ella no apartó la mirada. Rourke empezó a temblar y ella vio cómo su cara se contraía, a la vez que su propio estómago se tensaba y el placer se repetía en su cuerpo como un eco.

Los jadeos masculinos eran audibles, igual que los latidos de su corazón. De repente, un grito ronco salió de su garganta y apretó los dientes en una explosión angustiada de placer. Ver la intensidad del momento desencadenó el clímax en ella, y el placer la recorrió como una ola de llamaradas de fuego mientras él continuaba convulsionándose sobre ella. Segundos más tarde el cuerpo masculino se desplomó sobre su cuerpo y la apretó contra la pared. Becky abrió los ojos y lo miró con incredulidad.

Tragó saliva, sorprendida por lo que acababan de hacer, y dónde.

Ninguno de los dos respiraba con normalidad, y Becky podía oír y sentir los latidos del corazón masculino en sus senos desnudos.

–Ahora lo sabes –dijo él con un amago de humor–. Es posible hacerlo de pie cuando la desesperación te impide llegar a un lugar donde puedas hacerlo tumbado.

–No tiene ninguna gracia –dijo ella abatida y asqueada consigo misma por haberse rendido tan fácilmente ante él.

Él le acarició la mejilla.

–No me estaba burlando. Te deseo tanto que no importa dónde ni cuándo. Por eso no podía prometerte lo que me pediste. Y a ti te pasa lo mismo que a mí, que tampoco puedes reprimirte –añadió–. Es una fiebre tan fuerte y tan alta que ni el hielo podría enfriarla.

–Pero no está bien –susurró ella.

–¿Por qué? ¿Porque no estamos casados? –Rourke le acarició los párpados con los labios–. Yo no tengo la culpa. Quiero casarme contigo. Tú eres la que no quiere cooperar.

–¿O sea, que ahora te he seducido yo? –dijo ella, irritada.

Él arqueó una ceja, mirándola con una interrogación en los ojos que no precisaba de respuesta, y después se apartó. Ella se sonrojó y empezó a arreglarse la ropa a la vez que él.

—Menos mal que ya estás embarazada —murmuró él—. Así ya no tenemos que preocuparnos de eso.

Becky le dirigió una mirada fulminante.

—¡Esto no se puede repetir!

—No creas que no lo intento —le aseguró él—. ¿Qué voy a hacer si eres tan sexy que no puedo estar a dos metros de ti sin excitarme?

Era una pregunta de difícil respuesta. En su estado, no era precisamente un insulto que la considerara sexy, y tenía que reconocer que él llevaba tiempo pidiéndole que se casara con él. El único obstáculo eran sus motivos. Pero él se negaba a decirle cuáles eran sus sentimientos por ella, y ella no podía casarse sin conocerlos.

«Hombres», pensó ella furiosa.

—¡Menuda cara! —se burló él sonriendo a la vez que se bajaba la camisa y la besaba delicadamente en la punta de la nariz.

—En la cocina, de pie y con la puerta abierta —dijo ella.

—Estaban tan concentrados en la película que ni siquiera se han dado cuenta de que estábamos aquí —susurró él—. Pero aunque sólo sea para tranquilizarte...

Rourke se acercó a la puerta, giró la llave de la cerradura y la abrió.

—¡La has cerrado! —exclamó ella a punto de desplomarse de alivio.

—Claro que la he cerrado —dijo él—. No soy un pervertido. O, al menos, no tan pervertido —añadió—. ¿Te he hecho daño?

—No, pero no puedes... —empezó ella.

—Si no quieres que te haga el amor en los sitios más inesperados e inverosímiles, cásate conmigo y lo haremos como todos los matrimonios, en la cama y por la noche —dijo él—. Te deseo. Es algo que no puedo encender y apagar como un televisor.

—¡Es sólo sexo! —exclamó ella.

Rourke sacudió la cabeza muy despacio.

—Es profundo, intenso y duradero. No soporto estar lejos de ti. Y menos ahora que llevas a mi hijo en tu seno.

—No puedo dejar al abuelo y a Mack —susurró ella, desesperada—. Ni tampoco a Clay. ¿No lo entiendes? Cuando murió mi madre y mi padre se fue, el abuelo nos cuidó. Mack es tanto mi hijo como mi hermano. Los he cuidado y querido toda mi vida adulta. Son mi familia.

Él se acercó a ella y le enmarcó la cara con sus manos grandes y cálidas.

—Yo también —susurró—. El niño y yo también somos tu familia.

En los ojos de Becky se reflejaba todo el dolor que sentía. Rourke la ponía en una situación imposible. ¿Es que no podía darse cuenta?

—No puedo elegir —susurró y bajó la mirada—. Ojalá pudiera hacerte entender que no es una cuestión de elección. No puedes deshacerte de la gente cuando te impide hacer lo que quieres hacer. ¿No es ése el problema actual? ¿Que todo el mundo antepone primero sus placeres y sus deseos prescindiendo de quienes se interponen en su camino?

—¿Me estás diciendo que yo soy prescindible, Becky? —preguntó él.

—Rourke, si meto a mi abuelo en una residencia y a Mack en una casa de acogida, ¿cómo podré vivir con los remordimientos? —Becky bajó los ojos—. Si eso es lo que quieres, no tienes que sentirte obligado a hacer nada por nosotros.

Rourke deslizó los ojos por el cuerpo de Becky. Estaba satisfecho, pero sólo verla podía excitarlo de nuevo. No le gustaba la sensación de perder el control, pero era lo que le ocurría cuando estaba cerca de ella. Por encima de todo necesitaba saber qué era lo que ella sentía de verdad.

—Es mi hijo. Tengo una responsabilidad con él, si no

contigo por haberte dejado embarazada. Haré lo que sea para mejorar las condiciones de vida en esta casa –dijo–. Se lo debo a mi hijo.

–Becky, ¿y la comida? –gritó de repente el abuelo desde el salón.

Becky sintió náuseas.

–Tengo que preparar algo de comer –murmuró.

–Becky, ¿qué pasa con la comida? –volvió a gritar el abuelo.

–¡Eso digo yo! –respondió ella irritada–. ¿Qué pasa con la comida?

–¿Qué estáis haciendo ahí? –rugió la voz del anciano.

Becky se apartó de Rourke sin mirarlo.

–Estoy desnudando al señor Kilpatrick para meterlo en el horno –gritó ella–. ¿Qué te crees que estoy haciendo?

–Yo no quiero fiscal del distrito asado –interrumpió Mack desde la puerta de la cocina–. ¿Puedes prepararme un perrito caliente?

Becky alzó las manos al aire.

–Sí, ahora te lo preparo.

Rourke miraba a la rígida espalda femenina con ciertos remordimientos. ¿Cómo podía cargar con un peso tan grande?, pensó. Pero de repente se dio cuenta de que no había desayunado y le entró un hambre atroz.

–¿Puedes prepararme otro a mí?

Ella le dirigió una mirada asesina.

–Sólo si puedo elegir dónde meterlo cuando esté hecho –dijo ella con voz helada.

Rourke fingió no haberla oído. Se sentó a la mesa y encendió un puro.

–A mí me gusta con mucha mostaza y ketchup. También me gusta con chile o con ensalada de col.

–No tengo chile y no pienso preparar ninguna ensalada.

–En la nevera queda chile de anoche –señaló Mack.

Becky no dijo nada. Preparó los perritos calientes y calentó el chile, todavía furiosa por la discusión con Rourke.

Ella no podía abandonar a su hermano ni a su abuelo, se dijo, y si él no se daba cuenta de eso, estarían mejor sin él. ¡Si no hubiera ido a trabajar nunca al bufete, seguramente nunca lo hubiera conocido!

—¿Qué estabais haciendo? —preguntó el abuelo cuando Becky lo llamó a la mesa.

—Imagine —murmuró Rourke dirigiendo una sensual mirada a Becky que no daba lugar a dudas.

Ella se puso como un tomate. ¿Cómo podía ponerla en evidencia así? Claro que más tarde se dio cuenta de que la impresión que había dado Rourke era de que se habían estado besando.

Rourke insistió en ayudar a recoger la cocina, y después sacó dos entradas para el partido amistoso que jugaban aquella tarde los Hawks, el equipo de baloncesto de Atlanta. Mack reaccionó con entusiasmo.

—¡Tienes que dejarme ir! —le dijo a su hermana, sujetándola por los brazos—. ¡Tienes que dejarme! ¡Si no me dejas me dará un infarto!

—¿Quieres la muerte de tu hermano sobre tu conciencia? —preguntó Rourke a Becky.

Ésta sacudió negativamente la cabeza.

—Para nada. Está bien, puedes ir.

—Yo aún no he dado mi permiso —masculló el abuelo.

Mack se acercó al abuelo y lo sujetó por los brazos.

—¡Tienes que dejarme ir! —repitió el niño—. ¡Si no me dejas me dará un infarto!

—Ve, hijo, y tranquilízate —dijo el abuelo.

—Tengo que ir a casa a cambiarme —dijo Rourke al niño—. Volveré a buscarte a las seis.

—Estaré preparado —respondió Mack con entusiasmo.

—Gracias por arreglar el tejado —refunfuñó el abuelo sin mirar a Rourke.

—Ha sido un placer. Gracias por los perritos calientes —le dijo a Becky—. Algún hombre será muy afortunado de tenerte como esposa.

—Tú no desde luego —respondió ella tajante, todavía dolida por la discusión de un rato antes y su negativa a entender lo mucho que Mack y su abuelo la necesitaban.

Rourke la miró serio.

—No he dicho que ese hombre sea yo —le recordó—. Sé que no quieres casarte conmigo. No te preocupes, no te lo volveré a pedir.

Becky apartó los ojos, consciente de la dura mirada del abuelo.

—Es tu hijo —le recordó el abuelo tajante—. No llevará tu nombre.

—Becky lo sabe —dijo Rourke—. Si eso es lo que quiere, ¿quién soy yo para discutir? El pobre crío lo va a pasar fatal en el instituto. Igual que yo.

—¿Por qué? —preguntó el abuelo.

—Soy ilegítimo —le dijo al anciano, sin emoción—. Según me han dicho, mi padre no creía en el matrimonio.

—¡Qué idiota! —dijo el abuelo—. Todos los niños deben tener un apellido.

Becky se movió inquieta. Empezaba a sentirse fatal, pero la culpa era de Rourke, por obligarla a hacer elecciones imposibles.

—Voy a darle la ropa a Mack —dijo ella, dándoles la espalda y saliendo de la cocina.

Rourke la siguió con la mirada deseando no haberla arrinconado de aquella manera. No había hecho más que empeorar las cosas. Lo cierto era que no le importaba en absoluto ocuparse de su familia, pero en lugar de decírselo así le había dado a entender que para casarse con él debía abandonarlos a su suerte.

Nada más lejos de su intención. En realidad, lo único que quería de ella era su amor. Quería que su amor por él fuera tan fuerte y entregado que todo lo demás pasara a un segundo plano. Pero ella no le había entendido, y ahora él había creado un problema mucho peor.

Además, seducirla de nuevo complicaba más la situación. Tendría que controlar su cuerpo, así como su lengua si quería tener un futuro con ella.

Recogió la caja de herramientas y volvió a su casa para prepararse para el partido. Con tristeza comprobó que Becky no salió a despedirlo y que lo evitó el resto de la tarde. Cuando regresó a casa con Mack después del partido, el abuelo le informó de que su nieta se había acostado con un fuerte dolor de cabeza. Él también tenía la suya a punto de estallar, pero esa vez sabía que él era el único culpable y que no podía responsabilizarla a ella ni a su familia.

20

Becky trabajó como una autómata, porque en realidad apenas podía concentrarse. Tenía la sensación de haber dado un paso en falso en algún momento y de que todo había cambiado.

Rourke seguía presente en sus vidas. Había contratado a un hombre jubilado para que se ocupara del ganado y de las tierras y también mandó a un carpintero para reparar el porche y la puerta principal. Además, insistió en comprar una canasta de baloncesto para Mack, que colocó en la pared del destartalado garaje de la casa. Ahora Mack se pasaba todo el día jugando al baloncesto y repitiendo lo maravilloso que era Kilpatrick.

El abuelo estaba cada día más animado. Incluso fue con Becky a visitar a Clay, que seguía esperando juicio. Aunque la fecha inicial estaba fijada para dos semanas antes, tuvo que retrasarse debido a una emergencia que obligó a J. Davis a salir de viaje.

Rourke utilizó ese tiempo para visitar a Frank Kilmer, un viejo amigo de su tío y antiguo abogado de oficio que conocía a gentes de todo tipo y condición. Existía el rumor, no demostrado por supuesto, de que su jardinero había sido en tiempos un asesino a sueldo para una banda de mafiosos del norte.

—Me alegro de que vengas a verme, muchacho —se rió el hombre mientras paseaban por el espacioso jardín de su mansión—. Pero por la expresión de tu cara, creo que no se trata de una visita únicamente de cortesía. Normalmente no pareces tan preocupado.

—Necesito consejo —dijo Rourke volviéndose a mirar al hombre mayor.

—¿De qué se trata?

—Quiero que las mafias locales entreguen a dos de sus colegas más prescindibles. Tendieron una trampa a un amigo mío, y a menos que lo reconozcan, le puede caer una condena importante.

Kilmer asintió, con el ceño fruncido.

—Clay Cullen.

Rourke arqueó las cejas.

—¿Lo llevo escrito en la frente?

—Siempre estoy al tanto de todo lo que ocurre —dijo el anciano, y con una pícara sonrisa añadió—: También sé lo del niño, pero si lo prefieres no haré ningún comentario.

—Dios mío.

—Lo que me pides no es tan difícil. Sólo tengo que encontrar a un político que tenga vínculos con ellos y ponerlo en una situación comprometida —le aseguró el hombre mayor—. Y conozco al político perfecto. Un auténtico ludópata que se presenta a la reelección. También tiene vínculos con los caballeros a los que los Harris les deben el alma —levantó la cabeza y lo miró—. ¿Será suficiente?

—Ya lo creo —respondió Rourke con una sonrisa—. Gracias.

—No son necesarias, pero puedes invitarme al bautizo. Siempre he querido ser el padrino de alguien.

—No sé si es muy recomendable —se rió Rourke—. No sé si quiero ver a mi hijo o mi hija sentado en el regazo de un asesino a sueldo y jugando a la lotería clandestina.

—¿Qué dices? —exclamó el hombre ofendido—. Cielos, yo no tengo nada que ver con la lotería clandestina.

Un viernes por la noche, agradecida por el apoyo de su amiga desde el principio, Becky invitó a Maggie a cenar en casa. El abuelo ni siquiera abrió la boca cuando descubrió que la Maggie de la que su nieta hablaba sin parar era negra. Le sonrió con naturalidad y se portó como un perfecto caballero.

—¿Te vas a casar antes de que nazca el niño o no? —le preguntó Maggie después de cenar, sentada en el balancín del porche.

—Quería hacerme elegir entre mi familia y él —dijo Becky, con tristeza—. No pude hacerlo.

Maggie silbó.

—Difícil elección.

—Sí, lo es. No puedo dar a Mack en adopción.

Maggie cerró los dedos esbeltos y elegantes alrededor de la cadena que sostenía el balancín.

—¿No se lleva bien con Mack? —preguntó extrañada.

—Ya lo creo que sí. El otro día lo llevó a un partido amistoso de los Hawks y siempre le trae algo para sus trenes.

—Me temo que no lo has entendido bien, amiga mía —dijo Maggie mirándola—. Que quiera ser lo más importante en tu vida no significa que tengas que echar a tu familia a patadas a la calle. Kilpatrick no tiene familia, y por eso le cuesta entender los vínculos y las lealtades familiares. Quizá no sepa que el amor no es limitado, y que se puede querer a muchas personas a la vez sin que se agote.

—Oh, no —dijo Becky—. No es tan sencillo. Me dijo que entre nosotros no habrá futuro mientras ponga a otras personas por delante de él.

—Y tiene razón. Escucha, cuando me casé con Jack, yo

tampoco tenía familia y estaba celosa de cada minuto que pasaba con sus padres y sus hermanos. Hice todo lo que pude para apartarlos de él, y al final el matrimonio se rompió porque le obligué a hacer una elección imposible. No le hagas eso a Kilpatrick. Haz que sea un miembro de tu familia.

—Si no es demasiado tarde —exclamó Becky, profundamente abatida—. Oh, Maggie, lo he estropeado todo.

—Tranquila. Un hombre que está dispuesto a aceptar una carga como la tuya tiene que quererte mucho.

—Eso fue lo que dijo Clay —recordó ella.

—¿Y no es lo que ha hecho Kilpatrick? —añadió Maggie, sonriente—. Date cuenta. Ha arreglado la casa, se ha ocupado de las facturas, ha conseguido un buen abogado para Clay...

—¿Qué?

Maggie levantó las cejas.

—Lo sabías, ¿verdad? Me lo dijo una de las chicas que trabaja media jornada en la oficina del fiscal. En esos días, no se hablaba de otra cosa.

—¿Él consiguió que Davis se ocupara de la defensa de Clay?

—Sí. Cosa difícil, pero lo convenció. Y también pagó el hospital y la residencia de tu abuelo. ¿No crees que lo habrá hecho por amor?

—¡Pero no me ha dicho nada! —exclamó Becky.

—Quiere tu amor, no tu gratitud. ¿Estás ciega o qué? —insistió Maggie, que veía la situación con una claridad meridiana.

—Creía que sólo quería sexo.

Maggie soltó una carcajada.

—Todos quieren sexo, cielo —murmuró la mujer—. Pero si sólo quisiera eso, ¿por qué seguir por aquí después de saber lo de tu embarazo?

—No sé, ya no entiendo nada —dijo Becky, apoyando la cabeza en las manos.

—No hay peor ciego que el que no quiere... —empezó Maggie, pero interrumpió la frase al reparar en el lujoso Lincoln Continental negro que se detenía delante de la casa—. Vaya, vaya, ¿qué es esto? ¿Tienes amigos que yo no conozco?

Becky frunció el ceño.

—No conozco a nadie que gane tanto dinero.

La puerta se abrió y un hombre alto y bien vestido se apeó. Tenía el cuerpo de un boxeador, las espaldas anchas y el pelo negro y rizado. Subió las escaleras del porche, dirigió una mirada rápida pero cargada de admiración a Maggie y después se volvió hacia Becky.

—¿Señorita Cullen? —preguntó educadamente—. Soy J. Lincoln Davis, el abogado de su hermano.

Becky se levantó y lo abrazó.

—¡Señor Davis! ¡Qué alegría!

—No sabía si sería bien recibido... —dijo el hombre.

—¡Cómo puede decir eso, después de lo que ha hecho por Clay! —exclamó Becky—. Claro que es bien recibido —le tomó de la mano y tiró de él hacia el interior de la casa—. Venga y le presentaré al resto de la familia. ¿Maggie?

—Te sigo —murmuró Maggie.

Maggie se levantó, comprobando que el recién llegado parecía encontrarla tan interesante como ella a él.

El abuelo apartó los ojos del televisor y miró al hombre negro que acababa de entrar. Llevaba un carísimo traje en tonos tostados, una corbata de seda y zapatos de piel. El abuelo estaba impresionado, pero enseguida imaginó quién era y se puso en pie.

—El señor Davis, supongo —preguntó formalmente, tendiéndole la mano.

Davis estrechó la mano del anciano.

—Señor Cullen —dijo—. Es un placer conocerlo. Clay me ha hablado mucho de su integridad y su honor.

El abuelo se sonrojó y lo invitó a sentarse. Éste así lo hizo y cruzó las largas piernas delante de él.

—Siento presentarme a esta hora, pero he estado fuera. Ha habido algunos cambios en el caso de Clay y quería comentarlos con ustedes personalmente si tienen unos minutos.

—Será mejor que me vaya —empezó Maggie.

—De eso nada—dijo Becky con firmeza y miró a Davis—. Maggie es mi amiga y quiero que oiga lo que tiene que decir. También quiero decirle lo orgullosos que estamos de que usted represente a mi hermano.

—Se lo debía, después de cómo se malinterpretaron algunas de mis declaraciones —dijo el hombre, mirando la incipiente barriga que empezaba a adivinarse ligeramente bajo el vestido de Becky—. ¿Puedo preguntar cuándo demonios piensa Kilpatrick casarse con usted?

Granger Cullen soltó una sonora carcajada.

—El pobre lo intenta, pero Becky sigue negándose.

—¿Por qué? —preguntó Lincoln—. ¡Está loco por usted!

—¡A mí él no me ha dicho eso! —dijo Becky juntando las manos sobre el regazo—. ¿Qué hay de Clay?

—Oh, sí. El juicio será dentro de dos semanas. Como saben, se va a declarar inocente de las tres acusaciones de posesión y venta de droga. Cada una de ellas lleva una sentencia de diez años, como mínimo. Después está la acusación de intento de asesinato, y si lo condenan serán otros diez años.

—Oh, cielos —exclamó Becky, conteniendo las ganas de llorar—. Ni Clay ni Rourke me han dicho nada de eso.

—Será mejor que aceptemos la realidad —dijo el abuelo, con voz firme y serena, haciéndose con las riendas de la situación—. ¿Cuál es la situación de Clay?

—Hemos solicitado la supresión de ciertas pruebas —le informó el abogado—. El caso no es tan sólido como la fiscalía nos quiere hacer creer, y tenemos a Francine Harris, la prima de Son y Bubba, que está dispuesta a testificar a favor de Clay.

–¿Se lo permitirá su familia?

–Buena pregunta. No lo sabemos. De hecho, hace una semana que no ha ido a ver a Clay y nadie la ha visto –Davis se echó hacia adelante y apoyó las manos en las rodillas–. Pero tenemos algo más. No puedo contarles de qué se trata, pero si sale bien es probable que haya problemas.

El abogado no se atrevió a mencionar el nombre de Kilpatrick. Su participación en la detención de la banda mafiosa de los Harris podía tener repercusiones muy graves.

–Un animal acorralado es peligroso, y los Harris pueden perder mucho más que Clay –continuó el hombre–. Quiero que permitan a Kilpatrick contratar a un guardaespaldas.

–¡Un guardaespaldas! –exclamó Becky.

Él asintió.

–Los dos creemos que es necesario. Además, tenemos a la persona perfecta. Trabaja para un viejo amigo del tío de Kilpatrick. Es una especie de... jardinero –dijo Davis tras una breve vacilación, sin entrar en más detalles–. Es un hombre duro que no permitirá que les ocurra nada. ¿Lo harán?

–Yo lo pagaré –dijo Becky.

–Deje que lo pague Kilpatrick. Fue idea suya –dijo Davis.

–Calla, Becky –dijo Maggie–. Hay momentos en que hay que rendirse, y éste es uno de ellos.

–Un buen consejo –dijo Davis sonriendo a Maggie.

Ella le sonrió a su vez.

–Usted trabaja para el mismo bufete que Becky, ¿verdad? –le preguntó el abogado sin disimular su interés.

–Desde hace mucho tiempo –respondió ella.

–Me ha parecido reconocerla. Usted se casó con Jack Barnes.

–Nos divorciamos hace años –murmuró ella.

—¿De verdad? —los ojos de Davis brillaron y el hombre se inclinó hacia delante para preguntar:— ¿Qué opina de los reptiles?

«Oh, Maggie», rezó Becky para sus adentros, «no le digas lo de la pitón».

—Bueno —empezó Maggie mirando a Davis—, los lagartos no me gustan mucho, pero las serpientes... me vuelven loca. Tengo una pitón...

—¿Quiere cenar mañana conmigo? —le preguntó él, evidentemente encantado con la información.

—He dicho que me encantan las serpientes —repitió ella—. Tengo una en mi apartamento.

—Es verdad —dijo Becky, y se estremeció—. No me gusta nada ir allí.

—Yo tengo una pitón macho de cinco metros que se llama Henry desde que era una cría —explicó Davis con una amplia sonrisa—. Podemos hablar de herpetología durante la cena.

Maggie estaba encantada.

—Por supuesto que sí —aceptó con una radiante sonrisa.

—¿Puedo llevarla a casa? —preguntó él.

—He venido en mi coche —titubeó Maggie.

—Mandaré a alguien a recogerlo —dijo él poniéndose en pie—. En cuanto sepa algo de los Harris me pondré en contacto con ustedes. Entretanto, Turk vendrá mañana por la mañana. Es muy agradable. Dele un sándwich de vez en cuando y lo tendrá a sus pies.

El abuelo se puso en pie y le tendió la mano.

—Gracias por lo que está haciendo por mi nieto.

El hombre negro estrechó la mano del anciano, pero no sonrió.

—Mi abuelo fue a la cárcel por un crimen que no cometió. Cuando se descubrió el error, llevaba entre rejas treinta años, y todo por no poder pagar un buen abogado. Por eso me hice abogado. Gano mucho dinero con algunos casos, sí, pero nunca olvido mi principal motivación. La gente pobre merece las mismas oportunidades que los ricos. En todo esto, Clay es básicamente una víctima, a pesar de los motivos que lo llevaron a hacerlo en un principio. Creo que es inocente de todos los cargos y voy a demostrarlo.

—Si alguna vez necesita algo, puede contar conmigo —dijo el anciano, totalmente en serio.

Davis estrechó la mano del hombre con firmeza.

—Lo mismo digo.

El hombre sonrió a Becky y después de despedirse de ella, tomó a Maggie por el brazo.

—Bien, hablemos de serpientes...

—Gracias por la cena, cielo —dijo Maggie.

—De nada. Adiós —dijo Becky, riendo.

Mack entró en el salón.

—¿De quién es ese coche? —preguntó con interés.

—Del abogado de Clay —le dijo Becky.

El niño frunció el ceño pensativo.

—Vaya. Creo que yo también podría hacerme abogado —dijo—. Cuando me haya retirado del baloncesto profesional, claro.

Becky sonrió y lo abrazó. A pesar de todo, la situación empezaba a mejorar.

Rourke apareció a la mañana siguiente con un hombre fornido con cara de *basset hound,* con los carrillos caídos y unos ojos que no revelaban ningún tipo de emoción. A pesar de su aspecto, Becky le sonrió e intentó hacerle sentirse bienvenido.

—Te presento a Turk —dijo Rourke—. Trabaja para un amigo mío. Es un manitas y uno de los mejores guardaespaldas del país.

—Encantado de conocerla, señora —dijo el hombre.

—Gracias por su ayuda, Turk —dijo Becky—. ¿Ha comido?

—El señor Kilpatrick me ha comprado una hamburguesa —respondió él—. Me gustan las hamburguesas. ¿Tiene huerto?

—Uno pequeño —dijo ella—. Aunque no está muy cuidado. Está detrás.

—¿Tiene una azada?

—Sí, en el granero —dijo ella.

—Gracias, señora.

El hombre salió por la puerta de atrás y Becky miró a Rourke.

—¿Seguro que es guardaespaldas? —preguntó.

—Seguro —le dijo él—. ¿Ha venido Davis?

—Anoche. ¿Qué está pasando? ¿Sabes algo?

—No tengo ni idea —mintió él—. ¿Cómo está el abuelo?

—Bien. Echando una siesta —dijo ella—. Mack está en casa de John.

—De acuerdo, pero llámalo y dile que Turk irá a buscarlo para volver a casa. No quiero que vuelva solo —dijo Rourke, sentándose en un sillón con un puro y un cenicero.

Parecía cansado, pensó ella, y empezaban a adivinarse canas entre los mechones de pelo negro. ¿Estaría preocupado por ella?, se preguntó. Probablemente sí. Después de todo, llevaba a su hijo en su seno.

Becky colgó después de hablar con su hermano y después se sentó en el sofá, enfrente del sillón de Rourke.

—¿Te preparo un café? —preguntó ella.

Él negó con la cabeza.

—Tengo que estar en el juzgado a la una —dijo—. ¿Por qué no has ido a trabajar?

Becky bajó la mirada y contempló la falda desgastada que tantas veces había lavado y planchado.

—Esta mañana tenía muchas náuseas —dijo ella—. Pero es normal.

Él se inclinó hacia delante.

—Si te casas conmigo, puedes venir a casa.

—Conozco tus condiciones y no puedo cumplirlas —dijo ella tensa—. Pero de todos modos, gracias.

Rourke frunció el ceño y recordó lo que le había dicho sobre su familia. Fue a decir algo, pero decidió que no era el momento. Se encogió de hombros y se levantó.

—Tengo que volver.

Ella se levantó también.

—Rourke, ¿por qué no me dijiste que convenciste a Davis para que se ocupara de la defensa de Clay? —preguntó, mirándolo a los ojos—. ¿O que pagaste buena parte del hospital del abuelo?

El rostro masculino se ensombreció.

—¿Quién te lo ha dicho?

—No te lo diré —respondió ella—, pero no ha sido Davis. ¿Por qué?

Rourke dio una calada al puro y giró la cabeza para echar el humo.

—Digamos que tenía un interés personal, dado que fui yo quien lo mandó a la cárcel. Quizá tenga remordimientos —añadió, con una sonrisa burlona—. Déjalo así.

A Becky se le encogió el corazón. Esperaba que reconociera que lo había hecho por ella.

—Bueno, gracias de todos modos —respondió.

Rourke le tomó la barbilla y le alzó la cara.

—No quiero tu gratitud.

—¿Qué es lo que quieres? —preguntó ella, con una tensa sonrisa—. ¿Mi cuerpo? Ya lo has tenido.

Rourke acarició los labios femeninos con el pulgar.

—¿Y eso es lo único que quería? ¿Estás segura?

Becky suspiró abatida.

—Quieres al niño —dijo ella bajando los ojos.

—Sí, desde luego, quiero al niño.

—Pero no a mí —añadió ella.

—Sólo si estás enamorada de mí —respondió él—. Y eso es imposible, ¿verdad? —preguntó con amargura—. Porque soy el hombre que entregó a tu hermano.

Becky no podía negarlo, aunque no le parecía propio de Rourke utilizar información obtenida con subterfugios.

—Parece una tontería, supongo —murmuró ella—, pero no es propio de ti.

El rostro masculino perdió parte de su rigidez, y la miró con intensidad.

—¿No lo es, pequeña? —preguntó con ternura, y sonrió.

Becky alzó las manos y le enmarcó las mejillas.

—A veces creo que no te conozco en absoluto. Oh, ven aquí —susurró tirando de él.

Y lo besó en la boca con dulce pasión.

—¡Becky! —gimió él.

Rourke la rodeó con los brazos y la apretó contra su cuerpo, saboreando el beso hasta que su cuerpo protestó. Si seguía así, no sería capaz de detenerse.

La dejó deslizarse hacia el suelo pegada a su cuerpo, y sonrió al ver la expresión del rostro femenino cuando ella sintió la fuerza de su erección.

—Di que te casarás conmigo o te juro que te tiro al suelo y te hago el amor aquí mismo —la amenazó él.

—¡Qué atrevido, señor fiscal del distrito! —murmuró ella, apoyándose contra su pecho y cerrando los ojos, disfrutando de la cercanía—. Pero sí, me casaré contigo, si no me obligas a renunciar a toda la familia. Puedo buscar una enfermera para el abuelo, pero Mack...

Becky se tensó al pensar en llevar a su hermano a una casa de acogida.

—¡Dios santo, no quería decir que te deshicieras de ellos! —exclamó él—. Cuando tu abuelo pueda arreglárselas por sí mismo, buscaremos a alguien que viva aquí y se ocupe de él, pero Mack vivirá con nosotros. Qué tonta —susurró él sobre sus labios–. Sólo quería saber que me querías –dijo, y le tomó la boca.

–¿Quererte? –susurró ella en sus labios, con lágrimas en los ojos y en las mejillas–. Moriría por ti.

Rourke la alzó en brazos y la mantuvo así en medio de la cocina, con el puro humeante olvidado entre sus dedos, y devorándola con la boca.

–¿Becky? –preguntó el abuelo con voz vacilante desde la puerta, mirándolos con los ojos como platos.

Ella la miró, con ojos brillantes.

–Nos vamos a casar –susurró finalmente.

El abuelo sonrió con picardía.

–Ya era hora –murmuró sonriendo–. Odio interrumpir, pero ¿puedes prepararme un sándwich?

–Sí, enseguida –dijo ella, levantando la cara hacia Rourke–. ¿Quieres tú uno?

–He comido una hamburguesa con Turk –le recordó él. La besó de nuevo y después la dejó en el suelo–. El viernes que viene hay un banquete en honor del juez Kilmer. Puedes ponerte el vestido negro que compraste. Y después nos casaremos.

–Lo que tú digas, señor Kilpatrick –dijo ella–. Pero... ¿y Clay?

Él sonrió astutamente.

–Espera y verás.

21

Davis no sabía exactamente cómo Rourke lo había conseguido, pero al siguiente jueves por la noche fue convocado a una reunión en el despacho del fiscal. Allí estaban los hermanos Harris con su padre, el fiscal del distrito del caso Cullen, James Garraway, dos policías uniformados y Rourke.

—Creo que no conoces a Jim, ¿verdad, Davis? —dijo Rourke, presentando al otro abogado.

—Su reputación le precede, señor Davis —sonrió Garraway—. Encantado de conocerlo. Éstos son los hermanos Harris y su padre —dijo, señalándolos con la cabeza—. Han confesado haber manipulado las pruebas del intento de asesinato para acusar a su cliente, así como varias infracciones de la Ley de Sustancias Controladas de Georgia.

—En otras palabras —dijo Rourke, en medio de una nube de humo—, Clay queda libre de los cuatro cargos. En cuanto tengamos terminado el papeleo, puede irse a casa.

—La confesión está grabada —dijo Garraway—. Lo tendré todo en la mesa del juez Kilmer a primera hora de la mañana.

—Por suerte, no te has quedado sin trabajo —dijo Rourke con una sonrisa—. Todavía puedes acusar a estos tres —señaló a los Harris sin ocultar su ira—. Será un placer testificar en favor de la fiscalía.

—No podrán retenernos —dijo el padre—. Estaremos fuera por la mañana.

—Bajo fianza, sin duda —dijo Rourke—. Pero han cometido muchos errores y sus amigos no se los perdonarán. No creo que les haya hecho mucha gracia toda esta publicidad. Y cuando estén en la calle, tendrán que defenderse solos.

—Podemos renunciar a la fianza —dijo Son—. Maldita sea, Kilpatrick, no tenía derecho a ponernos en esta situación.

—Y ustedes no tenían derecho a volar a mi perro por los aires —masculló Rourke con ira—. Ahora tendrán años para arrepentirse.

—Nos prometió un trato —dijo Son a Garraway con rabia.

—Desde luego —les prometió—. A cambio de su testimonio. Si quieren entregar pruebas contra sus proveedores, estoy seguro de que los federales estarán encantados de meterlos en el programa de protección de testigos.

—Ya saben, una nueva identidad y un nuevo comienzo para los tres —dijo Rourke—. Piénsenlo. Quizá no tengan otra oportunidad.

Salió al pasillo con Davis, dejando a los demás en el despacho.

—No preguntes —le dijo al abogado cuando éste abrió la boca—. Es suficiente que haya funcionado. Llámalo un riesgo calculado. Creo que ahora Turk puede volver a casa.

—¿Vas a dejar a Becky sin protección?

—Para nada —murmuró él—. Nos casamos mañana por la tarde. Después del banquete iremos a Nassau para dos días de luna de miel. Un ama de casa y una enfermera se quedarán con el abuelo, con Mack, y con Clay también, supongo.

—Bien, bien. Becky, el niño y tú —Davis sacudió la cabeza—. Eres más afortunado de lo que te mereces, Rourke.

¿Te vas a presentar a la reelección? –preguntó mirándolo fijamente a la cara.

–Mañana por la noche lo sabrás –dijo él, alejándose sonriente.

La cena de homenaje al juez Kilmer fue un éxito y Rourke, sentado junto a una radiante Becky enfundada en un vestido negro nuevo y más largo que el anterior y con un anillo de bodas en la mano, fue invitado a dar un discurso.

Elegantemente enfundado en un esmoquin y una corbata negra, su piel oscura resaltaba contra la camisa inmaculadamente blanca.

–Supongo que todos están esperando que anuncie mi decisión –dijo después de hacer algunos elogios al juez Kilmer–. Bien, pues voy a hacerlo, pero no es el anuncio que todos esperan. Me gusta mi trabajo. Espero haberlo hecho bien, pero en los últimos meses he aprendido mucho sobre el sufrimiento de las personas que se enfrentan al sistema judicial sin recursos financieros.

Hundió las manos en los bolsillos antes de continuar.

–La justicia sólo es justa si se proporciona igualdad de oportunidades a los ricos y a los pobres. Una justicia que favorece a los ricos o restringe los derechos de los pobres no es justicia. Llevo siete años en el equipo ganador, pero ahora quiero ver el juzgado desde la otra mesa. Voy a dejar mi puesto de fiscal para dedicarme al ejercicio de la defensa privada, y espero especializarme en la defensa de los menores.

Hubo algunos murmullos y algunas protestas, aunque no de un sonriente J. Lincoln Davis que lo escuchaba desde una mesa en primera fila.

–Sus protestas me halagan –continuó Rourke–, pero permítanme añadir que tengo una flamante esposa y un hijo en camino –dijo sonriendo a Becky–. Ahora mis prioridades han cambiado y tengo razones para querer pasar las tardes en casa con mi familia y no en el despacho rodeado de papeles.

Hubo risas y aplausos. Rourke guiñó un ojo a Becky, que estaba muy elegante con su vestido de noche, negro con la melena rubia cayendo sobre sus hombros y las mejillas sonrosadas.

—No ha sido una decisión fácil. El trabajo de fiscal me ha gustado mucho y he contado con el apoyo de un excelente equipo. Pero —añadió mirando a Becky, esa vez sin sonreír—, ahora mi futura esposa es todo mi mundo. No hay ningún otro ser en todo el planeta a quien ame tanto como la amo a ella, y de ahora en adelante seré un hombre de familia. Por eso espero que no les importe que ofrezca todo mi apoyo a J. Lincoln Davis, aquí sentado en una de las primeras mesas con una sonrisa que está a punto de salírsele de la cara.

Todo el mundo se echó a reír, Davis incluido, que estaba sentado junto a Maggie.

—También quiero darle las gracias públicamente —añadió—, por su ejemplar defensa de mi cuñado. Sé con toda certeza que no tendrá que volver a hacerlo.

Davis levantó el pulgar y asintió. Rourke continuó hablando unos minutos, pero Becky ya no le oyó. Estaba disfrutando de la pública confesión de amor de Rourke, algo que no había hecho nunca en privado y tuvo que hacer un esfuerzo para no llorar. Ya no había más barreras entre ellos. Ni siquiera la de Mack, que la noche anterior le había confesado entre lágrimas que fue él quien dio a Rourke la información que condujo a la detención de Clay. Becky tendría que decirle a Rourke que lo sabía, pero todavía no. Tenían otras cosas de que hablar.

Clay había vuelto a casa aquella misma tarde, con aspecto apagado pero contento. Francine estaba con él, y Becky pensó que podría llegar a apreciarla.

Becky apenas podía creer lo feliz que era. Se acarició la

suave redondez del vientre y miró a Rourke, con una sonrisa radiante. Él la miró y le sonrió, y ella tuvo que sujetarse a la mesa para no salir flotando. La vida, pensó, estaba llena de sorpresas. Lo importante era superar las tormentas, porque al otro lado siempre estaba el sol esperando.

22

Becky siempre había pensado que la parte más aburrida de un juicio eran las instrucciones del juez al jurado. Eran incomprensibles, interminables y, con un bebé impaciente en brazos, acababan por hacerse irritantes.

Miró a Todd sentado a su lado que, con ocho años, observaba con admiración a su padre, pues aquélla era la primera vez que se le permitía asistir a un juicio. Era un niño inteligente con el mismo carácter impulsivo e impaciente que Becky compartía con Rourke. No era de sorprender que el niño hubiera heredado esos rasgos. La pequeña Teresa, moviéndose en el regazo de su madre, parecía ir por el mismo camino.

Al lado de Todd estaban Clay y Francine. Llevaban un par de años casados y todavía no tenían hijos. Clay esperaba un ascenso en el supermercado donde era ayudante de dirección, y Francine casi había terminado su formación como esteticienne.

Mack, sentado junto a Clay, era media cabeza más alto que su hermano. Estaba estudiando primero de Derecho en la Universidad de Georgia, siguiendo los pasos de su adorado cuñado. Becky estaba orgullosa de él. Rourke y él estaban muy unidos, lo que facilitaba mucho la convivencia en casa.

El abuelo estaba en una residencia, con algunos días lúcidos, y otros apenas consciente de lo que le rodeaba. Todos iban a visitarlo con regularidad, lo que hacía más llevadero el dolor de la separación. Él mismo había pedido que le llevaran a la misma residencia donde estaban internados un par de amigos suyos. Ahora era cuestión de tiempo. Las semillas viejas caían al suelo para dejar paso a otras más nuevas, y el invierno se llevaba los restos de vidas pasadas para dejar sitio a nuevos brotes. En otras palabras, el círculo de la vida en toda su belleza y con toda su crudeza no se cerraba nunca.

Rourke se lo había explicado a Todd unas noches antes.

—Venimos de una semilla —le explicó—. Crecemos, florecemos y producimos fruto. Después el fruto se seca y cae al suelo para producir la siguiente semilla. La planta vieja no muere sino que se entrega al suelo para alimentar la nueva planta. Y como la energía no se crea ni se destruye, sólo se transforma, la muerte es la otra cara de la moneda de la vida, a la que no hay que temer. Después de todo, hijo mío, todos pasamos de este plano a otro. Es inevitable, como el arco iris después de la tormenta.

—Qué bonito —dijo Todd—. ¿Y el abuelo será un arco iris?

—Estoy seguro de que será el arco iris más espléndido de todos.

Mirándolos, Becky agradeció la elocuencia de Rourke. El niño se relajó por primera vez desde que les comunicaron que al abuelo no le quedaba mucha vida. Becky sonrió. Eso también le facilitaba las cosas, y Rourke seguramente lo sabía. Era un hombre muy sensible, que a veces parecía leerle el pensamiento.

Por fin el jurado se encerró en una sala para deliberar y el juicio se levantó hasta que llegaran a un veredicto. Rourke estrechó la mano a un sonriente J. Lincoln Davis y se reunió con su familia.

—Quiere invitarnos a cenar esta noche —dijo Rourke a Becky, besándola en la mejilla—. Maggie y él quieren decirnos una cosa.

—Está embarazada —le susurró Becky al oído—. Increíble, ¿verdad? Ella está encantada, pero muerta de miedo.

—Todo irá bien, Davis se encargará de eso —rió Rourke—. Bien, familia, ¿quién quiere hamburguesas?

—Para mí con queso —dijo Mack, casi tropezando con su hermano al salir—. Oye, ¿por qué no has protestado cuando Davis ha incluido la antigua escritura? Estoy seguro de que hubiera podido argumentar que en...

—Dios nos libre de los estudiantes de Derecho —murmuró Rourke—. Dos meses en la Universidad y ya te crees F. Lee Bailey.

—Tres meses —le corrigió Mack—. Y tengo un profesor muy bueno. Pero escucha, lo de la escritura...

—Francine y yo tenemos que volver al trabajo —dijo Clay, apretando la mano de su esposa y mirándola significativamente—, ¿verdad, cariño?

—Oh, sí, claro —balbuceó Francine—. Te llamo luego, Becky —añadió mientras su marido la arrastraba hacia la puerta.

—¡Qué cobardes! —les gritó Mack mirándolos.

—No todo el mundo tiene el mismo fervor que tú por el Derecho, hijo —se rió J. Lincoln Davis llegando a su altura—. ¿Qué tal vas?

—Genial. De momento tengo todo sobresalientes —le dijo Mack con orgullo.

—Más te vale, después de todo el tiempo que te hemos dedicado Rourke y yo —replicó el abogado—. Quiero hablar contigo sobre el caso Lindsey —dijo dirigiéndose a Rourke—. Quizá podamos llegar a un acuerdo.

—No mientras comemos —exclamó Becky, con Teresa en brazos mientras Todd jugaba con su tío Mack.

Davis miró a la niña y le tendió los brazos. Teresa se lanzó a ellos entre risas.

—La estás malcriando —le acusó Becky cuando él le dio un chupachup.

—Calla —dijo Rourke con severidad—. No le ofendas hasta que haya conseguido el trato.

—Oh, lo siento —exclamó Becky llevándose una mano a la boca.

—¿Vamos a comer o no? —gruñó Mack—. Estoy muerto de hambre.

—¿Y cuándo no? —se rió Rourke—. Vale, Todd, deja de practicar patadas de kárate con tu tío.

—Lo he aprendido en *Karate Kid* —protestó Todd, demostrándolo con otra patada—. Es genial.

—Ve a ver *Batman* —le aconsejó Mack—. Así aprenderás a volar.

—Cómprame una capa y lo intentaré —le prometió Todd—. Mamá, ¿puedo pedir un batido con la comida? ¿Por qué no vamos a un restaurante? Estoy harto de hamburguesas. Eh, mirad, ¿no es ése Big Bob Houser, el boxeador? —dijo, señalando a un hombre enorme que caminaba a lo lejos.

Todd y Mack continuaron discutiendo sobre la identidad del hombre mientras J. Lincoln Davis balbuceaba a la pequeña Teresa y Becky apartaba a Rourke a un lado y se apretaba contra él.

Él la miró con expresión posesiva y cargada de buenos y tiernos recuerdos. Después sus ojos descendieron hasta su boca.

—Aquí no —susurró ella riendo.

—Aquí sí —susurró él inclinándose hacia ella.

Y la besó.

Títulos publicados en Top Novel

¿Por qué a Jane...? — Erica Spindler
Atrapado por sus besos — Stephanie Laurens
Corazones heridos — Diana Palmer
Sin aliento — Alex Kava
La noche del mirlo — Heather Graham
Escándalo — Candace Camp
Placeres furtivos — Linda Howard
Fruta prohibida — Erica Spindler
Escándalo y pasión — Stephanie Laurens
Juego sin nombre — Nora Roberts
Cazador de almas — Alex Kava
La huérfana — Stella Cameron
Un velo de misterio — Candace Camp
Emma y yo — Elisabeth Flock
Nunca duermas con extraños — Heather Graham
Pasiones culpables — Linda Howard
Sombras en el desierto — Shannon Drake
Reencuentro — Nora Roberts
Mentiras en el paraíso — Jayne Ann Krentz

www.ingramcontent.com/pod-product-compliance
Lightning Source LLC
LaVergne TN
LVHW030341070526
838199LV00067B/6389